Tanja Bern lebt mit ihrer Familie in Gelsenkirchen und ist dem Ruhrgebiet immer treu geblieben. Durch eine starke Verbundenheit zur Natur und die Liebe für mystische Geschichten entstand bei ihr schon früh das Bedürfnis zu schreiben. Sie liebt die nördlich gelegenen Länder und verweilt gerne am Meer oder im Wald, was sich in ihren Romanen widerspiegelt.

Tanja Bern

Geheimnisse unserer Herzen

Die
McKay-Saga

Vorwort

Ursprünglich war nie ein zweiter Teil für die McKays geplant. Natürlich spann ich heimlich die Geschichte weiter, trotzdem dachte ich noch nicht daran, meine Ideen aufzuschreiben. Bis mich meine Agentin Alisha Bionda, die den ersten Band wirklich sehr mag, bei einem unserer Treffen darauf ansprach.
Ein Fortsetzungsroman? Zuerst war ich skeptisch. Ich konnte mir gar nicht vorstellen, wo ich den zweiten Teil ansetzen könnte. Bis ich Johns Sohn James auf einmal klar vor Augen hatte. Wie ist wohl sein Leben verlaufen? In wen hat er sich verliebt? Mehr Fragen brauchte ich mir gar nicht zu stellen, denn da begann James bereits, mir alles zu erzählen. Dabei verliebte ich mich in diesen wunderbaren Charakter und konnte gar nicht anders, als daraus ein Buch entstehen zu lassen.
Ich führe euch also erneut zum Lake District und hoffe, ihr werdet euch dort wieder wohlfühlen, an den zerklüfteten Berghängen und malerischen Tälern von Westmorland.

Der verschollene Sohn

Durch die Wolkendecke brachen vereinzelte Sonnenstrahlen. Wind zerrte das Grau auseinander und helles Blau schimmerte hervor. Die Luft roch nach Regen und Gras.

Chris fühlte, wie die Feuchtigkeit der Wiese durch seine Turnschuhe sickerte, ließ sich davon aber nicht beirren. Er spürte das Leder der Zügel in seiner Handfläche und klammerte sich daran, als könne es ihm irgendeinen Halt geben. Denn für einen Moment sah er nicht die Wildblumenwiese und das Getreidefeld vor sich. Ein anderes Bild erschien vor seinem inneren Auge und ließ sein Herz stärker schlagen. In seiner Vorstellung sah er für einen Wimpernschlag lang ein wunderschönes Landgut.

Sein Pferd, das er zu Fuß über die Ebene führte, stupste ihn sachte von hinten an. Ohne hinzusehen streckte er den Arm aus und die Stute schmiegte sich an seine Hand.

Er blinzelte, versuchte, die Erinnerung zurückzuholen, doch es blieb bei diesem Gedankenblitz.

Noch immer kämpfte Chris darum, zu begreifen, wie es möglich war, dass er sich an ein Leben erinnerte, das seine Seele vor über zweihundert Jahren gelebt hatte. Schon als Kind war er von Erinnerungen beherrscht worden, die ein Junge in seinem Alter gar nicht hätte haben dürfen. Er hatte vermieden, darüber zu sprechen, hatte stets alles verheimlicht, weil es ihn ängstigte – bis er das alte Tagebuch auf dem Felsen hatte liegen sehen. Das Buch, das Katelyn nach ihrer ersten Begegnung in ihrer Aufregung dort vergessen hatte.

Er wandte sich zu seinem Pferd um und strich ihm über die weiche Mähne. Chris nannte sie nun Lilly, weil sie sich dem Namen, der in ihrem Pferdepass stand, irgendwie verweigerte. Sie war immer noch eigensinnig und stur, wollte immerzu ihren Willen durchsetzen, aber diese Stute liebte ihn und das konnte jeder sehen.

Chris lief nun weiter über das Gras, bis zu einer Stelle, in der man am Boden noch die Einfassung eines alten Gebäudes erkennen konnte. Langsam ging er den Grundriss ab, beugte sich hinunter, um den alten Stein zu berühren.

Hier an diesem Ort hatte einst der Mann gelebt, der in diesem anderen Leben sein bester Freund gewesen war – Lester O'Brian.

Katelyns Großmutter Fiona hatte ihm erklärt, wo er noch alte Grabstätten finden würde. Ihre Begleitung hatte er abgelehnt. Dies musste er allein tun, nachdem er es so lange aufgeschoben hatte.

Er wandte sich nach Osten, kam einem Wäldchen nahe, in dem, wie er wusste, noch immer die Ruinen des alten McKay-Hauses ruhten. Vom Landgut der Familie O'Brian gab es nur noch die Grundmauern. Wegen Einsturzgefahr musste es in den Vierzigerjahren nach dem Krieg abgerissen werden. Nur Fionas Cottage, das früher anscheinend Bedienstete beherbergt hatte, war durch eine Runderneuerung erhalten geblieben.

Lilly warf ungeduldig den Kopf hin und her.

„Du willst dich bewegen, hm? Später, Süße. Gib mir noch einen Moment."

Eine bröcklige Trockenmauer umfasste ein kleines Gelände, in dem eine alte, knorrige Buche thronte. Moos überwucherte den Stamm. Ihre Zweige streckten sich weit in den Himmel. Der Baum strahlte Stärke aus. Eine sanfte Bö bewegte seine belaubten Zweige.

Chris ging in den abgetrennten Bereich und band Lilly an einen dicken Ast des Baumes. Sie schüttelte etwas unwillig den Kopf, fand dann aber am Boden saftiges Gras, das sie gnädig stimmte.

Er schaute sich um. Hier befanden sich sehr alte Gräber. Kaum einer der vermoderten Steine stand noch, die meisten ragten schief aus dem Boden oder waren umgefallen. Ein seltsames Gefühl erfasste ihn. Es zerrte an seinem Herzen und ließ ihn kurz taumeln. Mit einem tiefen Atemzug riss er sich zusammen und versuchte, die Namen zu entziffern.

Zuerst fand er die Grabstätte von Hellen. Chris fiel auf die Knie und legte seine Hand auf das Gestein. Seine Finger fuhren über die eingravierten Daten und obwohl es ihm die Kehle zuschnürte, lächelte er. Für die damalige Zeit hatte sie ein langes Leben haben dürfen.

Es tut mir leid, dass ich dir damals nicht die Liebe habe geben können, die du verdient hättest.

Er schaute auf den Stein daneben, der nach vorne gekippt war. In einer Kraftanstrengung stemmte er ihn auf. Es war Lesters Grab. Anhand des Datums konnte er sehen, dass auch er das Alter hatte erleben dürfen.

Chris senkte den Kopf, suchte eine Verbindung zu ihnen. Durch die Bücher, die von seinem anderen Ich geschrieben worden waren, kamen sie ihm plötzlich so nah vor. Als hätte er sie vor wenigen Tagen erst verlassen müssen.

Tränen sickerten in die alte Erde und er schämte sich ihrer nicht.

Er wusste, dass die Tochter, die Lester und Hellen nach seinem Tod bekommen hatten, nicht hier zu finden war, denn sie hatte in eine andere Familie eingeheiratet und würde auf deren Friedhof ihre Ruhe gefunden haben.

Nachdenklich richtete sich Chris auf, ging zu der Buche und lehnte sich an ihren Stamm. Nur ein Schicksal hatte bisher niemand lüften können. Was war aus James geworden? Sein Sohn, in dieser anderen Zeit, die sich oft so nah anfühlte? Jegliche Spuren verloren sich, nachdem er ins Erwachsenenalter eingetreten war. Fiona hatte lange nach ihm geforscht und war doch zu keinem Ergebnis gekommen.

„Ich wünschte, ihr könntet mir eine Antwort darauf geben", flüsterte Chris mit Blick auf die beiden Ruhestätten.

Mit einem Seufzen erhob er sich und ging zu Lilly. Da er ohne Sattel nicht gut aufsteigen konnte, führte er sie zur Trockenmauer und kletterte auf die Abgrenzung. Von dort schwang er sich auf ihren Rücken und zeigte ihr an, dass sie zurückreiten würden.

Er ließ ihr Freiraum und trabte mit ihr über den weichen Boden.

Das Cottage kam in Sicht. Eigentlich war es viel zu klein für sie drei, aber sie fühlten sich als eingeschworene Gemeinschaft. Nur sie wussten um diese besonderen Erinnerungen und Chris wollte auch Fionas Gegenwart nicht mehr missen.

Katelyn wartete am Eingang auf ihn, als hätte sie bereits gespürt, dass er zurückkommen würde. Er ließ sich von Lilly gleiten und sie kam auf ihn zu. Ihre dunklen Augen schauten ihn prüfend an. *Hast du sie gefunden?*, fragten sie.

Ihm war nicht nach Reden zumute. Chris zog Katelyn einfach an sich, um sie zu küssen und sie schmiegte sich in seine Umarmung.

Nach einer Weile beruhigte sich sein aufgewühltes Gemüt. „Hellen und Lester liegen dort an der alten Buche. Deine Oma hatte recht."

Katelyn schwieg kurz, dann sah sie auf. „Und ich war heute noch mal bei den O'Malleys."

„Was haben sie gesagt?"

„Jeffrey O'Malley weiß nicht so recht, wie er mit mir umgehen soll, nachdem wir ihm das Stück Land offiziell überschrieben haben." Sie lächelte traurig. „Er verstand diese Geste nicht so recht, also habe ich ... ich habe ihn auf die Vergangenheit angesprochen."

„Wissen sie noch etwas darüber?"

„Nur sehr wenig, Bruchstücke, die von der Familie weitergetragen worden sind."

„Hast du es ihnen erzählt? Also ich meine nicht die ganze Wahrheit, sondern nur unsere Geschichte."

Katelyn nickte. „Jeffrey war nicht erstaunt, dass unsere Familien auf besondere Art verbunden sind."

„Nicht?"

Sie schüttelte den Kopf, als müsse sie das, was der Traveller ihr erzählt hatte, noch verarbeiten. „Er sagte, die

O'Malleys hätten zu den O'Brians immer eine enge Verbindung gehabt, zumindest bis der Krieg alles verändert hat."

Fiona hatte ihnen erzählt, dass ihre Familie in große, finanzielle Nöte geraten war und deshalb das Landgut nicht hatte retten können. Die meisten zogen fort, nur Fionas Eltern hingen an dem Land und kämpften zumindest um das alte Cottage.

Trotz wärmender Sonnenstrahlen begann es, sanft zu regnen. Das Licht schillerte regenbogenfarben in der Luft und Chris hielt das Gesicht in die Feuchtigkeit.

„Chris?"

„Hm?"

Er hätte ewig hier stehen können, mit Katelyn in seinen Armen. Der Regen störte ihn nicht.

„Lilly macht gerade einen Spaziergang. Vielleicht sollten wir sie einfangen?"

Chris hob verdutzt die Lider und schaute sich zu seiner Stute um, die nun begann, verspielt über die Wiese zu galoppieren. Er pfiff auf zwei Fingern und zumindest reagierte sie, denn sie verfiel in leichten Trab und schaute kurz zu ihnen herüber.

„Dieses kleine Biest", murmelte Chris.

Katelyn lachte vergnügt auf.

Es dauerte fast eine halbe Stunde, Lilly einzufangen, denn sie machte sich einen Spaß daraus, Chris und Katelyn zu necken. Schließlich kam sie von allein zu Chris und sie brachten das Pferd zurück zum Gestüt seines Freundes Hamish, wo Lilly noch immer ihre eigene Box hatte.

Sie verabschiedeten sich von Lilly und schlenderten Hand in Hand zum Kiesweg, der sie vom Stall fortführte.

„Oma sagt, wir haben etwas in Gang gesetzt, das nicht aufzuhalten ist", sagte Katelyn leise.

„Wie meint sie das?"

„Wenn ich das nur wüsste. Sie hat die Runen gelegt und sich sehr schwammig ausgedrückt."

„Wie so oft", grummelte Chris und dachte mit Unbehagen an diese Runen, die ihm als John damals keine besonders rosige Zukunft vorausgesagt hatten. Er mochte diese mystischen Steine nicht, obwohl er natürlich wusste, dass sie nicht für die Zukunft verantwortlich waren. Dennoch schienen sie unterbewusste Dinge aufzudecken und vielleicht sogar vorauszuahnen. In seinem anderen Leben hatte er dies schmerzlich erfahren müssen.

„Sie sagt, es muss nichts Schlechtes sein."

Chris lachte mit einem bitteren Unterton. „Ja, das sagt sie immer, um uns nicht zu verschrecken."

Katelyn hakte sich bei ihm unter und schmiegte sich an seine Schulter. Er hauchte ihr einen Kuss aufs Haar.

„Ich frage mich ..." Er stockte. War dieser Gedanke töricht?

„Was denn?"

Unsicherheit keimte in ihm auf, aber auch eine Spur Hoffnung. „Ob die Runen irgendetwas über James' Verbleib sagen können?"

„Oma hat es mehrmals versucht, aber die Antworten sind jedes Mal sehr widersprüchlich."

Sie wanderten am Ufer des Derwent Water entlang und setzten sich auf die Bank bei Friar's Crag. Vor ihnen breitete sich der See aus. Wolken spiegelten sich in dem Wasser. In den hohen Kiefern, die rechts und links den Ruheort flankierten, rauschte leise der Wind.

Katelyn griff nach Chris' Hand. „Das lässt dich nicht los, oder?"

„Nein, ich kriege es nicht aus dem Kopf. Ich meine, egal, was damals geschehen ist, ich könnte es eh nicht ändern. Vielleicht wäre es sogar besser, wenn wir sein Schicksal gar nicht erfahren."

Chris sah ihr an, dass sie darüber nachgrübelte.

Eine Bö wehte ihr das dunkle Haar ins Gesicht und sie schob die Locke hinters Ohr. „Und wenn wir an der falschen Stelle gesucht haben?"

„Was meinst du?"

„Wir haben immer angenommen, dass James Lesters Nachnamen angenommen hat. Und wenn das später gar nicht der Fall gewesen ist?"

„Es gibt aber auch keinen Baronet mit Namen James Gregory McKay."

Sie tippte sich nachdenklich mit dem Zeigefinger an die Lippen. Eine neue, kleine Eigenart, die Chris sehr liebte und ihm jetzt ein Lächeln entlockte.

„Vielleicht hat er den Titel nie offiziell angenommen", überlegte Katelyn.

Verwundert runzelte Chris die Stirn. „Warum sollte er sich dem verweigern?"

Hilflos zuckte sie mit den Schultern. „Vielleicht sollten wir mal einen Aufruf im Social Media starten. Ich meine, klar, es gibt viele McKays. Aber gibt es so viele, die Vorfahren hier aus der Gegend haben? Womöglich finden wir auf die Art etwas heraus."

„Einen Versuch ist es sicher wert."

***

Alicia starrte auf das Facebook-Posting, auf das sie eher durch Zufall aufgrund eines geteilten Beitrags einer Bekannten gestoßen war, und wurde von einem Gefühl erfasst, das sie nur schwer beschreiben konnte. Eine Katelyn O'Brian suchte nach verstreuten Familienmitgliedern, die den Nachnamen McKay tragen könnten?

Ihren Namen.

Bisher hatte sie sich nie viel mit ihrer Familiengeschichte befasst, war zufrieden, hier in Frankreich auf dem kleinen Gehöft der McKays zu leben, auf dem früher wie heute Pferde gezüchtet wurden. Sie liebte ihre Heimat Brantôme und hatte nie das Gefühl gehabt, sie müsse aus dem Kleinstadtflair fliehen, wie ihr Bruder, der nun in Toulouse lebte.

Nachdenklich senkte sie den Blick, denn sie dachte an eine Geschichte, die ihr Großvater vor seinem Tod oft erzählt hatte. An Details konnte sie sich nicht mehr erinnern, aber sie wusste, dass es immer um ein sehr altes Buch gegangen war, das ein Vorfahr geschrieben hatte, der hierher ausgewandert war.

Sie sah aus dem Fenster und schaute auf den Fluss Dronne. Ein warmer Wind brachte den Geruch von Lavendel mit sich. Alicia stellte sich an das offene Fenster und ließ ihren Blick schweifen. Ihre Pferde grasten auf den weitläufigen Weiden und eine Obstplantage grenzte an die eingezäunten Wiesen. Ein kleiner Wald umringte Alicias Zuhause und sie bekam Lust auf einen Ausritt. Doch dieses Posting ließ sie nicht los.

Entschlossen ging sie die Stufen ins Erdgeschoss hinunter und suchte ihre Mutter Chloé. Alicia fand sie in der sonnendurchfluteten Landhausküche. Ein leckerer Duft stieg ihr in die Nase und ließ ihren Magen knurren.

„Maman, machst du unser Apfelgebäck?"

Chloé drehte sich herum und grinste schelmisch. „Das kannst du erschnuppern, was?"

„Immer!"

„Komm, setz dich, ich habe schon was fertig."

Während Alicia sich die Köstlichkeit schmecken ließ, die in ihrer Familie schon seit Generationen gebacken wurde, schob sie ihr Smartphone in Richtung ihrer Mutter.

„Maman, schau mal. Ich musste direkt an das alte Buch denken, von dem Opa immer erzählt hat."

Chloé wischte sich die Hände an einem zerschlissenen Handtuch ab und schaute auf den Bildschirm. „Übersetz mir doch bitte, was da steht. Du weißt, mein Englisch hält sich in Grenzen."

„Ach ja, entschuldige." Alicia erklärte ihr, was in dem Beitrag stand. „Die Geschichte hat doch hauptsächlich in dieser Gegend gespielt, oder?

Ihre Mutter überlegte kurz. „Ja, ich glaube schon."

„Existiert das Buch noch irgendwo?"

„Vielleicht ist es in der alten Garage gelandet, bei den Sachen, die dein Vater schon seit Ewigkeiten mal aussortieren wollte."

Womöglich war es ja gut, dass er das stets vor sich hergeschoben hatte.

Alicia nahm sich ein letztes Stück von dem leckeren Gebäck. „Ich werde mal danach suchen. Eventuell ist da ja wirklich ein Zusammenhang."

„Was wollen denn diese Leute aus Keswick?"

Alicia schaute noch einmal nachdenklich auf das Posting. „Ich denke, nur Nachforschungen anstellen."

Ihre Mutter wandte sich wieder dem Herd zu. „Sag mir, wenn du was gefunden hast, ja?"

„Mach ich", antwortete Alicia ihr im Hinausgehen.

In besagter Garage lag alles kreuz und quer. Staub wirbelte auf, als Alicia eintrat. Unzählige Kartons, in denen das Hab und Gut ihrer Großeltern ruhte, stapelten sich in der alten Werkstatt, die ihr Vater schon lange nicht mehr nutzen konnte, weil eben alles vollgestellt war.

Mit einem tiefen Seufzen nahm sich Alicia den ersten Karton vor und begutachtete die Dinge, die sich dort verbargen. Doch nach drei Stunden gab sie entnervt auf. Mit Staubfäden im hellbraunen Haar setzte sie sich auf die Bank am Haus und knibbelte am abgeblätterten Farblack herum.

Ihr Vater Pierre, der gerade aus den Stallungen kam, gesellte sich zu ihr. „Bald wird die Bank überhaupt keine Farbe mehr haben", sagte er belustigt und zupfte seiner Tochter einen Staubflusen aus dem Haar.

„Papa, weißt du, wo in all dem Chaos dieses alte Buch ist, von dem Opa immer erzählt hat?"

„Nicht in diesen Kartons."

Alicia horchte auf. „Sondern?"

„Dieses Buch ist aus dem 18. Jahrhundert und mein Vater hätte mir einen Tritt in den Hintern gegeben, wenn ich es einfach in der Garage liegen gelassen hätte. Es ist wertvoll." Er setzte sich neben sie. „Warum fragst du? Das hat dich doch bisher nie interessiert."

„Ich hab was auf Facebook gesehen. Da sucht eine Familie O'Brian aus Keswick nach verstreuten Familienmitgliedern, mit unserem Nachnamen."

„Darf ich es mal sehen?"

Alicia holte ihr Smartphone aus der Hosentasche und öffnete erneut den Beitrag.

Interessiert beugte sich ihr Vater vor und las den Aufruf. „Komm mal mit!"

Pierre führte sie zurück ins Haus und ging in sein Büro, das sich wie ihr Zimmer im oberen Stockwerk befand. Er ging zu einer Glasvitrine, öffnete sie und holte eine hölzerne Schachtel hervor. Als er den Deckel aufklappte, blickte Alicia auf ein dickes Lederbuch, das mit Schnüren zusammengebunden war.

„Wir hatten überlegt, es einem Museum zu stiften, aber da mein Großvater sehr viel Wert darauf gelegt hat, es weiterzureichen, haben wir es sein gelassen."

Beide betrachteten andächtig das kostbare Buch.

Alicia suchte den Blick ihres Vaters. „Kann man die Worte noch entziffern?"

„Ja, sehr gut sogar. Unsere Familie hat es wie einen Schatz behütet, aber auch verborgen gehalten, wegen eines Geheimnisses, das damals nicht aufgedeckt werden durfte."

„Darf ich es lesen?"

„Ja, natürlich, aber gehe behutsam damit um."

Neugierde hatte Alicia gepackt. Sie nahm die Schachtel mit dem großen Buch an sich und verzog sich in ihr

Zimmer. Die Sonne flutete den Raum, als sie den schweren Band aus seiner Schutzhülle hob. Sie legte das alte Werk auf den Schreibtisch, schlug die erste Seite auf und begann zu lesen.

Die Zeit verging wie im Flug, die Worte nahmen sie völlig gefangen. Sie ließ das Abendessen ausfallen, weil die Geschichte sie so sehr faszinierte. Dies war einer ihrer Vorfahren!

Sie hatte zwar vage gewusst, dass die Wurzeln ihrer Familie in England lagen, aber bisher war nie ihr Interesse geweckt worden, dort nachzuforschen.

Bis tief in die Nacht las sie in dem Buch und zwang sich dann, ins Bett zu gehen. Denn früh am Morgen musste sie bereits mit dem Bodentraining der Jungpferde beginnen.

Die schlaflose Nacht hinterließ Spuren bei Alicia. Müde und abgekämpft absolvierte sie das Training, das heute nicht besonders erfolgreich verlief, da die Pferde ihre Unaufmerksamkeit gnadenlos ausnutzten.

Pierre lehnte auf dem Gatter, das die Reithalle verschloss und sah ihr amüsiert zu. „Du hast die halbe Nacht gelesen, oder?"

Sie schaute zu ihrem Vater und nickte.

„Vorsicht!"

Alicia reagierte auf den Warnruf ihres Vaters und wandte sich rasch zu dem Junghengst um, der sich nun übermütig in den Sand schmiss und sie fast umgeworfen hätte, wäre sie nicht einen Schritt zur Seite getreten. Ihr entfuhr ein lauter Fluch.

„Mach Schluss für heute, Alicia. Ich übernehme für dich."

Sie seufzte resigniert, ging zu ihm und reichte ihm die Gerte, die sie dazu nutzten, den Tieren sanfte Zeichen zu geben.

„Es tut mir leid. Ich konnte mich nicht losreißen."

Pierre legte seiner Tochter verständnisvoll einen Arm um die Schultern. „Das ging mir damals auch so."

„Hast du nie versucht, herauszufinden, ob es in Keswick noch Verwandte gibt?"

„Ehrlich gesagt, nein", gab er zu. „Aber dein Großvater hat davon geträumt. Er hat damals sogar eine Frau ausfindig gemacht und wollte ihr schreiben. Aber, na ja ... du weißt ja, dass nach dem Tod meines Vaters alles drunter und drüber ging."

Alicia erinnerte sich noch lebhaft, wie verzweifelt ihre Großmutter gewesen war, als ihr Mann überraschend einem Herzinfarkt erlegen war. Damals hatte ihr Großvater noch das Gestüt geleitet.

Ihr Vater fing den jungen Hengst ein und befestigte einen Führstrick am Halfter, damit er ihn unter Kontrolle halten konnte. Er näherte sich Alicia wieder. „Ich schau heute Abend mal, wo Vaters Notizen abgeblieben sind."

Sie schenkte ihm ein Lächeln. „Vielen Dank, Papa."

Alicia hätte sich am liebsten etwas hingelegt, verwehrte es sich aber und half ihren Eltern anderweitig. Erst gegen Abend schlummerte sie todmüde auf der Couch ein, wo ihre Mutter sie weckte, als es draußen schon stockdunkel war.

„Geh ins Bett, Alicia", sagte sie sanft.

Doch nun fühlte sie sich dermaßen aufgekratzt, dass an Schlaf nicht mehr zu denken war. Sie musste das

Buch zu Ende lesen, wollte unbedingt wissen, was am Ende geschehen war.

Erst in der Morgendämmerung klappte Alicia den ledernen Einband zu. Die letzten Worte dieser besonderen Erzählung nahmen sie noch völlig gefangen und es fiel ihr schwer, sich davon zu lösen. Alles in ihr kribbelte vor Aufregung und nur ein Gedanke beherrschte sie. Alicia musste diese Familie in Keswick ausfindig machen.

Ob die Frau, die ihr Großvater damals gefunden hatte, zu dieser Katelyn gehörte, die das Posting verfasst hatte?

Alicia würde es herausfinden!

***

Chris schaute aus dem offenen Fenster und sah Katelyns Großmutter Fiona nach. Sie fuhr auf ihrem klapprigen Rad in die Stadt, um sich mit einer Freundin zu treffen.

Gitarrenklänge hallten im Raum und seine Aufmerksamkeit wandte sich Katelyn zu. Ihr dunkles Haar fiel ihr halb ins Gesicht, gedankenverloren schaute sie auf ihre linke Hand, die auf den Saiten tanzte. Chris kannte das Lied, sie hatte es auch an dem Tag gespielt, als sie sich das erste Mal in dem Wäldchen getroffen hatten. Ein Lächeln umspielte seine Lippen. Er lehnte sich gegen das Fensterbrett, spürte den Wind im Rücken, lauschte der Melodie.

Drei Wochen war es her, dass Katelyn den Beitrag auf Facebook gepostet hatte, doch bisher war keiner der

Kommentare hilfreich gewesen. Bei ihnen beiden breitete sich Enttäuschung aus und Katelyn konnte dies am besten in ihrer Musik ausdrücken.

Je länger er sie beobachtete, desto mehr mischten sich alte Erinnerungen dazwischen. Für einen Moment sah Chris nicht Katelyn dort auf dem Sessel sitzen, sondern Jake, wie er damals am Lagerfeuer auf seiner Gitarre gespielt hatte. Er versuchte, das Bild festzuhalten, doch ein Blinzeln seinerseits ließ es verschwinden.

Katelyn hielt inne und ihr konzentrierter Ausdruck veränderte sich. Versonnen schaute sie zu ihm auf. Hatte er sie deshalb so gesehen, weil sie sich gerade wie Jake fühlte?

Ihr Spiel klang noch in ihm nach, aber sie legte das Instrument zur Seite und stand auf. Sein Herz schlug schneller, denn er sah ihr an, dass seine Vermutung zutraf. Ohne ein Wort zu verlieren, umfasste sie sein Gesicht mit beiden Händen und küsste ihn. Er lachte leise an ihrem Mund und zog sie näher zu sich, erwiderte ihre Berührung stürmisch.

Katelyn zupfte ungeduldig an seinem Hemd, zog es ihm aus der Hose und Chris spürte ihre Hände auf seiner Haut. Er küsste sie erneut und ließ sich von ihr zum Bett ziehen. Sie fielen auf die Matratze und es wurde völlig unwichtig, wer sie einst gewesen waren.

Ihre Finger fuhren durch sein schon zerzaustes Haar und er bog den Kopf mit geschlossen Augen nach hinten, denn ihre Lippen strichen über seinen Hals. Katelyn richtete sich auf und drängte ihn in die weichen Laken. Er packte den Stoff ihres Shirts und zog es ihr kurzerhand aus. Sie befreite sich von ihrem BH, während er sein eigenes Oberteil förmlich vom Körper riss. Ihre Lippen trafen sich ungestüm.

Unten klingelte die Haustür und sie erstarrten. Katelyn fluchte leise.

„Wer auch immer an der Tür ist, er muss später wiederkommen", raunte Chris, fuhr sachte über ihr Dekolleté und dirigierte sie sanft nah an seinen Körper.

Katelyn lächelte verführerisch.

Sie ignorierten, dass es noch zweimal schellte.

Ihre Küsse vertieften sich und alles um sie herum verlor an Bedeutung, als sie sich in ihr Begehren fallen ließen, um sich so nah sein zu können, wie es nur möglich war.

Chris hielt Katelyn im Arm. Draußen zwitscherten die Vögel und ein Sonnenstrahl erwärmte seinen Arm. Er hauchte ihr einen Kuss aufs Haar und genoss die Nähe ihres entspannten, nackten Körpers. Er begann, sie sachte an der Taille zu streicheln. Katelyn seufzte wohlig und räkelte sich in seiner Umarmung.

Durch das noch offene Fenster hörte Chris Fionas Stimme. Also war sie von ihrem Treffen zurück. Aber mit wem sprach sie da? Er horchte auf, als eine fremde Frauenstimme antwortete. Hatte ihr Besuch vorhin womöglich die ganze Zeit im Garten gewartet?

Das alte Cottage war sehr hellhörig und das Klicken des Schlosses, als Fiona die Tür öffnete, war bis hier oben zu vernehmen. Drinnen wurde das Gespräch fortgeführt.

„Katelyn? Chris?", rief Fiona von unten.

Sie kämpften mit der Bettdecke. Kichernd befreiten sie sich aus dem zusammengeknautschten Gewirr und

Chris stahl Katelyn noch einen Kuss. Es klopfte nun an der Tür, die zu ihrem Wohnbereich führte.

„Augenblick, Fiona“, sagte Chris.

„Es tut mir leid, wenn ich euch störe, aber ihr habt Besuch.“

„Wir kommen gleich runter“, rief Katelyn.

Rasch zogen sich beide wieder an und Katelyn versuchte, ihr Haar zu ordnen, doch als das nicht gelang, band sie es kurzerhand zusammen. Chris fuhr sich nur mit den Fingern durch die Frisur.

„Wer ist das wohl?“, fragte sie ihn. „Kam dir die Stimme bekannt vor?“

Chris zuckte mit den Schultern. „Nein, keine Ahnung.“ Er ärgerte sich, dass sie gestört wurden, aber es interessierte ihn schon, wer dort die ganze Zeit gewartet hatte.

Sie gingen schließlich runter ins Erdgeschoss. Eine junge Frau, vielleicht neunzehn Jahre alt, blickte ihnen mit neugierigem Ausdruck entgegen. Selbstbewusst ging sie zuerst auf Katelyn zu, reichte ihr die Hand und tat dann dasselbe mit Chris, der ihre Geste erwiderte.

„Es tut mir leid, dass ich unangemeldet komme“, sagte sie mit starkem französischen Akzent. „Ich komme wegen Ihres Postings bei Facebook. Mein Name ist Alicia McKay.“

Chris starrte sie überrascht an und warf Katelyn einen flüchtigen Blick zu. Die schien ebenso verdutzt. Fiona kam neugierig näher.

Alicia stellte ihre Tasche ab. „Sie fragen sich vielleicht, woher ich Ihre Adresse habe.“

Sie schauten die junge Frau abwartend an, Katelyn nickte. Alicia musterte nun einen nach dem anderen und fuhr fort. „Mein verstorbener Großvater hatte noch zu seinen Lebzeiten nach Vorfahren hier in der Gegend gesucht, wegen eines sehr alten Buches. Er stieß damals auf eine Frau namens Fiona O'Brian und kontaktierte sie auch. Leider verstarb er kurz darauf. Deshalb wusste ich von diesem Ort. Und jetzt hoffe ich, dass ich hier richtig bin." Sie lächelte verlegen.

Fiona trat vor. „Sie sind am richtigen Ort. Ich erinnere mich an das Schreiben Ihres Großvaters. Doch auf meine Antwort kam nie etwas zurück."

„Mein Großvater starb sehr überraschend an einem Herzinfarkt. Ihr Brief muss damals untergegangen sein." Nun sah Alicia Katelyn an. „Und als ich den Facebook-Post gesehen habe, ist mir eingefallen, dass mein Großvater ebenfalls Nachforschungen angestellt hat."

„Und was hat es mit diesem alten Buch auf sich?", hakte Chris nach.

Alicia beugte sich vor und hob ihre große Ledertasche wieder an. „Das ist eine längere Geschichte."

„Kommen Sie doch erstmal richtig hinein", mischte sich Fiona ein. „Ich mache uns einen Tee."

„Sehr gerne, vielen Dank. Ist es in Ordnung, wenn ich mein Auto einfach in der Einfahrt stehen lasse?"

„Ja, sicher."

Chris, Katelyn und Alicia folgten Fiona in die Küche. Katelyn hielt ihn kurz zurück. „Was hältst du davon?", fragte sie mit gedämpfter Stimme.

Unsicher schaute er zu der fremden jungen Frau. „Wenn ich das nur wüsste."

Wenig später saßen sie in Fionas gemütlichem Wohnzimmer, tranken Tee und aßen die selbst gebackenen Kekse.

„Sie sind einfach drauflosgefahren?“, wollte Katelyn nun wissen.

„Ja. Ich hatte Ihnen zuerst eine persönliche Nachricht geschrieben, weil ich nicht öffentlich kommentieren wollte. Aber das muss in diesen blöden Ordner gerutscht sein, den man sich nie anschaut.“

Sie schaute Alicia verdutzt an. „So einen Ordner gibt es?“

Katelyn öffnete den Messenger und suchte nach der Nachricht. Alicia kam ihr zu Hilfe und zeigte ihr die versteckte Rubrik, in den die Anfragen und auch die Spam-Nachrichten gefiltert wurden.

„Es tut mir leid, ich nutze Facebook so selten“, sagte Katelyn.

Chris beugte sich vor und überflog die Nachricht.

„Als keine Rückmeldung kam, habe ich nach Hinweisen gesucht, die mein Großvater notiert hatte.“ Sie sah Fiona an. „Und fand Ihren Brief, Ms O’Brian.“

Chris Herz raste auf einmal. Was würde diese Frau ihnen sagen können? „Was hat Ihr Großvater denn heraus gefunden? Also wegen seiner Vorfahren?“

Alicia begegnete seinem Blick und sie schien ihm irgendwie vertraut, obwohl er nicht erklären konnte, wo das Gefühl herrührte. „Eigentlich kenne ich die ganze Geschichte. Aber da ist so viel, dass ich gar nicht weiß, wo ich beginnen soll. Deshalb ...“ Sie öffnete ihre Tasche und holte ein altes ledergebundenes Buch hervor, „... habe ich das Buch von James McKay mitgebracht.“

Chris wurde kreidebleich. „Was?!“ Ein Zittern durchfuhr ihn.

Alicia legte das schwere Buch auf ihren Schoß und berührte mit der Hand den empfindlichen Einband. „Hier ist alles aufgeschrieben."

Katelyn griff nach Chris' Hand.

Fiona sah Alicia zuerst sprachlos an, beugte sich dann vor und ergriff das Wort. „Ich habe jahrelang versucht herauszufinden, warum dieser Zweig unserer Familie spurlos verschwunden ist", sagte sie heiser.

„Weil es geheim gehalten wurde, höchstwahrscheinlich über mehrere Generationen", erklärte Alicia.

Chris konnte sich auf das weitere Gespräch nicht mehr konzentrieren.

James …

Tränen verschleierten seine Sicht, denn eine Erinnerung drängte sich ihm auf – Johns Erinnerung.

James war nicht einmal drei Jahre alt und kam auf ihn zu gestolpert. John kniete vor ihm nieder, fasste ihn an beiden Schultern

„James, egal, was die anderen über mich sagen werden … versprich mir, dass du nie vergisst, was du tief in dir für mich fühlst. Vergiss nicht, dass ich dich liebe. Das weißt du doch, oder?"

Der Junge nickte und seine Augen füllten sich mit Tränen. „Gehst du denn wieder weg?"

„Ja, mein Kleiner, das muss ich."

Chris blinzelte und atmete tief durch, verdrängte die Bilder vehement. Er konnte seinen Blick nicht von dem Buch abwenden, das ihm vielleicht alle Antworten geben konnte.

„Alles in Ordnung?", flüsterte Katelyn ihm zu.

Er schüttelte unmerklich den Kopf, deshalb ergriff sie das Wort. „Alicia, wäre es möglich, dass wir das Buch lesen?"

„Ja, natürlich, deshalb habe ich es mitgebracht. Allerdings müssen Sie sehr vorsichtig damit umgehen, es ist empfindlich."

„Das wissen wir, denn auch wir besitzen drei solcher Bücher."

„Was? Wirklich? Doch nicht etwa … die Tagebücher von Jonathan McKay?"

Katelyn nickte lächelnd. „Genau die."

„Sie wissen davon?", mischte sich Chris nun ein und räusperte sich, weil ihm fast die Stimme überschlug.

„James erzählt am Anfang sehr viel davon. Dürfte ich sie sehen?", fragte sie und pure Hoffnung lag in ihrer Mimik.

Fiona holte die drei Bücher hervor und sie steckten die Köpfe zusammen, um begeistert darüber zu reden. Chris hingegen saß noch immer auf der Couch und starrte auf James' Buch, das nun auf dem Wohnzimmertisch lag. Zaghaft streckte er die Hand danach aus und berührte ergriffen den ledernen Einband, schlug die erste Seite auf.

Der Anfang versetzte ihn derart in Aufruhr, dass er abrupt aufstand und den Raum verließ.

Oh, mein Gott, das ist wirklich von James!

Er konnte kaum atmen und ging hinaus in die Nachmittagssonne, setzte sich auf die Bank neben dem Kirschbaum. Mühsam rang er nach Fassung und schaute zu den sich wiegenden Zweigen. Fionas alter Obstbaum erinnerte ihn jedes Mal an die Vergangenheit und er legte seine Hand an die raue Rinde, als würde er so etwas Halt finden. Chris hatte gedacht, mit all dem gut zurechtzukommen, doch nun fühlte er sich überfordert. Er schluckte schwer, drängte jegliche Tränen zurück.

Katelyn setzte sich still zu ihm, griff erneut nach seiner Hand.

„Alicia möchte sich ein bisschen ausruhen, Fiona hat sie im Gästezimmer einquartiert und ich habe ihr die Tagebücher gegeben."

Chris nickte und schöpfte Atem. „Ich hatte gedacht, es ist einfacher, aber ..."

„Er konnte das Buch schreiben und ist anscheinend der Vorfahr von Alicias Familie. Das bedeutet, dass er leben durfte, Chris."

Er schaute ihr in die Augen und eine Last fiel von seinen Schultern, denn diese Angst hatte ihn beherrscht. Dass sein damaliger Sohn ein früher Tod ereilt hatte und sich deshalb jede Spur verloren hatte.

James ist nicht gestorben, er hat überlebt!

Er verschränkte seine Finger mit Katelyns. „Ich muss es lesen", sagte er heiser.

Liebevoll strich sie ihm durchs Haar. „Ja, das musst du."

Sie brachten das kostbare Buch hinauf in ihren Wohnbereich und Chris legte den schweren Band auf den alten Sekretär, der ihm wohlvertraut war, denn wie die Tagebücher und der Flügel hatte Johns altes Möbelstück die Zeit überdauert. Er strich über das polierte Holz. Katelyn ließ ihn allein. Langsam öffnete er das Buch und begann zu lesen ...

Beginn einer Freund- schaft

Ein Sonnenstrahl beleuchtet meinen Sekretär und ich beuge mich vor, um die Wärme zu spüren. Der alte Eichenstuhl knarzt leise. Die Schreibfeder in meiner Hand wiegt schwer und ich weiß nicht, wie ich beginnen soll. Meine ursprünglichen Tagebücher sind für mich verloren, aber es widerstrebt mir, diese Geschichte unerzählt zu lassen. Aber dieser Neuanfang ist gut.

Ich denke an meinen Vater – meinen leiblichen Vater, der mir viel zu früh genommen wurde. Meine Erinnerungen an ihn sind vage, trotzdem weiß ich noch um das Gefühl, das er stets in mir ausgelöst hat ... Geborgenheit. Sein Tod hat damals alles verändert und ich glaube, meine Mutter konnte seinen Verlust nie vollständig überwinden. Doch ich möchte nicht vorgreifen.

Wenn ich aus dem Fenster sehe, blicke ich auf den sanft dahinfließenden Fluss. Der Nachmittagsschein lässt die Wasseroberfläche aufglitzern und das Heidekraut, das hinter dem Ufersaum beginnt, erstrahlt in sattem Violett.

Ich habe mich in diese Gegend wirklich verliebt und der Zeitpunkt, dieses Buch zu beginnen, ist mit Bedacht gewählt. Wie mein Vater, ja, sogar ihm zu Ehren, werde ich aufschreiben was geschehen ist. Warum ich mich nun hier und nicht in Westmorland befinde und warum der Nachname, den ich über zwanzig Jahre getragen habe, verschwiegen werden muss.

Ich seufze tief auf. Wie beginne ich?

Mit den Fingern zerzause ich die Gänsefeder und überlege, wo ich ansetzen könnte. Plötzlich dringt eine einschneidende Erinnerung in mein Herz. Ich bin fast zehn Jahre alt gewesen und habe meine Mutter Hellen weinend im Schlafzimmer vorgefunden ...

1

Januar 1775

Die Melodie einer Spieluhr ließ mich aufhorchen. Ich kroch aus dem Bett, spähte durch die Tür in den Flur. Ich warf einen Blick auf meinen Hund Less, der neben mir gelegen hatte und nun aufmerksam den Kopf hob. Meine Mutter hatte es eigentlich verboten, denn Tiere gehörten nicht ins Bett, sagte sie immer. Ein Lächeln legte sich auf mein Gesicht – Less und ich waren da ganz anderer Meinung.

Ich schlich auf den Flur. Unsere Jagdhunde bellten gedämpft im Ostflügel.

Wegen eines Pferdekaufs blieb mein Stiefvater Lester über Nacht außer Haus. Obwohl ich ihn beim Vornamen nannte, liebte ich ihn wie einen Vater. Manchmal störte mich diese Anrede, denn Lester war der Mann, der mir nah, der mir immer ein Vater war, aber so hatte man es mir beigebracht. Jetzt kam mir der Zeitpunkt allerdings ungünstig vor, erneut darüber zu verhandeln.

Meine Mutter lauschte dem Lied und jedes Mal, wenn die Spieluhr stehenblieb, zog sie sie wieder auf. Ich brauchte einen Moment, um die Melodie zu erkennen: Es war das Kinderlied *Frère Jacques*. Um diese Uhrzeit störte ich sie nur ungerne, aber ich wusste, dass sie mit dem Alleinsein nicht gut zurecht kam.

Unschlüssig verharrte ich im Korridor. Die Melodie verklang, dann hörte ich meine Mutter leise aufschluchzen.

Zaghaft schob ich die Tür zu ihrem Schlafgemach auf. Sie saß auf dem Bett. Drei ledergebundene Bücher lagen neben ihr, die Spieluhr ließ sie in den Schoß sinken. Als sie mich sah, wischte sie sich rasch über die Augen.

„Habe ich dich geweckt, James?"

Ich schüttelte den Kopf. „Ich konnte nicht schlafen."

Sie winkte mich zu sich und ich setzte mich neben sie auf das große Bett.

„Das liegt nicht zufällig an einem Hund, der sich in deinem Bett breit macht?"

Schuldbewusst sah ich sie an. „Ähm …"

„Schon gut." Sie strich mir zärtlich über das Haar. „Es wird dunkler", flüsterte sie.

„Was denn?"

„Dein Haar. Früher war es genauso hell wie das deines Vaters."

Sie redete nicht oft von meinem leiblichen Vater, also schaute ich sie abwartend an. Würde sie noch mehr erzählen?

Sie blieb schweigsam.

„Erzähl mir von meinem Vater", bat ich. „War das seine Spieluhr?"

Meine Mutter schüttelte den Kopf. „Nein, aber sie erinnert mich an ihn. Als du geboren wurdest, spielte er das Lied für uns auf dem Flügel. So wusste ich, er war da, obwohl er nicht zu mir durfte."

„Und was sind das für Bücher?" Ich hatte sie schon einmal gesehen, aber meine Eltern verbargen sie vor mir.

Sie legte ihre Hand auf den Einband des einen Buches. „Sie sind von deinem Vater, aber du bist noch zu jung, um sie zu verstehen."

„Warum? Steht darin, warum man ihn hingerichtet hat?"

„James! Woher …?"

„Lester und du, ihr habt mal darüber gesprochen."

Sie schluckte schwer. „Er war unschuldig."

„Ich weiß."

Ihr Blick stellte die Frage, die sie nicht aussprechen konnte, weil es ihr nach sieben Jahren immer noch viel zu nah ging.

„Er hat es mir gesagt."

„Du … erinnerst dich … an ihn?"

„Ein bisschen." Ich dachte angestrengt nach, denn es gab eine Begebenheit, von der ich sogar träumte. Mein Vater hatte sich vor mich gekniet und versucht, mir zu erklären, warum er gehen musste. In diesen Träumen hörte ich seine sanfte Stimme.

Ich erzählte meiner Mutter davon und ihr liefen Tränen über die Wangen. Worte fand sie nicht.

„Es tut mir leid, ich wollte dich nicht traurig machen."

Ihr huschte ein Lächeln übers Gesicht, ihre Fingerspitzen streichelten meine Wange. „Ich verspreche dir, dass du eines Tages die Bücher deines Vaters lesen darfst, aber jetzt bist du noch zu jung, um das alles wirklich zu verstehen."

Ich nickte resigniert.

Sie klaubte die drei Bücher zusammen, presste sie an ihre Brust und trug sie zu einer Truhe am Fenster. Dort legte sie die Bände hinein, klappte den Deckel zu und verschloss diesen. Enttäuscht seufzte ich auf.

„Dann erzähle mir was anderes von meinem Vater."

Sie setzte sich wieder zu mir, legte einen Arm um mich. „Er liebte die weiße Stute Lilly. Nur er und das Mädchen, das uns damals im Stall ausgeholfen hat, konnten mit ihr umgehen."

„Verkauft Lester sie deshalb nicht? Obwohl sie so störrisch ist?"

„Lilly würden wir niemals verkaufen. John ... dein Vater hätte das nicht gewollt."

„Aber sie lässt niemanden mehr aufsitzen."

Meine Mutter hob in einer hilflosen Geste die Schultern kurz an.

„Vielleicht ist sie auch noch traurig, so wie du und Lester", vermutete ich.

„Das ist möglich." Sie küsste mich auf die Stirn. „Geh jetzt ins Bett, mein Schatz, ja?"

Ich lugte zu der Truhe. „Da bewahrst du seine persönlichen Sachen auf, oder?"

„Ja ..."

„Kann ich sie sehen? Bitte!"

Die Uhr zeigte bereits nach elf Uhr abends an und ich wusste, dass sie es am liebsten auf den Morgen verschoben hätte, aber sie öffnete den Truhendeckel wieder und winkte mich zu sich, nachdem sie die Bücher wieder an sich gepresst hatte.

Behutsam nahm ich verschiedene Dinge heraus. Eine Schreibfeder, ein dunkelgrünes Jackett und ein in Papier eingeschlagenes Päckchen, das ich vorsichtig enthüllte. Zutage kam ein Medaillon. Fragend warf ich ihr einen Blick zu, sie nickte und ich öffnete es.

Mein Vater sah mich aus einem Porträt heraus an. Er sah fast genauso aus wie in meiner Erinnerung, nur, dass ich ihn meistens mit einem Lächeln auf den Lippen gesehen hatte – außer in diesen letzten Tagen. Auf dem Bild schaute er ernst drein. Ich klappte das Schmuckstück zu und legte das schützende Papier wieder um den Anhänger. Ich zog ein weißes Hemd hervor, an dem sich einige Schmutzstreifen befanden. Plötzlich durchzuckte mich ein Bild. Ich war auf seinem Arm, er trug mich in den Stall zu Lilly und meine schmutzigen Hände hinterließen Spuren auf dem weißen Stoff seines Hemdes ...

„Mama, darf ich das haben?"

Schweigend sah sie mich an. Ihr fiel es schwer, etwas von ihm fortzugeben, ich konnte es in ihren Augen sehen. Sanft strich sie über den Stoff.

„Das war sein Lieblingshemd", flüsterte sie.

Nun presste ich das Kleidungsstück an meine Brust, so wie sie die Tagebücher meines Vaters. „Würde er dann nicht wollen, dass es von jemandem getragen wird, der ihn lieb gehabt hat?"

Sie versuchte, ihre Tränen zurückzudrängen, musste sie aber mit einem Taschentuch abtupfen. „Du darfst es behalten." Wieder strich sie mir durch das halblange Haar. „Wirst du denn jetzt endlich ins Bett gehen?"

„Ja."

Ich hauchte ihr einen Kuss auf die Wange und lief mit dem Hemd meines Vaters in mein Zimmer. Wie ein Stofftier umarmte ich das Oberteil. Less hob den Kopf, robbte näher zu mir, schnupperte daran und winselte leise. Wir kuschelten uns aneinander und ich konnte endlich einschlafen. In dieser Nacht träumte ich nicht, obwohl ich es mir gewünscht hätte.

Am Morgen weckte mich Less, indem er mich fast aus dem Bett warf. Ich blinzelte ihn an, wollte ihn ein wenig zur Seite schieben, da sah ich, dass er seine Nase im Hemd meines Vaters vergraben hatte.

„Du hast ihn auch nicht vergessen", erkannte ich und kraulte ihn hinter den Ohren.

Less grunzte leise und wedelte mit dem Schwanz. Ich robbte aus dem Bett und fröstelte. Der Boden kam mir eiskalt vor. Ich ging zum Fenster. Draußen überzog eine zarte Decke aus Frost die Welt. Trotz der frühen Stunde fühlte ich mich überhaupt nicht mehr müde. Ich tappte auf den Korridor, aber im Haus herrschte Stille, bis auf das leise Klappern unten in der Küche.

Ich kehrte zurück in mein Zimmer, um mir etwas Warmes anzuziehen und mich zu waschen. Wenig später hielt ich mein Oberteil schon in der Hand, als ich das zerknitterte Hemd meines Vaters betrachtete. Entschieden legte ich meines über einen Stuhl und nahm den alten Stoff in die Hand. Wie Less roch ich daran, und für einen Augenblick hörte ich das Lachen meines Vaters. Ich setzte mich auf den Stuhl und bürstete die Schmutzstreifen aus. Dann streifte ich es mir über. Natürlich war es mir viel zu groß, doch das war mir egal. Nun fühlte ich mich ihm ein wenig näher. Ich krempelte die Ärmel einfach auf und zog mein Jackett darüber. Ob es meiner Mutter auffallen würde?

„Komm, Less!"

Dem Hund brauchte ich die Aufforderung nicht zweimal zu sagen, er folgte mir die Treppe hinunter und lief mit mir aus dem großen Haus. Der vereiste Boden unter meinen Stiefeln knackte, als ich auf die Wiese trat. Draußen dämmerte es, die Sonne ging über den Hügeln auf und verwandelte den Raureif in einen glitzernden Teppich.

Less erleichterte sich und tobte dann über das Gras. Ich strebte zu den Stallungen und der Hund folgte mir sofort, ohne, dass ich ihn rufen musste. Im Vorbeigehen streichelte ich ihm über den Kopf.

Das Tor knarzte, als ich es aufschob und eintrat. Aufmerksam hoben die Pferde ihre Köpfe und lugten aus ihren Boxen. Less wusste, dass er sich hier still verhalten musste. Mein Vater hatte es ihm beigebracht, hatte meine Mutter mir einmal erzählt.

Lesters Stallknecht Vincent, der gerade Heu an die Pferde verfütterte, sah mich überrascht an. „So früh schon auf den Beinen, junger Sir?"

„Ich konnte nicht mehr schlafen."

Der ältere Mann nahm sich kurz die Mütze ab, um sich am Kopf zu kratzen, und seine wüsten Locken kamen zum Vorschein. Er kam mir immer ein wenig wortkarg vor, als ob er mit Pferden besser umgehen könne als mit Menschen. Ich ging an ihm vorbei zu der Box, der sich eigentlich niemand gerne näherte – Lillys Box.

Die weiße Stute ging unruhig hin und her, rührte nicht einmal ihr Heu an.

„Du hasst es hier im Stall, nicht wahr? Am liebsten bist du draußen auf der Weide", raunte ich ihr zu.

Less spitzte die Ohren, als Lilly leise wieherte und den Kopf herumwarf.

„Geht nicht zu nah ran, James! Ihr wisst, wie sie ist", warnte Vincent mich.

Ja, das wusste ich. Wenn ihr Fell gereinigt wurde, musste sie beidseitig angebunden werden, weil sie Vincent schon mehrmals gebissen hatte. Seit dem Tod meines Vaters ließ sie niemanden mehr aufsitzen, und seit das Mädchen, das früher im McKay-Stall gearbeitet hatte, weggezogen war, gebärdete Lilly sich oft wie ein Wildpferd, das mit Menschen nichts mehr zu tun haben wollte.

Ich wagte mich einen Schritt näher, beobachtete sie nachdenklich. Was hatte mein Vater anders gehandhabt? Wie hatte er Zugang zu ihr gefunden?

Less legte sich mit einem Schnaufen auf einen kleinen Haufen Stroh und beäugte das Pferd. Lilly starrte meinen Hund argwöhnisch an, schien ihn aber zu erkennen, denn sie entspannte sich. Ich warf Vincent einen prüfenden Blick zu. Der beachtete mich nicht mehr, sondern führte ein Pferd aus der Box, um auszumisten.

Ich knabberte auf meiner Unterlippe herum, wollte nicht einsehen, dass dieses Tier völlig verloren war, wie Lester es oft bezeichnete. Einmal erwog er sogar, es zu töten, ließ aber dann davon ab. Er brachte es nicht über sich, den endgültigen Schuss zu setzen, obwohl Lilly nach ihm getreten hatte und er wochenlang eine starke Prellung gehabt hatte.

Lilly wurde unruhiger, sie stieg sogar in ihrer Box und trat gegen die Holzwand, was Vincents Aufmerksamkeit erneut weckte. Da ich Abstand hielt, schwieg er.

„Mama sagte, mein Vater hat dich geliebt", flüsterte ich. „Erinnerst du dich an ihn? An John?"

Beim Klang seines Namens spitzte das Pferd die Ohren.

„Er kann nicht zu dir zurückkommen."

Lilly sah mich aus dunklen Augen an, sie hob den Kopf, als ob sie etwas witterte. Ihr Verhalten veränderte sich auf einmal. Ich sah es an ihrer Körpersprache. Mein Stiefvater hatte mir alles über Pferde beigebracht.

Verwundert verharrte ich auf der Stelle, als sie näher ans Gatter kam. Less setzte sich auf, knurrte leise. Auch er wusste um Lillys Launen und der Hund hatte oft den Drang, mich zu beschützen. Im Augenwinkel sah ich, wie sich Vincent langsam und wohl alarmiert näherte.

Nun schnupperte Lilly in der Luft, schien einen Geruch zu suchen, anders konnte ich es nicht beschreiben. Sie streckte den Kopf vor und fast wäre ich zurückgewichen, denn im ersten Moment dachte ich, die Stute wolle wieder zubeißen. In ihrer Pferdemimik las ich aber etwas ganz anderes – Aufregung und Freude.

Ich rührte mich nicht, als sich ihr großer Kopf über das Gatter schob, direkt auf mich zu. Noch nie hatte sich Lilly so weit aus der Box gelehnt. Sie schnupperte an mir wie ein übergroßer Hund, gab ein leises und hohes Wiehern von sich, das ich so von noch keinem Pferd gehört hatte. Ich war zuerst verwirrt. Bis das Pferd erneut an meinem Oberteil roch, gar nicht mehr davon ablassen wollte. Es war Vaters Geruch!

„Lilly", sagte ich leise und hielt ihr meine Hand hin.

Sie legte die Ohren an, schnappte warnend nach mir, verfehlte mich aber um mehrere Zentimeter. Also wollte sie mich eigentlich gar nicht beißen.

Vincent zischte mir einen Warnruf zu, doch ich ignorierte ihn.

Ich zog mir das Jackett aus, warf es einfach auf den Boden und krempelte die langen Ärmel auf, sodass meine Hände von dem Stoff bedeckt waren.

Ich streckte meinen Arm vor. „Lilly, komm her.“

Die Stute trottete wieder zu mir, roch an dem Stoff, rieb sich kurz daran. Ihr entfuhr ein tiefes Schnauben, das sich wie eine Erleichterung anhörte.

Im Augenwinkel sah ich, dass jemand die Stalltür öffnete. Wenig später hallte die Stimme meines Vaters durch den hohen Raum. „James! Nicht!“

Lilly scheute und stieg wieder in ihrer Box. Lester eilte an meine Seite, zog mich von dem Pferd fort. „Was machst du denn da?!“

Ich sah ihm in die dunklen Augen.

Immer noch völlig berührt wedelte ich mit dem langen Ärmel. „Sie riecht ihn, Lester!“

„Ich verstehe nicht. Was hast du denn da an?“ Er zupfte an dem zu großen Hemd, fasste mich an beide Schultern. „Geht es dir gut? Sie hat dich nicht gebissen, oder?“

„Nein, sieh doch nur!“

Zuerst wollte er mich davon abhalten, mich wieder der Box zu nähern, dann sah auch er Lillys verändertes Verhalten. Lester ließ mich los, hielt Abstand, als Lilly zu mir kam. Ich zog den Ärmel hoch, damit meine Hand frei war. Das erste Mal wagte ich ihr sachte über die Stirn zu streicheln – und sie ließ es zu.

„Es ist das Hemd meines Vaters, aus der Truhe", beantwortete ich seine Frage. „Mama hat es mir gegeben."

„Und sie erinnert sich an Johns Geruch", erkannte Lester mit heiserer Stimme.

Ich trat zurück, sah in sein betroffenes Gesicht. Er war der beste Freund meines Vaters gewesen. Mit einem tiefen Atemzug nahm er mich in den Arm. „Du musst dennoch vorsichtig mit ihr sein." Ich spürte, wie er mir über den Schopf strich.

„Lester, darf ich mich um sie kümmern, wenn sie es zulässt?"

„Nicht allein, nur gemeinsam mit mir oder Vincent."

„Danke!"

„Weiß deine Mutter, dass du hier bist?"

„Nein, ich glaube, sie schläft noch."

Er schwieg kurz, dann fragte er: „Hat sie wieder die Spieluhr aufgezogen?"

Ich nickte zur Antwort.

„Dann wird sie traurig sein. Komm, gehen wir zum Frühstück. Sicher hat Maggie es schon zubereitet. Wenn wir alle zusammen essen, wird es ihr bestimmt wieder gutgehen."

„Dann werde ich Liz holen." Sicher schlief meine Schwester noch.

„Mach das, mein Junge."

Ich schnappte mir meine Jacke und lief zum Stalltor. Noch einmal drehte ich mich um. Lilly hatte den Kopf aus der Box gestreckt und sah mir nach.

Ich komme wieder, versprach ich ihr in Gedanken.

Ich gab Less ein Zeichen. „Komm, wecken wir Liz auf!"

Der Hund bellte aufgeregt und ein paar Pferde scheuten, was Vincent ärgerlich brummen ließ. Ich lachte, weil er sich selbst manchmal wie ein alter Wolf anhörte.

Draußen sah ich zwei angebundene Pferde, eines noch gesattelt, das andere nur am Führstrick. Das schwarze musste das neue sein, weswegen mein Stiefvater meilenweit geritten war. Ich begutachtete den jungen Rappen. Ein wunderschönes Tier, das nun von Lester in den Stall geführt wurde. Vincent sattelte derweil das andere Pferd ab.

Ich rannte ins Haus und stieß fast unsere Köchin Maggie um. Ich wusste, dass sie schon zum Haushalt meines Vaters gehört hatte. Sie fing mich geschickt auf, sah mich mit diesem besonderen, liebevollen Blick an, der irgendwie immer ein bisschen Traurigkeit ausdrückte.

„Entschuldige, Maggie!"

„Wo wollt Ihr denn so schnell hin, junger Mann?"

„Zu meiner Schwester."

Sie wuschelte mir durchs Haar und ich stob mit Less die Treppe hinauf. Ohne Rücksicht stieß ich die Tür zu Elizabeths Zimmer auf. Ihre kleine Gestalt war in den Decken verborgen und ich lächelte. Dunkle Locken schauten hervor, mehr sah ich nicht. Less stürmte zu ihr, stellte die Vorderpfoten auf die Bettkante und wühlte Elizabeth frei. Sie quiekte und krabbelte tiefer unter die Laken.

„Less, komm her." Er gehorchte mir nicht. „Na, komm schon!" Ich zerrte ihn vom Bett herunter.

In diesem Moment kam meine Mutter herein. Less wandte sich ihr zu, wedelte mit dem Schwanz, doch sie wich zurück, sah mich mit großen Augen an. Der Hund blieb an meiner Seite, weil ich ihn fest am Halsband hielt. Sie fürchtete sich ein wenig vor Hunden.

„Ich habe sie schon geweckt!", sagte ich freudestrahlend.

Ihr huschte ein Lächeln übers Gesicht. „Ja, das sehe ich. Bitte bring Less hinaus, ja?"

Ich zog den Hund am Halsband aus dem Zimmer und gab ihm einen sanften Klaps, damit er sich trollte. Lesters Stimme ertönte unten in der Halle, was Less dazu veranlasste, zu ihm zu stürmen, um ihn zu begrüßen.

Meine Mutter hob Elizabeth aus dem Bett. Sie war erst drei Jahre alt und morgens recht verschlafen. Sie schmiegte sich an ihre Schulter, den Daumen noch im Mund, und blinzelte mich an.

Etwas später saßen wir im Esszimmer und ich baumelte ungeduldig mit den Beinen, was mir einen bedeutungsvollen Blick von Lester einbrachte. Im großen Kamin brannte ein Feuer, das die Wärme im Raum langsam verteilte. Ich versuchte, Elizabeths Aufmerksamkeit zu erhaschen, in dem ich eine lustige Grimasse zog, aber meine Schwester träumte in ihrem hohen Kinderstuhl vor sich hin. Noch immer nuckelte sie am Daumen, den meine Mutter ihr nun sanft aus dem Mund zog, um ihr eine Scheibe Brot mit Butter zu reichen. Eher widerwillig nahm Elizabeth das Essen an.

Ich wiederum biss herzhaft in mein eigenes Brot und beobachtete meine Eltern. Meine Mutter schien etwas zu frösteln, trotz des angefachten Kamins. Lester beobachtete sie nur kurz, stand auf und holte ein Wolltuch, das auf einer Chaiselongue gelegen hatte. Ohne ein weiteres Wort legte er es ihr um die Schultern.

Sie sah zu ihm auf. „Danke."

Zuweilen behandelte mein Stiefvater sie wie zerbrechliches Porzellan, vor allem wenn sie traurig war. Dann sprach sie nicht sehr viel und zog sich in sich selbst zurück. Meine Schwester schien diese Stimmung manchmal aufzunehmen, denn sie wirkte heute ungewöhnlich ruhig.

„Mama, ich war heute bei Lilly und sie war nicht böse zu mir", erzählte ich, um sie aufzuheitern.

Sie sah mich erschrocken an. „Du sollst ihr doch fernbleiben, James!"

„Ja, aber als du gestern sagtest, dass mein Vater sie so gern gehabt hat, bin ich sie besuchen gegangen. Und dann hat sie an seinem Hemd gerochen und wurde auf einmal ganz lieb. Ich glaube, sie vermisst ihn auch."

Am Esstisch wurde es so still, dass ich das Knistern der Flammen hören konnte. Meine Mutter schaute mich berührt an.

Lester räusperte sich. „Ich kam etwas später dazu und habe aufgepasst, dass sie ihn nicht beißt." Er tupfte sich mit der Serviette die Lippen ab. „Aber James hat recht. Sie hat darauf reagiert."

Sie zwang sich zu einem Lächeln, ich sah ihr an, dass es ihr schwerfiel, fröhlich auszusehen. „Das hätte deinen Vater bestimmt gefreut." Sie zog ihr Tuch fester um die Schultern und nahm Elizabeth das Brot aus der Hand, denn meine Schwester zermatschte es nur noch. „Liebling, du sollst es doch essen."

Nach dem Frühstück nahm Lester mich zur Seite. Sein ernster Ausdruck verunsicherte mich.

„Hab ich was Falsches gesagt?"

Er hockte sich vor mich. „Nein, aber du weißt, wenn deine Mutter die Spieluhr gehört hat, tut es ihr weh, dass dein Vater nicht mehr da ist."

„Aber sie hat doch jetzt dich."

Lester lächelte traurig. „Darüber ist sie auch sehr dankbar. Aber weißt du, ich vermisse deinen Vater auch."

Plötzliche Tränen stiegen in mir auf und ich senkte den Kopf. „Ist man immer so viele Jahre traurig, wenn jemand in den Himmel geht?"

„Bei einem besonderen Menschen ist das so. Und dein Vater war jemand, den wir tief in unsere Herzen eingeschlossen haben."

Er zog mich an sich und ich schlang die Arme um seinen Hals.

„Du erinnerst mich an ihn, weißt du das, James?"

Ich wischte mir über die Augen und schniefte verhalten. „Wirklich?"

„Oh ja, und ich weiß, wovon ich rede, denn dein Vater und ich waren schon Kindheitsfreunde. Wir haben uns kennen gelernt, da waren wir nur ein wenig jünger als du."

„Erzählst du mir davon?"

„Ja." Er bot mir seine Hand an und ich ergriff sie. „Komm, gehen wir ein Stück."

Lester führte mich nach draußen, an den Stallungen vorbei.

„Du weißt, dass unsere Ländereien nebeneinander liegen?"

„Ja, aber Mama hat gesagt, ich soll nicht zu dem alten Haus gehen."

Er sah auf mich herunter. „Möchtest du das denn?"

Ich nickte nur.

„Dann komm.“

Wir liefen über die Weide und kamen zu einem Wäldchen, durch den wir einen schmalen Pfad nahmen.

„John kletterte auf alten Trockenmauern herum, als ich ihn das erste Mal gesehen habe. Er war nie gerne im Haus, weißt du? Es regnete und mein erster Hund lief ungestüm auf ihn zu. Ich weiß nicht, warum sich May damals so gefreut hat, ihn zu sehen, aber sie war so groß, dass sie an seinen Beinen hochsprang und ihn dadurch von der Mauer schubste.“

„Hat er sich wehgetan?“

„Ja, sein Knie war aufgeschlagen, weil er an den Steinen entlanggerutscht ist, aber anstatt zu weinen, stand er auf, streichelte May, und sah mir entgegen.“

„Und von da an war er dein Freund?“

Lester lächelte. „So ungefähr.“

Sein Gesichtsausdruck verblasste, je weiter wir gingen. Als das alte Herrenhaus in Sicht kam, sah seine Miene unergründlich aus. Wollte er jedes Gefühl vor mir verbergen?

Die Gartenanlage war verwildert, Ranken wuchsen am Haus empor, es wirkte dunkler als in meiner Erinnerung. Das Scheunentor stand offen und eine Schar Raben flog auf.

„Jetzt wohnt niemand mehr hier, oder?“

„Nein. Erinnerst du dich noch an deinen Großvater?“

Ich biss mir leicht auf die Unterlippe, dachte nach. In meinen Gedanken sah ich ein flackerndes Kaminfeuer. Ich sitze auf dem Schoß eines alten Mannes und er erzählt mir eine Geschichte …

„Ja, er hatte so einen Schnäuzer, wie du früher.“

Er schnaubte amüsiert auf. „Ja, mein schöner Schnäuzer.“

„Warum hast du ihn nicht mehr?“

Er beugte sich mit einem Grinsen zu mir herunter und tippte mir auf die Nase. „Weil deine Mutter ihn nicht mochte. Und man tut besser, was die Frau, die man liebt, gerne möchte.“

Wir lachten leise und näherten uns dem Haus, doch Lester schwenkte nach einigen Metern in eine andere Richtung.

„Ist Großvater gestorben, weil mein Vater sterben musste, Lester?“, fragte ich.

Er antwortete nicht sofort, sondern führte mich zu einem eingezäunten Bereich, an dem ich nun Grabsteine erkannte. Sanft streichelte Lester mir über den Kopf und brachte mich an die Gedenkstätte meines Vaters. Schneerosen blühten auf dem winterlichen Boden. Ich starrte auf den Namen, berührte zaghaft den kalten Stein.

Was ich in diesem Moment fühlte, kann ich nur schwer beschreiben. Dort, so weit entfernt, liegt ein Teil meiner Familie – für mich unerreichbar, damals wie heute. Ich brauche einen Augenblick, um mich zu sammeln, damit ich dieses Buch fortführen kann. Heute weiß ich, dass meine Mutter und Lester darum gekämpft haben, dass mein Vater bei den McKays bestattet werden durfte. Die Umstände waren damals schwierig.

Wenn ich daran denke, treibt es mir die Tränen in die Augen, aber ich muss diese Geschichte niederschreiben.

Feiner Regen setzte ein, benetzte die Grabsteine. Ich konnte den Blick nur schwer von der gravierten Schrift abwenden, fühlte mich wie erstarrt.

Ich beobachtete, wie sich Lester hinhockte und sachte über die weißen Blütenköpfe strich. „Wer mag die gepflanzt haben?"

„Mama?", fragte ich flüsternd.

Er schüttelte den Kopf.

„Sie sind schön." Ich kniete mich vor das Grab, hob ein paar Herbstblätter von den Schneerosen.

Ungeachtet der Nässe setzte sich Lester neben mich. „Weißt du, dein Großvater war zuvor schon krank gewesen." Er zeigte auf das Grab daneben. „Als dein Vater starb, hat er es nicht gut verkraftet. Seine alte Krankheit kam zurück, er hat einen weiteren Anfall bekommen und ist seinem Sohn gefolgt."

„Er hat mir manchmal Märchen erzählt."

Ich schaute mich um und zeigte auf das recht frische Grab etwas entfernt. „Warum durfte ich nicht zu Tante Deidres Beerdigung letztes Jahr?"

Lester seufzte tief auf. „Deine Tante wollte nicht allein in dem Haus leben. Zu uns wollte sie auch nicht und sie wollte nicht heiraten. Also ging sie in ein Kloster."

„Was ist ein Kloster?"

„Dort leben eigentlich Menschen, die Gott sehr treu sind und nur für ihn leben. Deine Tante hat dort Frieden gesucht, ihn aber nicht gefunden."

„Hatte sie auch einen Anfall wie Großvater?"

„Nein. Sie hat sich dazu entschieden zu sterben."

Verwirrt schaute ich Lester an. „Wie … wie geht das? Man möchte das … und dann stirbt man?“

„Nein, natürlich nicht.“ Er griff nach meiner Hand. „Das ist viel komplizierter und niemand darf das tun. Deshalb war ihr Begräbnis etwas anders.“

„Ihr seid in der Nacht losgeritten und habt sie abgeholt, oder?“

„Das hast du mitbekommen?“

Ich senkte den Blick wieder auf die Schneerosen. „Ich habe gelauscht.“

„Wir wollten sie zu ihrer Familie zurückbringen.“

„Damit sie nicht wie ein Tier verscharrt wird.“

Lester schaute mich geschockt an.

„Das hat Mama zu dir gesagt. Und du hast geantwortet, dass du sie bezahlen wirst, damit Tante Deidre nach Hause kommen kann.“

„Ach Junge, du solltest so etwas wirklich nicht heimlich belauschen.“

„Es tut mir leid, ich hatte mich hinter einem der Vorhänge versteckt. Ich kannte Tante Deidre nicht richtig, aber sie hat Elizabeth diese schöne Puppe und mir das Schaukelpferd geschenkt. Ich wollte wissen, was passiert ist.“

„Ja, das verstehe ich.“

Ich wandte mich wieder den Steinen zu, betrachtete den Namen McKay.

„Ich heiße jetzt wie du.“

„Weil ich dich als meinen Sohn angenommen habe.“

„Aber ich darf dich nicht Vater nennen.“

Lester fuhr sich durch das Haar, das viel kürzer war als meins. „Das möchtest du immer noch?“

Ich knibbelte an meinen Nägeln herum und fragte mich auf einmal, ob mein richtiger Vater traurig wäre, dass ich Lester gerne so nennen würde. Dann wurde mir bewusst, dass John McKay für mich verloren war, auch wenn ich meinte, seine Gegenwart manchmal zu spüren.

Ich suchte Lesters Blick. „Mein Vater liegt in der Erde. Aber du bist hier bei mir."

Lester kämpfte um seine Fassung. Ohne ein Wort zog er mich in seine Arme und verbarg sein Gesicht an meiner Schulter.

So saßen wir vor den Gräbern, während der Regen uns durchnässte.

Er löste sich von mir. „James, ich rede mit deiner Mutter", sagte er nun gefasst zu mir. „Aber eines solltest du nie vergessen. John McKay ist dein wirklicher Vater. Er hat dich über alles geliebt und er war ein wunderbarer Mensch."

„Ich weiß", hauchte ich.

„Wenn er könnte, würde er noch bei dir sein und vielleicht wacht er über dich."

„Wie ein Engel?"

„Ja, vielleicht."

„Dann ist er bestimmt nicht böse, wenn ich dich Vater nenne, oder?"

„Nein, ganz sicher nicht."

Er legte beide Hände um mein Gesicht und küsste mich auf die Stirn. „Komm, gehen wir nach Hause, sonst erkälten wir uns noch."

Wir rappelten uns auf und Lester sah skeptisch auf unsere verschmutzten Hosen. „Das wird Betty nicht gefallen", murmelte er.

„Sie muss jetzt schon wieder die Wäsche waschen, nicht wahr?“

„Oder sie stellt mir den Waschzuber hin, damit ich es selbst erledige“, grummelte er.

„Aber du kannst doch gar keine Wäsche waschen.“

„Na, was für ein Glück!“

Wir lachten gemeinsam auf und als wir den kleinen Friedhof verließen, fiel die schwere Stimmung von uns ab.

Ich horchte auf. Erklangen da Glöckchen? Wir blieben verwundert stehen. Am Waldrand stand eine Frau mit einem langen Rock und dunklem Haar. Bei jeder ihrer Bewegungen hörte ich dieses feine Klingeln.

„Wer ist das?“, fragte ich neugierig.

Lester neigte den Kopf zum Gruß und zog mich weiter.

„Lester?“

„Das war eine der Fahrenden.“

„Was sind Fahrende?“

„Erinnerst du dich nicht an sie? Du hast früher mit einem der Mädchen gerne gespielt, sie heißt Elissa, wir haben sie aber nur Lissy genannt.“

Ich machte mich los und drehte mich um, aber die Frau verschwand aus meinem Sichtfeld, weil sie in den Wald eintauchte. Angestrengt versuchte ich, mich an das Mädchen zu erinnern, konnte aber nur ihr helles Lachen tief in mir hören.

Auf dem Rückweg überlegte ich fieberhaft und wühlte in meinen Erinnerungen. Das Gesicht von Lissy wollte einfach nicht auftauchen. Nur ein junger Mann mit dunklem Haar, der oft mit meinem Vater zusammen gewesen war, erschien wie ein Geist vor meinem inneren Blick.

Ich blieb stehen. „Mein Vater hatte noch einen Freund", erinnerte ich mich plötzlich.

Lesters Ausdruck wandelte sich, jegliche Gesichtsfarbe verblasste.

„Er hatte lange Haare und ich glaube, er war auch einer von den Fahrenden."

Mein Stiefvater brachte nur ein Nicken zustande.

„Dann hat er bestimmt die Blumen zum Grab gebracht."

„Nein, hat er nicht." Er nahm wieder meine Hand. „Komm, nach Hause, Junge."

„Warum nicht? Er war doch auch sein Freund."

Lester stoppte, mied meinen Blick. „Er ist tot, James. Er kann deinem Vater keine Blumen gebracht haben."

Diese Aussage schockte mich für den Moment. Warum waren so viele gestorben? „Was ist mit ihm geschehen?"

„Er wurde unschuldig getötet."

„Wie mein Vater?"

„Ja", würgte Lester regelrecht hervor. „Das geschah jedoch davor." Er zog mich nun vehement durch das Wäldchen. „Und nun hör bitte auf, Fragen zu stellen."

Ich folgte ihm gehorsam und wir gingen schweigend nebeneinander her.

Er war vor ihm gestorben …

Die letzten Worte, die mein Vater zu mir gesagt hatte, bohrten sich in mein Herz.

James, sie werden vielleicht schreckliche Dinge über mich sagen. Glaube ihnen nicht. Ich habe nur jemanden geliebt. – Jemanden, den ich nicht lieben durfte. Nun ist er tot. Und jemand ist durch mich in den Himmel gegangen, weil ich darüber so traurig bin.

2

Unser Herrenhaus, das eher einem Landgut glich, kam in Sicht. Wir liefen den Kutschweg entlang und ich betrachtete mein Zuhause, in dem ich nun seit sieben Jahren lebte. Die helle Steinfassade hob sich von den grünen Wiesen und den umliegenden Hügeln ab, deren Hänge um diese Jahreszeit alle Braunschattierungen besaßen. Die blattlosen Bäume wirkten, als ob sie schliefen. Mir fehlte das sich im Wind wiegende Laub.

Dunkle Wolken ballten sich über dem Haus zusammen und Lester beschleunigte seine Schritte, sodass ich kaum hinterherkam. Es donnerte aus weiter Ferne, der Regen sammelte sich in Pfützen, denen wir auswichen. Ich bedauerte, dass der weiße Frost von heute Morgen wieder verschwunden war. Ich liebte Schnee und mochte es, wenn die winterlich karge Landschaft in dieses weiße Kleid gehüllt wurde. Missmutig schaute ich zum Himmel auf.

Wir beeilten uns, ins Haus zu kommen.

Wie schon erwartet erfreute es unser Hausmädchen Betty nicht, als sie unsere schlammverschmierte Kleidung sah. Sie zog die Augenbrauen hoch und seufzte auf. Lester ignorierte sie und zeigte mir an, dass ich mich umziehen solle. Less kam die Treppe heruntergerannt und freute sich so überschwänglich, als wäre ich tagelang fort gewesen. Ich umarmte den Hund, nahm ihn dann am Halsband, damit er nicht völlig überdrehte und dirigierte ihn hoch in mein Zimmer, in dem ich mich rasch umzog. Nur das Hemd meines Vaters behielt ich an.

Etwas später ging ich mit Less hinunter und folgte den verhaltenen Stimmen. Wie so oft hielt sich meine Familie in der kleinen Bibliothek auf. Meine Schwester hockte auf dem flauschigen Teppich und spielte mit ihrer Porzellanpuppe. Meine Mutter stickte an einem Holzrahmen und Lester saß in seinem Ledersessel, nippte an einem Brandy. Sie sahen auf, als ich mit Less eintrat. Der gesellte sich zu den anderen Hunden, die nahe am Kamin dösten. Mein Stiefvater hatte mehrere Jagdhunde, die für ihn mit zur Familie gehörten. Obwohl meine Mutter sich ein wenig vor ihnen fürchtete, streichelte sie Less trotzdem manchmal über den Kopf und lächelte versonnen. Ob er sie an meinen leiblichen Vater erinnerte?

„Darf ich noch einmal in den Stall zu Lilly?", fragte ich und sah meine Eltern abwechselnd an.

Meine Mutter blickte mich mit geweiteten Augen an, Lester trank einen Schluck und stellte das Glas dann auf den kleinen Beistelltisch. „Nur, wenn Vincent dabei ist", antwortete er schließlich.

„Ich verspreche, dass ich ihn frage. Wenn er keine Zeit für mich hat, halte ich mich fern."

Lester betrachtete mich prüfend. „Ich verlasse mich auf dein Wort."

Ich nickte und stürmte wieder aus dem Haus.

Draußen grummelte immer noch in weiter Ferne ein Gewitter, der Regen verwandelte sich mehr und mehr in feine Schneeflocken, was mich zum Lächeln brachte.

Ich lugte in den Stall. „Vincent?“

„Ich bin bei dem neuen Pferd Nightstorm.“

Ich lief durch den Stall und fand Vincent im hinteren Bereich, wo auch die anderen beiden Junghengste untergebracht waren. Vincent kratzte dem Rappen gerade die Hufe aus. Er ließ die Prozedur geduldig über sich ergehen, schnupperte nur kurz an ihm.

„Lester sagt, ich darf zu Lilly, wenn du aufpasst. Hast du etwas Zeit für mich?“

Vincent brummte etwas Unverständliches, das mir sagte, ich solle kurz warten, also lehnte ich mich an Nightstorms Gatter.

Der Stallknecht richtete sich auf, gab dem jungen Pferd einen freundlichen Klaps auf den Hintern und verließ die Box. Vincent schaute mich an. „Wenn Ihr mir beim Verteilen des Heus helfen würdet, hätte ich etwas Zeit übrig.“

„Natürlich!“

Ich liebte jegliche Arbeit mit den Pferden, also schaufelten wir gemeinsam Heu für die Tiere in die Boxen. Am Schluss kam Lilly an die Reihe und Vincent gab mir ein Zeichen, das ich ihr das Raufutter geben durfte. Langsam kam ich mit dem Heu näher, beobachtete sie genau. Sie legte die Ohren an und ich blieb stehen.

Vincent nahm mir das Heu aus der Hand. „Zieht Euer Jackett aus.“

Ich blickte ihn verwundert an.

„Sie reagiert doch auf das Hemd Eures Vaters, oder?“

Ich begriff und entledigte mich der Jacke, fröstelte leicht, denn draußen wurde es langsam kälter. Nun nahm ich das Futter wieder entgegen und ging einen Schritt auf Lilly zu. Sie wieherte leise, trat sogar einen

Schritt zurück, damit ich ihr das Heu geben konnte. Ihre dunklen Augen fixierten mich, sie streckte sich ein wenig zu mir, stupste mich an, dann beugte sie sich zu dem Heu und fraß mit einem zufriedenen Grummeln. Ich lehnte mich lächelnd auf das Gatter und sah ihr zu. Vincent hielt Abstand, blieb aber bei mir.

„Ich fürchte, dieses Hemd darf nicht gewaschen werden, junger Herr, zumindest vorerst nicht", bemerkte Vincent mit einem amüsierten Grinsen.

„Ob ich es wagen kann, sie noch einmal zu berühren?"

„Wartet damit noch. In diesem Fall sollte Lilly den nächsten Schritt tun. Zeigt ihr nur keine Schwäche. Was immer Ihr tut, sie muss verstehen, dass Ihr keine Angst habt."

„Das habe ich nicht", sagte ich leise.

Vincent legte seine Hand auf meine Schulter. „Ich glaube, das spürt sie."

Ich schaute zu ihm auf. „Hast du Angst vor ihr?"

„Ein bisschen. Sie hat mich bereits gebissen und getreten. Ich kann meine Gefühle ihr gegenüber nicht geheim halten, sie spürt meine Vorsicht." Er zog mich von der Box fort, weil Lilly uns nun argwöhnisch beäugte.

„Euer Vater kam früher oft hierher zu Besuch und ich bin mir sicher, dass Lilly ihm aus Respekt gefolgt ist. Er brauchte für sie nicht einmal einen Führstrick. Sie war nicht immer gehorsam und ich empfand sie schon immer als schwierig. Aber es bestand eine Bindung zwischen ihnen. Wisst Ihr, Euer Vater hat sich Lilly nicht untertan gemacht, er hat ihr gezeigt, dass sie ihm vertrauen kann."

Nachdenklich betrachtete ich die weiße Stute. „Ob sie deshalb so wütend ist? Weil er nie zurückgekehrt ist, obwohl sie ihm so vertraut hat?"

Vincent nahm einen tiefen Atemzug. „Ich bin ehrlich. Solche Eigenschaften hätte ich einem Tier eigentlich nie zugesprochen, doch diese Stute ... Sie treibt mich in den Wahnsinn. Denn ich sehe ihr an, dass sie nicht böse ist."

„Sie leidet."

„Ja." Er kratzte sich am Kopf, stopfte seine wüsten Locken unter seine Mütze. „Aber nach sieben Jahren ist sie in einen Teufelskreis geraten, weil wir sie aufgegeben haben."

Ich sah Vincent an, dass diese Erkenntnis an ihm nagte. Er opferte sich für die Pferde meines Stiefvaters seit vielen Jahren auf. Ob es ihm weh tat, dass er keinen Bezug zu Lilly fand?

„Ich habe sie nicht aufgegeben", antwortete ich entschlossen.

Der Stallknecht lächelte. „Und vielleicht fühlt sie das."

„Darf ich noch mal hingehen?"

Vincent nickte nur.

Ich fröstelte in der Kälte des Stalles, das Jackett ließ ich trotzdem aus. Dieses Mal legte sie die Ohren nicht an, sondern trat auf mich zu und beschnupperte nun ausgiebig meine Brust, die Schultern und mein Haar. Sie musterte mich, als ob sie noch nicht verstehen könne, dass sie zwar ihren geliebten Herrn roch, aber nur einen Jungen sah.

Schließlich schnaubte sie zufrieden und entspannte sich sichtlich.

An diesem Tag nahm ich mir vor, sie wieder an Menschen zu gewöhnen. Ich nahm es als meine Aufgabe an, denn mein Vater musste dieses Tier sehr geliebt haben, er hätte sich genau das gewünscht. Und mich faszinierte dieses eigensinnige Pferd. Einerseits, weil es eine Verbindung zu meinem leiblichen Vater darstellte. Andererseits, weil sich Lilly so anders verhielt als die übrigen Pferde unseres Gestüts und das wollte ich ergründen.

Lilly wandte sich von mir ab und ich ließ sie vorerst in Ruhe. Vincent ging wortlos seiner Arbeit nach, was mir sagte, dass er nun keine Zeit mehr hatte, um mich zu beaufsichtigen. Also zog ich mir mein Jackett an und verließ die Stallung.

Spät am Abend lag ich im Bett, starrte auf die hohe Decke meines Schlafzimmers und lauschte dem draußen pfeifenden Wind. Less hatte sich heute entschlossen, auf dem Teppich vor meinem Kamin zu schlafen. Seine Nähe fehlte mir. Elizabeth weinte immer wieder in ihrem Kinderzimmer nebenan und ständig ertönten Schritte im Flur.

Nachdem meine Schwester spät in der Nacht endlich zur Ruhe kam, vernahm ich nur noch aus dem Zimmer meiner Eltern Stimmen.

Ob Lester mit meiner Mutter darüber redete, dass ich gerne Vater zu ihm sagen würde? Mich erfasste eine Unruhe, die mich schließlich aus dem Bett zwang. Lautlos huschte ich zur angelehnten Tür und lauschte.

„Mir geht es gut, Lester“, sagte meine Mutter.

„Ich bin nicht sicher, ob ich das von mir behaupten kann“, erwiderte er leise. „Ich war heute mit James am Grab.“

Ich hörte, wie sich jemand schwer auf das Bett setzte. Im Raum herrschte Stille. Gingen sie zu Bett? Ich wollte mich davonstehlen, als erneut Lesters Stimme erklang. „Sieben Jahre ist es nun her, aber manchmal kommt es mir vor, als seist du gestern erst aus dem Trauerjahr gekommen.“

„Es tut mir leid“, flüsterte sie.

„Nein, Hellen, so meine ich es nicht. Ich vermisse meinen Freund ebenso und ich verstehe deine Gefühle.“

„Du hast dein Leben für uns aufgegeben. Dafür werde ich dir ewig dankbar sein.“

„Das musst du nicht! Was hatte ich schon für ein Leben?“

„Ein sehr einsames?“

„Ja, das beschreibt es wohl am besten.“

„Ich hatte immer das Gefühl, du magst es so.“ Erneut hörte ich, wie das große Bett knarrte.

„Nein, so war es nicht.“

„Aber du hast nie geheiratet ... bis John dich gebeten hat, mich ...“

„Hellen“, unterbrach er sie. „Nicht! Sprich es nicht aus. Weißt du nicht, dass ich dir schon immer zugetan war? Natürlich wäre ich Johns Bitte auch nachgekommen, wenn es nicht so gewesen wäre, doch so erfüllte sich ein geheimer Wunsch und manchmal ... Gott, ich verurteile mich dafür, dass ich nun glücklich bin, während John ...“

„Das hast du mir nie gesagt.“ Die Stimme meiner Mutter hörte sich brüchig an.

Danach herrschte eine seltsame Stille und ich warf einen vorsichtigen Blick ins dämmrige Schlafzimmer. Sie küssten sich und das wollte ich auf keinen Fall weiterverfolgen. Deshalb zog ich mich rasch zurück.

Ich schlich in mein Zimmer und hockte mich zu Less auf den alten Teppich. „Komm doch zu mir", bat ich ihn, aber der Hund ließ sich nicht erweichen. Ich versuchte sogar, ihn am Halsband zum Bett zu ziehen, aber er stemmte sich gegen mich wie ein störrischer Esel.

Missmutig kroch ich ins Bett, hörte dem Wind zu und dachte über das Gespräch meiner Eltern nach. Als ich die Augen schloss, sah ich plötzlich wieder die Gestalt meines Vaters vor mir. Mir huschte ein Lächeln übers Gesicht. Vielleicht war er mir ja wirklich ganz nah.

Am nächsten Morgen hatte sich das Wetter gewandelt, die Luft kam mir milder vor und ich schlüpfte in meine Kleidung. Im Haus herrschte schon reges Treiben und ich ging durch die Hintertür hinaus. Es zog mich zu den Pferden. Da ich Vincent nicht entdecken konnte, hielt ich großen Abstand zu Lilly, die mich interessiert ansah. Ich akzeptierte Lesters Weisung, mich ohne Begleitung von ihr fernzuhalten und lief stattdessen zu den Weiden, auf denen noch andere Pferde standen, unter anderem die fuchsfarbene Leitstute Sunset. Ich lehnte mich gegen die Trockenmauer und musterte sie. Wie schaffte sie es, dass die anderen Pferde ihr folgten und vertrauten?

Aufmerksam beobachtete ich sie, versuchte zu erkennen, wie sie mit den anderen Tieren kommunizierte, was mich völlig die Zeit vergessen ließ.

Ich schreckte auf, als unser Stallbursche Troy zu mir gerannt kam. Sein feuerrotes Haar stand wild ab.

„James, deine Mutter sucht dich!", rief er aufgeregt und stolperte fast über einen Stein. „Ich meine, ... sucht *Euch*", verbesserte er sich.

Ich winkte ab, denn Troy war nur drei Jahre älter als ich. Wir hatten früher zusammen gespielt und nur weil er jetzt bei uns arbeitete, sollte er mich förmlich ansprechen. Ich hasste diese Distanz, die sich dadurch zwischen uns entwickelt hatte.

„Warum denn?", fragte ich deshalb trotzig.

„Sie sagt, der Lehrer wartet schon die ganze Zeit."

Ich starrte ihn erschrocken an, mir entwischte ein Fluch und ich hastete nach Hause. Mr Ashford hasste es, wenn ich nicht pünktlich zu seinem Unterricht erschien.

Meine Mutter wartete am Hauseingang auf mich. „Ich akzeptiere es, wenn du kein Frühstück möchtest, aber Mr Ashford ist mittlerweile wirklich ungehalten."

„Es tut mir leid, Mama. Ich habe völlig die Zeit vergessen!"

„Ich hoffe für dich, dass du nicht zu sehr nach Hund und Pferd riechst." Ich erkannte genau, dass sie ein Lächeln unterdrückte.

„Gewaschen habe ich mich nicht." Ich hob den Arm und schnupperte an mir. „Aber ich glaube, es geht."

„Nun, das wird Mr Ashford dir sicher gleich sagen."

Ja, das würde er ganz sicher, dachte ich mit einem flauen Gefühl im Magen. Meine Mutter hatte es ihm untersagt, mich körperlich zu züchtigen. Trotzdem fand er andere Wege, um unangemessenes Verhalten zu bestrafen. Ich fuhr mir über mein zerzaustes Haar, versuchte es zu glätten, und hastete in das Zimmer, das für meine Schulzeit vorbehalten war. Könnte Mr Ashford jemanden mit seinem Blick ermorden, ich wäre wohl auf der Stelle tot umgefallen. Eingeschüchtert setzte ich mich und murmelte eine Entschuldigung.

Mr Ashford rächte sich bei mir mit Hausaufgaben, die so umfangreich ausfielen, dass ich nach dem Unterricht bis in die Abendstunden am Tisch saß und sie abarbeitete. Nur meine Mutter schaute kurz zu mir herein und ich fühlte mich in dem großen Raum ein bisschen allein gelassen, denn mein Lehrer war längst nach Hause gegangen.

Laute Stimmen ertönten im weitläufigen Korridor und ich sah auf. Stritt meine Mutter mit Lester? Das kam ausgesprochen selten vor. Ich legte die Schreibfeder hin und schlich zur Tür, öffnete sie einen winzigen Spalt, um zu lauschen.

„Hellen, du weißt, wie mir das affektierte Getue der Sullivans an den Nerven zerrt, aber wir können die Einladung nicht ablehnen.“

„Sie haben John und mir nie gut getan, sonst wäre er nicht nach jedem ihrer Besuche zu dir geflüchtet, um sich mit Brandy zuzuschütten.“

„Das weiß ich, aber es wäre ein Affront, abzulehnen.“

Ich öffnete die Tür noch weiter und linste mit einem Auge zu meinen Eltern. Lester ging nun auf meine Mutter zu, nahm sanft ihre Hand. „Wenn es nur um uns ginge, würde ich dir zustimmen. Aber vor allem James muss sich später in dieser Gesellschaft zurechtfinden.“

Sie seufzte tief auf. „Und er wird es als Johns Sohn sehr schwer haben, ich weiß." Sie presste die Lippen zusammen.

Ich runzelte die Stirn. Was meinte sie damit? Ihre Aussage verwirrte mich.

„Jahrelang haben sie uns als Familie ignoriert. Vielleicht ist es gut, wieder in der Gesellschaft integriert zu sein. Du wirkst oft so einsam und eine Freundschaft täte dir gut."

„Ich habe Betty."

„Aber sie ist unser Hausmädchen."

„Sie ist auch meine Freundin!"

„Liebling, das weiß ich doch. Und ich bin erleichtert, dass du sie an deiner Seite hast. Trotzdem stehst du … abseits. Ich habe wenigstens noch meine geschäftlichen Kontakte."

„Und du meinst wirklich, Angelina Sullivan wäre mir eine gute Freundin?" Meine Mutter schüttelte den Kopf. „Das kannst du nicht ernst meinen."

„Um Gottes Willen, Hellen, doch nicht Angelina!"
Beide lachten verhalten.

Ich erkannte, wie Lester einen Arm um sie legte und sie fortführte, dann verschwanden sie aus meinem Blickfeld und ich wagte mich aus dem Zimmer, um das Gespräch weiterzuverfolgen.

„Es wird dort auch andere Frauen geben. Sicher sind nicht alle so wie Lady Sullivan." Er betonte das Lady so seltsam, dass ich schmunzeln musste.

„James, darf ich fragen, was Ihr da macht, während Eure Schularbeiten verwaist auf dem Schreibtisch liegen?" Betty stand hinter mir, die Hände auf die Hüften gestemmt und ich wirbelte ertappt herum.

Betty war viel mehr als unser Dienstmädchen. Sie koordinierte mit meiner Mutter den Haushalt und sprang oft als Kinderfrau ein.

„Äh, ich ... brauchte eine kurze ... Pause."

„Ah ja, und die verbringt Ihr hier im Flur halb hinter dem Vorhang, während Eure Eltern ein persönliches Gespräch führen?"

„Ja, ich ... ich habe gelauscht", murmelte ich. „Ich gehe ja schon zurück an meine Aufgaben."

Missmutig ging ich zurück zum Schreibtisch und hielt überrascht inne, denn auf dem Platz, den sonst Mr Ashford besetzte, stand ein Teller mit Maggies Apfelgebäck.

„Unsere gute Köchin hat sich gedacht, Ihr braucht vielleicht eine kleine Stärkung."

Ich schaute zu Betty auf, die mir nun verschwörerisch zuzwinkerte. Also würde sie mich nicht verraten. Leise verließ sie das Zimmer und ich seufzte genussvoll auf, als ich das leckere Gebäck aufaß. Ich zwang mich, die restlichen Schulaufgaben zu erledigen und nahm später den leeren Teller, um ihn Maggie in die Küche zu bringen.

Die lächelte mir mütterlich zu, als ich ihr das leere Geschirr reichte.

„Ich sehe, Euch hat es geschmeckt."

„Es war wirklich sehr lecker, vielen Dank." Ich setzte mich auf den Holzstuhl, der an dem Tisch stand, wo Maggie oft die Mahlzeiten zubereitete.

„Wusstet Ihr, dass Euer Vater dieses Apfelgebäck geliebt hat?"

Ich kramte mit halb geschlossenen Augen in meinen Erinnerungen. „Ich glaube, ja. Er hat mich immer mit in die Küche genommen und mich probieren lassen, oder?"

„Ja, genau. Jetzt zieht Euch rasch um, James. Das Abendessen ist gleich fertig."

Ich nickte gehorsam. Am liebsten hätte ich ihr geholfen, alles hochzutragen, aber sie würde es ablehnen, das wusste ich, also verließ ich die Küche.

In meinem Zimmer kämpfte ich mich durch mein halblanges Haar, das heute noch keine Bürste gesehen hatte, und zog mir etwas an, das möglichst nicht nach Pferdestall roch. Zumindest würde ich mit einem ordentlichen Auftritt meine Mutter zum Lächeln bringen können.

Am nächsten Tag ritt ich mit Lester die Weiden ab, um die Holzzäune zu kontrollieren. Ich liebte es, wenn er mich zu dieser Arbeit mitnahm. Mr Ashford würde heute nicht kommen, denn er unterrichtete mich zum Glück nicht täglich. Darum genoss ich den Ausflug mit meinem Stiefvater.

Wir sprachen nicht, unsere Pferde trotteten einträchtig nebeneinander her und Lester sah sich aufmerksam die Einzäunungen an, während ich davon träumte, wild über die Wiese zu galoppieren. Schließlich ritten wir auch die alten Trockenmauern ab und kamen nah an das alte McKay-Anwesen. Dieses Mal wich Lester ihm aus und führte mich auf einem Waldweg zurück zu unserem Haus.

„Ich habe mit deiner Mutter gesprochen", sagte er plötzlich.

Neugierig sah ich zu ihm herüber. Meinte er das Gespräch von gestern Abend, wegen dieser Sullivans?

„Wenn du möchtest, kannst du mich Vater nennen.“ Er begegnete meinem Blick.

Für den Moment war ich sprachlos, dann wäre ich ihm am liebsten um den Hals gefallen. Anscheinend sah er mir meine Freude an, denn er erwiderte mein strahlendes Lächeln.

Ich beugte mich vor, um meinem Pferd sanft über den Hals zu streichen und setzte mich im Sattel wieder aufrecht hin. „Darüber bin ich wirklich froh ... Vater.“

Es schien etwas in ihm auszulösen, als ich ihn das erste Mal so ansprach, denn er wirkte sichtlich berührt.

„Und ich glaube nicht, dass mein Vater etwas dagegen hätte. Ihn habe ich nämlich Papa genannt, oder?“

„Ja, das hast du“, sagte er leise.

„Vater?“

„Mh?“

„Wer sind die Sullivans?“

Mit verengten Augen fixierte er mich, setzte eine gespielt strenge Miene auf. „Du hast gelauscht.“

„Ihr habt euch laut im Flur unterhalten.“

„Ja, das tut mir leid. Die Sullivans ... Wo beginne ich da?“

Wir ritten hintereinander einen schmalen Pfad entlang und unser Gespräch verstummte vorerst. Die kahlen Zweige der Bäume streckten sich weit hinunter und ich musste immer wieder ausweichen, damit sie nicht mein Gesicht streiften. Links und rechts überwucherten die abgestorbenen, braunen Blätter der Waldfarne den gesamten Boden. Wurzeln kreuzten überall den Weg und mein Pferd lief vorsichtig über die Unebenheiten. Nebel erschwerte uns die Sicht. Die Hufe unserer Tiere hallten seltsam wider.

Der Wald kam mir unheimlich vor. Ein wenig fühlte ich mich wie in einem Geisterwald. Vater hatte mich vorreiten lassen, um mich im Blick zu behalten, deshalb drehte ich mich um, vergewisserte mich, dass er sich noch hinter mir befand.

„Ich bin noch da, keine Sorge“, sagte er schmunzelnd.

„Im Winter ist es hier ganz schön gespenstisch.“

Endlich kamen wir auf einen breiteren Weg und er kam wieder neben mich.

„Du wolltest mir etwas über die Sullivans erzählen“, versuchte ich unser Gespräch wieder in diese Richtung zu lenken.

Er seufzte. „Ihr Vermögen beruht nicht allein auf einem Familienerbe, Gerard Sullivan hat sich Vieles hart erarbeitet, das muss man ihm zugutehalten. Trotzdem werden sie immer noch hinter vorgehaltener Hand die Neureichen genannt. Leider sind sie unglaublich hochnäsig und affektiert – Weißt du, was das letzte Wort bedeutet?“

„Ja, ich kenne es.“

„Nun ja, sie bilden sich ziemlich viel auf ihren Reichtum ein, haben mehrere Häuser und protzen damit, was deiner Mutter und mir gehörig auf die Nerven geht.“

„Wenn ihr sie gar nicht mögt, warum müssen wir dann zu ihnen gehen?“

„Sie sind in der Gesellschaft mittlerweile hoch geachtet, aber sie haben uns lange ignoriert. Nun haben wir eine offizielle Einladung bekommen.“

„Und da müssen wir hin?“

„Ich finde, schon, zumindest deine Mutter, du und ich. Liz ist noch zu klein, sie wird bei Betty bleiben.“

„Da würde ich auch lieber bleiben“, murmelte ich, denn solche Menschen wie die Sullivans wollte ich gar nicht kennenlernen.

„Sie haben eine Tochter etwa in deinem Alter, ich glaube, sie heißt Emily. Vielleicht versteht ihr euch?“

„Sie ist bestimmt genauso wie ihre Eltern“, murrte ich. „Ich würde lieber mit Troy spielen.“

„Das verstehe ich, aber Troy arbeitet nun für uns und er hat viel zu tun.“

„Ist es nur das, oder habt ihr ihm verboten, mit mir zu spielen?“

„James, wir haben es nicht verboten, aber er ist drei Jahre älter als du. Ich glaube, seine Interessen liegen nun woanders.“

„Und wo?“

Vater sah mich amüsiert von der Seite an. „Ich fürchte, er schaut lieber den Mädchen nach.“

Ich schnaufte resigniert auf.

„Glaub mir, in ein paar Jahren wirst du das verstehen können.“

„Wann sind wir denn eingeladen?“ Die Aussicht auf eine Freundin, mit der ich spielen könnte, reizte mich nun doch.

„Schon übermorgen. Leider hat der Bote die Einladung recht spät überbracht.“

„Muss ich dann nicht in den Unterricht?“, fragte ich hoffnungsvoll.

Er trieb sein Pferd an, das etwas zurückgeblieben war. „Daran dachte ich nicht. Ich werde Mr Ashford sagen, dass er am Vormittag kommen soll.“

„Aber es kann doch auch mal ausfallen!“

„Das hättest du wohl gerne, hm?“

„Sogar sehr gerne.“
Mein Vater lachte nur zur Antwort.

3

Mein Unterricht fand schließlich an diesem bestimmten Tag um acht Uhr statt, was mich mürrisch und unkonzentriert sein ließ. Gerne hätte ich mich noch einmal um die Stute Lilly gekümmert, aber meine Eltern hatten mir verboten, heute in den Stall zu gehen, damit ich nicht nach Pferd roch.

Am frühen Nachmittag stand ich mit meiner Mutter und meinem Vater vor einer geschlossenen Kutsche, die für gewöhnlich in der Scheune verstaubte, weil wir eigentlich eine einfache, offene Droschke benutzten. Unser Stallknecht Vincent mimte den Kutscher, was ihm eher unangenehm zu sein schien, so wie er die Miene verzog.

Mein Stiefvater trug seine beste Kleidung und sah aus wie ein völlig anderer Mann. Ich linste zu meiner Mutter, die wie eine Prinzessin ausstaffiert war. Sie zupfte nervös an dem Seidentuch über ihrem Dekolleté herum.

Was mochten das für Menschen sein, wenn wir uns für sie so verstellen mussten?

Ich wartete, bis Vater meiner Mutter in die Kutsche half und stieg dann nach ihm ein. Ich rutschte unruhig hin und her, der ungewohnte Kragen mit den Rüschen engte mich ein und ich schaute in die ausdruckslosen Gesichter meiner Eltern. Sie sahen aus, als müssten sie zu einer Urteilsverkündung.

Die Fahrt war schneller vorbei, als ich gedacht hatte. Die Sullivans lebten gar nicht weit entfernt. Verwirrt schaute ich auf die Toreinfahrt, auf die wir zufuhren. Schon oft war ich mit Vater daran vorbeigeritten. Ich hatte immer gedacht, dass dort vielleicht die Familie eines Earls wohnte und dachte mir Geschichten dazu aus, denn das Anwesen kam mir so herrschaftlich vor, als gehörte es König George. Und meine Familie wollte bisher nie darüber sprechen.

Wir fuhren nun durch das hohe Tor und ich streckte meinen Kopf aus dem Fenster, um besser sehen zu können. Meine Mutter zog mich am Ärmel zurück auf meinen Platz.

„Bleib bitte sitzen, James", sagte sie leise.

Gehorsam setzte ich mich wieder.

Das Spektakel, das dann folgte, verunsicherte mich. Alle waren wie am Königshof gekleidet, redeten affektiert und ich wagte mich kaum von der Seite meiner Eltern, weil ich nicht recht wusste, wie ich mich verhalten sollte.

Die Sullivans zeigten ihren Besuchern stolz einen Teil ihres großen Anwesens. Die meisten kommentierten mit Ahs und Ohs, nur meine Eltern ließen es mit eisigen Mienen über sich ergehen.

Endlich erspähte ich die Tochter der Sullivans. Sie steckte in einem Kleid, das furchtbar unbequem aussah, ihr schwarzes Haar war hochgesteckt und mit Perlen verziert. Überrascht registrierte ich, dass ihr Blick auf mir ruhte. Ich konnte ihrem Gesichtsausdruck rein gar nichts entnehmen, also versuchte ich ein Lächeln.

Sie sah kurz zu ihrer Mutter, als wolle sie sich vergewissern, dass sie abgelenkt war, und erwiderte schüchtern meine Mimik.

Wir waren die einzigen Kinder und niemand beachtete uns wirklich. Ich zupfte meine Mutter am Ärmel.

„Mama, darf ich zu dem Mädchen gehen?"

Sie zögerte nur kurz und nickte dann.

Ich nahm all meinen Mut zusammen und steuerte direkt auf sie zu, bis mich jemand von hinten an die Schulter fasste und zu sich umdrehte. Es war Gerard Sullivan. Seine schmalen Augen betrachteten mich.

„Na, wenn das nicht der kleine McKay ist", sagte er mit seltsam gedehnter Stimme.

„Ich heiße James Gregory O'Brian", verbesserte ich, obwohl der Mann mich gehörig einschüchterte.

„Ja, sicher, der gute Lester ..."

Die anderen wurden nun auf uns aufmerksam und Angelina Sullivan kam auf mich zu stolziert.

„Du meine Güte, er sieht genauso aus wie Jonathan!", rief sie so laut, dass sich nun jeder im Raum zu mir umdrehte. Ich warf meiner Mutter einen hilflosen Blick zu und sie eilte an meine Seite, funkelte Angelina Sullivan warnend an. Die setzte ein gekünsteltes Lächeln auf.

„Wäre er doch nach Euch gekommen, liebste Hellen, dann würde uns James nicht immer an diese ... furchtbaren Ereignisse aus der Vergangenheit erinnern."

Meine Mutter straffte sich. „Lester und ich sind jeden Tag froh, dass James uns an John erinnert." Nun lächelte sie ähnlich unnatürlich. „Ich danke Euch trotzdem für Eure Anteilnahme."

Das letzte Wort betonte sie so eigentümlich, das Angelina regelrecht Reißaus nahm. Sie nickte ihr kurz zu und verschwand in der Menge. Gerard sah meine Mutter verdutzt an, tätschelte mir noch einmal die Schulter und wandte sich ab.

Ich sah zu ihr auf. „Du hast etwas gesagt, es aber ganz anders gemeint, oder?", fragte ich.

„Ja, und Angelina hat mich sehr gut verstanden", raunte sie.

Die Tochter der Sullivans näherte sich nun unauffällig und meine Mutter ging zurück zu Vater.

„Ich heiße Emily und du?", flüsterte sie mir zu, als dürfe sie eigentlich nicht mit mir reden.

„James."

„Bist du gerne auf solchen Feiern?"

„Ich glaube nicht."

Über Emilys Lippen huschte ein Lächeln. „Ich auch nicht."

Sie sah aus wie eine kleine Prinzessin, in ihrem Haar steckte sogar glitzernder Schmuck, aber sie wirkte gar nicht hochnäsig.

„Hast du Lust auf ein Abenteuer?" Sie funkelte mich mit ihren strahlend blauen Augen an.

„Äh ... ja?", erwiderte ich verdutzt.

„Dann komm mit."

Sie schaute sich aufmerksam um. Alle waren abgelenkt, nur Vater beobachtete uns. Ich warf ihm einen fragenden Blick zu und hoffte, er verstand, was ich wissen wollte. Er nickte unmerklich.

Emily führte mich an den Leuten vorbei bis zu einem Vorhang. Ich dachte, wir würden uns hier verbergen, doch Emily öffnete dahinter eine geheime Tür und brachte mich in ein anderes Zimmer.

Sie zupfte an ihrem Kleid herum. „Mutter hat mein Mieder so fest gezurrt, dass ich gar nicht richtig atmen kann. Ich hasse das."

„Warum ist es so eng geschnürt?"

„Meine Mutter meint, sie müsse früh damit beginnen, meine Figur zu formen. Zum Glück habe ich Abigale." Emily lächelte verschwörerisch. „Mutter schnürt mich ein und Abigale lockert es später wieder, denn sie ist der Meinung, es schadet mir." Sie kicherte verhalten.

„Wer ist Abigale?"

„Meine Gouvernante."

„Wird sie dich nicht suchen?"

„Heute nicht."

Fasziniert begutachtete ich den Raum, der voller Jagdtrophäen hing. Ein Sessel stand vor einem erloschenen Kamin und durch ein Fenster kam nur spärliches Licht, das auf die ausgestopften Tiere schien. Emily strich einem Fuchs sanft über den Kopf und seufzte. „Mein Vater hat sie alle erschossen."

„Meiner jagt nicht, er liebt Tiere."

„Sei froh darüber." Sie zeigte zum Fenster. „Traust du dich raus zu klettern?"

Ich zog den Vorhang beiseite und schaute hinaus. „Natürlich, es ist nicht tief."

„Gut, dann hilf mir mit dem verflixten Kleid, damit ich es nicht zerreiße, wenn ich vorklettere."

Ohne zu zögern hob ich den Saum ihres Rüschenkleides an, damit sie auf den Fenstersims klettern konnte.

„Darfst du das überhaupt, Emily?"

Sie drehte sich zu mir um. „Wenn ich hinaus dürfte, würde ich dann wirklich heimlich aus dem Fenster klettern?"

Ich schüttelte den Kopf.

Ein wenig ungelenk wegen ihrer Kleidung, sprang sie nach unten. Ich folgte ihr problemlos.

„Wohin jetzt?"

Emily schaute an der Hausfassade hoch. Kontrollierte sie, ob an den anderen Fenstern jemand stand und uns womöglich beobachtete? Mein Herz begann schneller zu schlagen, als mir bewusst wurde, dass unsere kleine Flucht sicher nicht erwünscht war, weder von ihren noch von meinen Eltern.

Sie nahm meine Hand und wir rannten über die kurz geschorene Wiese. Sie wendete sich abrupt nach links und wir verbargen uns hinter einem großen Strauch. Ihr Atem kam viel schneller als der meine, was wohl an ihrem Mieder lag.

„Wüssten meine Eltern, dass ich mich nach draußen gestohlen habe ..." Sie seufzte und beendete ihren Satz nicht. Und ich wagte nicht, nach den Konsequenzen zu fragen.

Emily strich ihr Kleid glatt und raffte den Saum hoch, dann zwängte sie sich zwischen zwei Bäumen hindurch. Je weiter wir gingen, desto verwilderter wurde die Anlage, was mir viel besser gefiel. Zwar wirkte alles durch den Winter ziemlich kahl, aber es besaß dennoch einen gewissen Zauber.

„Meine Eltern haben das Anwesen vor einigen Jahren erstanden, aber sie interessieren sich nicht für das umliegende Land." Sie wandte sich mir zu. „Ihnen ist nur wichtig, dass der Park um das Haus perfekt aussieht."

„Mir gefällt es hier viel besser."

„Du müsstest es mal im Frühling oder im Sommer sehen! Dann sieht es aus wie ein Märchenland." Sie lächelte glücklich.

„Ich wohne nicht so weit entfernt. Vielleicht kann ich dich besuchen."

Sie blieb stehen und sah mich ernst an. „Du dürftest einfach alleine hierherkommen?"

„Das weiß ich nicht, da muss ich fragen, aber mit einem Pferd ist man schnell bei eurem Anwesen."

Interessiert horchte sie auf. „Ich mag Pferde, aber ich darf nicht mal unsere Kutschpferde streicheln. Meine Mutter meint, ich würde davon schmutzige Hände bekommen."

„Die kann man doch wieder waschen", protestierte ich.

„Erzähl das mal meiner Mutter. Auf jeden Fall stehle ich mich mit Abigails Hilfe gern davon und komme hierher, weil mich dann meine Eltern nicht finden können." Sie blieb stehen und zeigte nach vorn. „Schau, da ist ein altes Haus. Da haben früher vielleicht mal Bedienstete gewohnt."

„Bekommst du denn keinen Ärger?"

„Abigail sucht immer Ausreden und lügt für mich. Sie ist der Meinung, dass Kinder draußen spielen müssen. Das würde sie aber niemals meinen Eltern vortragen, sonst würde sie sofort gekündigt werden. Sie tut immer sehr streng, wenn Mutter oder Vater dabei sind. Doch wenn wir allein sind ..." Sie zuckte mit den Schultern. „Und was machst du so?"

Wir gingen auf die zerfallene Hütte zu.

„Wenn ich keinen Unterricht habe, bin ich am liebsten im Pferdestall oder bei den Hunden meines Vaters. Ich habe auch einen eigenen Hund, er heißt Less."

„Ach, das muss wunderbar sein. Ich muss Klavierspielen lernen und man bringt mir das Tanzen bei, also neben den anderen Dingen."

Emily öffnete die Tür und lugte ins Innere. „Ich kann mit dem Kleid leider nicht hineingehen, dort ist es sehr rußig. Ich glaube, es hat hier mal gebrannt."

Ich begutachtete den großen Innenraum, der tatsächlich etwas verkohlt aussah. Da ich kein bodenlanges Rüschenkleid trug, wagte ich mich hinein. Nur die rechte Seite wirkte geschwärzt, als ob das Kaminfeuer übergegriffen hatte, ehe man es hatte löschen können. Der Hauptteil des Hauses schien intakt, wenn man von einem löchrigen Dach und einer Menge Staub absah.

Da ich es schade fand, die Hütte ohne Emily zu erkunden, ging ich zurück zu ihr.

„Hier ist sogar eine Schaukel", sagte sie und berührte mit der Fingerspitze die schmutzige Holzplatte, die man mit zwei Seilen an einen alten Baum befestigt hatte. Auf der Oberfläche wuchs Moos, weil das Holz von der Witterung immer wieder durchnässt worden war.

„Ich frage mich jedes Mal, ob sie mich aushalten würde."

„Du hast es nie ausprobiert?"

„Sie ist zu schmutzig. Ich weiß nicht, wie ich sie sauber machen könnte, ohne selbst Spuren davonzutragen."

Ich zupfte an dem Moos und stellte fest, dass ich es mit einiger Mühe abrupfen konnte. Darunter verbarg sich eine Schmutzschicht, die ich notdürftig mit meinem Taschentuch, das ich in der Innentasche bei mir trug, entfernte. Vorsichtig setzte ich mich auf die Platte und wippte ein wenig, um zu testen, ob die Seile noch hielten.

„Es hält!", sagte ich grinsend und schaukelte probeweise vor und zurück.

Es ertönte ein lautes Knacken und bevor ich abspringen konnte, zerbrach der Ast, an dem die Schaukel befestigt war, und ich landete auf dem schlammigen Waldboden.

Emily lachte mit hoher Stimme. „Oder auch nicht!", hielt sie dagegen.

Ich rappelte mich auf und schaute alarmiert auf meine dreckverschmierten Hände und auf meine Hose, die nicht viel besser aussah. Ich befürchtete, in Anbetracht des Festes der Sullivans, wäre Mutter nicht erbaut über solch ein Auftreten.

„Es gibt hier einen kleinen Bach, dort kannst du dir die Hände reinigen", sagte Emily und zupfte mich am Ärmel.

Wieder raffte sie ihr Kleid, um den Saum zu schützen und ging vor. Nach kurzer Zeit hörte ich es leise plätschern.

Am Bach wusch ich mir ausgiebig die Hände. Gegen den Schlamm auf meiner Hose konnte ich nichts ausrichten, was mir ein wenig Sorge bereitete.

Die Wintersonne schickte vereinzelte Strahlen durch die Bäume und ich sah, wie tief das Licht schon stand. Es würde bald dämmern. Zudem sah ich, wie Emily fröstelte. Ihr Kleid mochte hübsch aussehen, doch sicher wärmte es kaum.

„Sollen wir zurückgehen?", fragte ich.

Sie nickte und ging auf Zehenspitzen über das feuchte Laub, um ihre Schuhe zu schonen. Immer wieder blieb sie mit dem seidigen Stoff an Zweigen und Büschen hängen, was sie nervös werden ließ. Sie schien jeden Schmutzstreifen zu fürchten.

Wir nahmen einen anderen Rückweg, der laut Emily erheblich kürzer war, aber immer sumpfiger wurde.

„Wir müssen umkehren, ich kann nicht weiter, meine Schuhe versinken", sagte sie bedauernd.

Ob sie gerne einfach hindurchstapfen würde, so wie ich?

Emily verwunderte mich. Vornehme Mädchen hatte ich mir ganz anders vorgestellt.

„Ich könnte dich Huckepack nehmen. Das habe ich mal mit einem Freund aus Spaß gemacht. Wenn wir den ganzen Weg noch mal zurückgehen, wird es fast dunkel sein."

Sie atmete tief ein. „Ich glaube, dieser Ausflug war keine gute Idee."

„Doch, ich finde schon. Komm, ich trag dich einfach über die Pfützen."

Emily zögerte, dann näherte sie sich. Mit dem Kleid gestaltete es sich etwas schwierig, aber schließlich hüpfte sie auf meinen Rücken und ich trug sie durch das Sumpfgebiet. Meine Stiefel sanken teilweise bis zum Knöchel ein, aber Emilys Schuhe blieben sauber.

Nur eines hatten wir nicht bedacht. Wie schmutzig meine Hose hinten war.

Als wir wieder in der Nähe der Parkanlage waren und ich sie absetzte, starrten wir beide erschrocken auf den Schmutz, der nun vorne auf ihrem Kleid prangte.

„Oh nein“, hauchte sie entsetzt.

Ich starrte sie an. „Das ist ... von meiner ... Hose ...“, stammelte ich nur und mir entglitt ein leiser Fluch. „Emily, was tun wir jetzt?“

In ihren Augen schimmerten Tränen der Verzweiflung. „Ich ... ich weiß nicht. Mutter wird ...“ Sie sprach es nicht aus, wirkte völlig bestürzt.

Hier konnte nur einer helfen! Ich nahm ihre Hand und rannte mit ihr zurück zu dem Fenster.

„Warte hier, ich hole meine Mutter!“

„Deine Mutter? Aber sie wird ...!“

„Vertrau mir, Emily, sie wird helfen! Bleib einfach hier und zeig dich nicht.“

Ich zog mich mit einem Ächzen am Fensterbrett hoch, kletterte zurück in das Trophäenzimmer und stahl mich wieder in den großen Salon, wo sich meine Eltern unterhielten. Es beruhigte mich, dass sie nicht so hochnäsig wie die anderen taten. Ich atmete tief durch, ließ mir nichts anmerken und ging zu meiner Mutter, zupfte sie an ihrem Rüschenärmel.

Sie sah auf mich hinunter, verengte die Augen, weil sie meine schlammverschmierten Schuhe sah. Ich winkte sie unauffällig zu mir runter, um ihr etwas ins Ohr flüstern zu können.

„Mama, du musst uns bitte helfen.“

Ihr fragender Blick traf mich.

„Bitte, komm mit.“

Sie setzte ein Lächeln auf und ließ sich von mir etwas abseits führen. Dabei entdeckte sie das Hinterteil meiner Hose.

„James, wie siehst du bitte aus?“, raunte sie.

Ich senkte die Stimme. „Mama, ich habe mich mit E-
mily nach draußen gestohlen. Und … und sie hat sich
auch schmutzig gemacht. Weil ich sie über Pfützen getragen habe.“

Sie richtete sich auf, strich mir beiläufig übers Haar.
„Wenn ich mir deine Hose so ansehe, kann ich mir vorstellen, wie ihr Kleid nun ausschaut“, flüsterte sie und
zog mich in den Korridor. Einige Blicke folgten uns,
doch da wir uns ruhig benahmen und betont schlenderten, verlor man das Interesse an uns.

„Wo ist sie?“, fragte sie leise.

„Sie steht noch draußen am Fenster.“

„Ihr seid aus einem Fenster geklettert?“

„Hinter dem roten, langen Vorhang ist eine geheime
Tür. Die hat Emily mir gezeigt. Und da konnte man gut
hinausklettern.“

„Und wessen Idee war das?“

Ich knabberte auf meiner Unterlippe herum, wollte E-
mily nicht im schlechten Licht dastehen lassen.

„Schon gut, lassen wir das.“

Sie klappte ihren Fächer auf und wedelte sich Luft zu.
Mein Stiefvater beäugte uns nun und meine Mutter
musste irgendwie ohne Worte mit ihm kommunizieren.

„Ich glaube, meiner Frau geht es nicht gut. Einen Augenblick bitte“, sagte er höflich.

Nun begannen einige zu tuscheln. Vater ließ sich davon nicht beirren, kam zu uns und nahm sie sanft am
Arm.

„Komm, Liebling, gehen wir kurz an die frische Luft.“

Draußen klappte meine Mutter abrupt den Fächer zu
und reichte ihn an Vater weiter.

„Was ist passiert?“, fragte der und runzelte die Stirn.

„Emily hat sich schmutzig gemacht“, sagte ich bedeutungsschwer.

Er begriff das Problem nicht. „Sie ist neun, oder? Ist das so ungewöhnlich? Ich meine, du siehst jeden Abend aus, als hättest du dich mit Less im Pferdemist gewälzt.“

„Aber Vater! Sie ist ein Mädchen!“

„Oh, natürlich, wie konnte ich das vergessen“, murmelte er.

Ich führte meine Eltern zu besagtem Fenster, wo Emily mittlerweile tränenüberströmt stand. Meine Mutter näherte sich, strich ihr über die Wange. „Ach Kind, weine doch nicht.“

Emily schluchzte leise und ich fragte mich, was für Konsequenzen auf sie warteten, würden ihre Eltern sie so sehen. Diese Überlegung ängstigte mich und ich wich ein wenig zurück. Ich spürte Vaters Hand auf der Schulter und lehnte mich an ihn.

„Ich bin schuld“, wisperte ich. „Meine dumme Hose war dreckig, als ich sie über den sumpfigen Boden tragen wollte.“

„Du hast sie also getragen, hm?“

„Besser, ich hätte es nicht getan.“

„Dann hätte sie jetzt verschlammte Schuhe und einen schmutzigen Kleidersaum.“

Meine Mutter besah sich den Schmutz auf dem Kleid. „Emily, ihr habt sicher einen Hintereingang, der in die Küche führt, oder?“

Sie nickte nur.

„Führ uns bitte hin.“

Wie Diebe schlichen wir ums Haus, bei jedem Fenster duckten wir uns, was bei meiner Mutter ein wenig Atemnot verursachte.

„Ich habe gesagt, lass es uns nicht so fest binden", sagte Vater mehr zu sich selbst.

„Das Mieder?", fragte ich nach.

Er gab ein leises Schnaufen von sich. „Sei froh, dass du ein Junge bist", antwortete er nur.

Wir kamen nun zum hinteren Haus, wo das Grundstück verwilderter aussah als im Eingangsbereich. Emily zeigte auf eine unauffällige Holztür.

„Wartet hier", befahl meine Mutter und schlüpfte durch die Tür. Nur wenige Augenblicke später winkte sie uns herein.

Wir kamen in die große Küche, die menschenleer war, obwohl ich zuvor Stimmen und Geschirrgeklapper gehört hatte.

„Ich habe alle hinausgescheucht, damit dich niemand sieht", sagte sie zu Emily, die nun beruhigt aufatmete.

Meine Mutter legte eine Hand auf ihren Rücken, um sie hinein zu geleiten. Sie versuchte einige Minuten lang, die Flecken zu entfernen, gab dann resigniert auf.

Emily wirkte nun völlig niedergeschlagen, sie stand wie gelähmt da, den Kopf gesenkt, als erwarte sie Prügel.

„Ich lasse mir etwas einfallen. Gib mir nur einen Moment."

An der inneren Tür klopfte es. „Bitte, wir müssen wieder hinein!", hörte ich eine gedämpfte Stimme.

Sie nickte uns zu und wir liefen rasch wieder nach draußen, meine Mutter folgte uns wenig später, sah nachdenklich auf Emilys vornehmes Kleid, das immer noch verunziert war.

„Ich könnte dir ein Glas Rotwein holen, weil es dir doch nicht gut ging", schlug Vater vor und um seine Lippen kräuselte sich ein Lächeln.

Meine Mutter schien sofort zu begreifen. „Das ist eine fantastische Idee. Kommt!"

Wir nahmen den gleichen Weg zurück und fanden uns im Foyer ein, Emily verbarg sich hinter meiner Mutter.

Neugierig linste ich zu ihr hoch. „Was hast du vor?"

Sie zwinkerte mir verschwörerisch zu.

Mein Vater holte meiner Mutter ein Glas Rotwein, das sie kurz an die Lippen setzte, weil wir beobachtet wurden. Emily verbarg sich noch hinter ihrem ausladenden Kleid. Erneut verloren die anderen das Interesse an uns, weil jemand nun ein Klavierstück anspielte.

„Emily, stell dich mit dem Rücken zu den Gästen und unterhalte dich mit mir."

Meine neue Freundin tat, was ihr gesagt wurde. Verwirrt beobachtete ich meine Mutter, die nun ihrerseits genaue Blicke zu den anderen warf. Plötzlich schüttete sie das ganze Glas Wein über Emilys Kleid. Die schrie erschrocken auf und ich stolperte regelrecht zurück.

„Oh nein! Es tut mir so leid! Das wunderschöne Kleid!"

Emily drehte sich geschockt zu mir um, von den Flecken sah ich nichts mehr, stattdessen sah sie aus, als würde sie bluten, denn der rote Wein ergoss sich über den Stoff.

„Angelina!", rief meine Mutter theatralisch.

Die Gäste wurden unruhig und Emilys Mutter zwängte sich zu uns ins Foyer. Meine Mutter ging auf sie zu, nahm ihre Hände. „Oh Angelina, es tut mir leid, ich habe Wein über das kostbare Kleid Eurer Tochter vergossen. Mir war etwas schwindelig."

Emily schien nicht zu wissen, wie sie sich verhalten sollte, ihr Entsetzen war echt, weil sie noch immer nicht recht begriff. Sie stand mit erhobenen Händen da und rührte sich nicht. Ich wiederum verstand sehr genau.

Angelina seufzte und tätschelte meiner Mutter die Hand. „Hellen, meine Liebe, nur keine Sorge. Emily kann etwas anderes anziehen. Ich hoffe, Euch geht es gleich besser. Ihr werdet doch nicht wieder in anderen Umständen sein?", fragte sie süffisant.

„Nein, es ist wohl mein zu eng geschnürtes Mieder", konterte sie.

Angelina lachte affektiert auf. „Das kennen wir alle", raunte sie leise, nahm Emilys Hand und zog sie eine Treppe hinauf.

Der Gesichtsausdruck meiner Mutter wandelte sich, plötzlich wirkte sie angespannt. Mein Vater legte fürsorglich eine Hand auf ihren angewinkelten Arm.

„Ich hoffe, sie hat mir das abgenommen", wisperte sie mehr zu sich selbst.

Die restliche Feier verging schleppend. Angelina kehrte mit Emily nach einiger Zeit zurück, sie trug nun ein anderes Kleid, das ebenso pompös war. Meine Freundin wirkte eingeschüchtert und ich wagte mich nicht mehr zu ihr.

Später in der Kutsche sagte niemand von uns ein Wort. Wir alle waren erleichtert, diesem Fest zu entkommen. Ich rutschte unruhig auf der Bank herum, weil mich diese eine Sache nicht mehr losließ. Was

hätte Emilys Mutter getan, hätte sie die Wahrheit her-
ausgefunden?

4

Ich hockte auf der Trockenmauer und beobachtete die Pferde, die Vincent auf die Weide gebracht hatte, während er den Stall reinigte. Die Herde erfreute sich an etwas Sonnenschein, der die Luft aufwärmte und mir das Gefühl von Frühling gab. Ich sehnte mich danach, wieder Blätter an den Bäumen zu sehen.

Wie letztes Mal beobachtete ich Sunset, die Leitstute. Sie war ein sanftes Tier, das sich bei den anderen trotzdem höchsten Respekt verschafft hatte. Lilly mochte sie sehr. Manchmal sah es so aus, als orientiere sie sich an ihr.

Schritte ertönten hinter mir und ich spürte, wie mir jemand übers Haar wuschelte. Vater schwang sich zu mir auf die Mauer. „Woran denkst du?"

„Ich frage mich, ob Lilly überhaupt Interesse zeigen wird, also an mir. Mit den anderen Pferden sieht sie so zufrieden aus."

„Nun, du bist auch zufrieden, wenn du unter Menschen bist, hast aber dennoch Interesse an Tieren, oder? Ich glaube, den meisten Pferden geht es ähnlich, je nachdem wie man sie behandelt."

Er stieß sich von seinem Sitzplatz ab und ging auf die Herde zu. „Komm."

Ohne zu zögern folgte ich ihm. Vater machte auf sich aufmerksam. Sunset hob den Kopf und trottete sofort auf ihn zu, andere folgten ihr. Nur Lilly blieb zurück, was mich irgendwie traurig machte. Ich senkte den Blick.

„Nein, schau hoch, James. Keines dieser Pferde soll denken, dass du ihm untergeordnet bist."

Ich nickte und straffte mich. Manchmal vergaß ich, dass Pferde sehr viel aus der Körpersprache lasen. Sunset blieb kurz vor Vater stehen, hielt respektvollen Abstand. Erst als er ihr ein Zeichen gab, näherte sie sich und er strich ihr über den Hals, küsste sie auf die Nüstern. Ich wusste, dass er Sunset liebte.

Als ich mit ihm weiter über die Weide ging, verfolgten uns einige der Pferde, immer mit gebührendem Abstand.

Nur eines der Jungpferde stupste mich von hinten an, sodass ich fast stolperte. Ich drehte mich abrupt um. „Hey!"

„Das nächste Mal stoß es zurück."

„Wirklich?", hakte ich verwundert nach.

„Schau, was Sunset macht, wenn er frech wird. Dann täuscht sie einen Tritt an und manchmal trifft sie auch."

Während Vater zu einem anderen Weideabschnitt lief, um nach dem neuen Pferd Nightstorm zu sehen, blieb ich bei den anderen. Immer wieder schweifte mein Blick zu Lilly, die nun einsam am anderen Ende stand.

Langsam bewegte ich mich auf sie zu. Alarmiert beobachtete sie mein Näherkommen. Ich wusste, dass sie auf der Weide den Menschen auswich. Nur in der Box, wo sie sich gefangen fühlte, wurde sie aggressiv. Deshalb hielt ich Abstand, um sie nicht zu vertreiben.

„Heute habe ich leider nicht das Hemd an, das du so gern riechst.“

Als ich zu ihr sprach, entspannte sie sich ein wenig. Sie beugte sich vor, zupfte ein paar Grashalme ab, ohne mich aus den Augen zu lassen. Sie wanderte gemächlich zur Grenze der Weide und ich folgte ihr im großen Bogen, setzte mich auf einen breiten Pfosten des Holzzaunes.

„Weißt du, ich habe eine Freundin kennengelernt, aber ich weiß nicht, ob ich sie überhaupt wiedersehe“, begann ich und erzählte ihr die Geschichte mit dem Sullivan-Fest. Lilly schnaubte und graste weiter. Es schien ihr zu gefallen, dass ich mit ihr sprach, also plauderte ich weiter. Verwundert beobachtete ich, dass sie mir immer näher kam, bis sie fast vor meinen Füßen das Gras zupfte.

„Du magst das wirklich, hm?“

Sie hob den Kopf und wir schauten uns in die Augen. Ihre Aufmerksamkeit galt mir, die Ohren waren auf mich gerichtet. Ich hielt ganz still, als sie ihren Kopf vorbeugte und wieder an mir schnupperte. Ich ließ es zu, hätte sie am liebsten gestreichelt, hielt mich aber zurück, um sie nicht zu verschrecken.

„Ich bin James,“, raunte ich ihr zu.

Sie grummelte leise und trottete davon, ließ mich berührt zurück.

Im Augenwinkel sah ich Vater auf mich zukommen. Er wirkte erstaunt.

„Ich habe nur mit ihr geredet“, sagte ich zu meiner Verteidigung, weil ich für einen Moment fürchtete, er könnte böse auf mich sein, dass ich sie so nah hatte rankommen lassen.

„Das hat John auch immer getan. Er hat oft mit ihr gesprochen, als sei sie gar kein Pferd, sondern ein Freund. Ich habe ihn deswegen oft etwas belächelt, manchmal sogar damit aufgezogen. Aber anscheinend mag sie es."

„Wie gut, dass ich so ein Plappermaul bin", sagte ich scherzhaft und brachte ihn zum Schmunzeln.

„Du vermisst Emily also?"

„Es hat Spaß gemacht, mit ihr zu spielen, auch wenn sie nicht viel machen konnte. Wegen ihres Kleides, weißt du? Und sie ist ganz anders als die Mädchen aus dem Dorf."

„Soll ich die Sullivans zum zwanglosem Teenachmittag einladen?"

„Aber Mama und du mögt sie doch nicht."

Vater schenkte mir ein Lächeln. „Aber *du* magst Emily."

„Ob sie mit auf mein Zimmer kommen darf?"

„Das werden wir herausfinden. Aber jetzt gehe dich waschen. Mr Ashford kommt in einer halben Stunde."

Ich verdrehte die Augen und stöhnte auf.

„Na, geh schon!"

Ich gehorchte und lief voraus, um mich für meinen Nachmittagsunterricht vorzubereiten.

Am Wochenende zogen wir erneut unsere edle Kleidung an. Meine Mutter ging nervös auf und ab. Vater stand missmutig mit einem Glas Brandy im Salon und streichelte seine Lieblingshündin Annie. Andere Hunde lungerten in der Nähe herum. Als er mich sah, winkte er mich zu sich. Er stellte das Glas ab, um mir den Kragen zu richten und trank dann den Brandy in einem Zug aus.

„Entschuldige, so ganz ohne ertrage ich Gerard und Angelina nicht", murmelte er. „Kannst du bitte die Hunde fortbringen?"

„Ja, natürlich." Wie er es mir beigebracht hatte, pfiff ich auf zwei Fingern und die Tiere horchten auf. „Kommt mit!", rief ich ihnen zu und ging voraus. Auch Less kam sofort angerannt. Ich brachte sie in den Ostflügel, wo sie ihr eigenes kleines Reich hatten. Als ich in unser Foyer zurückkkam, hörte ich draußen eine Kutsche vorfahren und wäre am liebsten hinausgerannt. Ich besann mich jedoch und wartete auf meine Eltern.

Gerard und Angelina beachtete ich nach der formellen Begrüßung nicht weiter. Dafür schenkte ich meiner neuen Freundin ein strahlendes Lächeln, das Emily scheu erwiderte.

Wir mussten zuerst mit den Erwachsenen zusammenbleiben und uns genauso seltsam verhalten. Emily spielte diese Rolle mehr als perfekt. Sie trank ihr Getränk sehr prinzessinnenhaft, ich bekleckerte mich vor lauter Aufregung, was ihr ein Kichern entlockte.

Ihre Eltern beachteten uns nicht, denn Gerard erzählte von einer seiner neuen Anschaffungen, die mich überhaupt nicht interessierten. Ich beugte mich zum Ohr meiner Mutter. „Kann ich mit Emily nach oben gehen?", fragte ich flüsternd.

Sie nickte mir zu und antwortete Angelina, die nun ein Gespräch über Kleider begann.

„Ich bin froh, dass kein Rotwein serviert wird", sagte sie im Plauderton und lächelte.

Meine Mutter lachte gekünstelt auf. „Nicht, dass ich Eurer Tochter noch ein Kleid ruiniere."

„Komm ...", wisperte ich Emily zu.

Wir stahlen uns nach oben in mein Zimmer, ließen die Tür offen, damit wir hören würden, falls man nach uns suchte.

„Du darfst doch mit mir allein sein, oder?“

„Meine Eltern sagen, da dein Vater ein angesehener Geschäftsmann und deine Mutter eine geschätzte Frau ist würden sie darüber hinwegsehen, dass du der Sohn eines ... eines ...“ Sie stockte. „Ich weiß das Wort nicht mehr.“ Sie senkte die Stimme. „Aber es klang wie ein böses Wort. Was hat dein richtiger Vater getan?“

Ich schaute zu Boden. Emily sollte nicht so von meinem leiblichen Vater denken. „Ich weiß es nicht genau. Man will es mir nicht sagen. Aber ich erinnere mich, was er als Letztes zu mir gesagt hat.“

„Und was war das?“

„Er hat jemanden geliebt, obwohl es verboten war, das sagte er mir.“

Sie sah mich verwirrt an. „Es gibt Menschen, die man nicht lieben darf?“

Ich zuckte hilflos mit den Schultern. „Er hat darüber geschrieben, aber ich darf das Buch noch nicht lesen.“

„Warum nicht?“

„Ich bin zu jung, sagt Mama.“

Emily tippte sich mit dem Zeigefinger auf die Lippen. „Ich würde es trotzdem wissen wollen.“

Wir dachten beide darüber nach, schwiegen einen Augenblick, bis Emily aufsprang und zu meinen Spielzeugsoldaten ging.

„Die sind aber hübsch. Und du hast sogar kleine Holzpferde. Ich habe nur die Figuren meiner Puppenstube.“

Ich überlegte nur kurz, griff nach einem der Holzpferdchen und bot es ihr an. „Hier, ich schenke es dir, wenn du magst."

Überrascht begegnete sie meinem Blick, ihre hellblauen Augen leuchteten regelrecht auf. „Wirklich?"

„Oder möchtest du eines, auf dem ein Soldat sitzt?"

Emily besah sich jede Figur genau, nahm verschiedene in die Hand und schien genau abzuwägen, was sie antwortete. „Ich nehme das Pferd ohne Reiter. Dann kann ich vielleicht meine Figur draufsetzen. Weißt du, manchmal stelle ich mir vor, dass ich diese kleine Puppe bin. Und sie kann dann Dinge tun, die mir nicht erlaubt sind." Sie verbarg das Spielzeug in ihrer Rocktasche. „Vielen Dank, James."

„Möchtest du immer noch ein Pferd streicheln?"

„Ja, aber mit dem Kleid kann ich nicht in den Stall gehen." Sie strich bedauernd über die helle Seide mit den Stickereien.

„Du könntest dir Sachen von mir ausleihen, dann wird nichts schmutzig."

Verdutzt schaute sie mich an. „Ich glaube nicht, dass ich das darf."

„Und wenn es niemand merkt?"

Emily biss sich sachte auf die Unterlippe, ich sah ihr an, wie sie darüber nachdachte. „Unter einer Bedingung."

„Und die wäre?"

„Wenn du dich traust, das Buch deines Vaters zu lesen, machen wir es."

„Aber meine Eltern haben es mir verboten."

Emily kicherte. „James, wenn ich immer das tun würde, was *meine* Eltern mir erlauben, dürfte ich nur lernen, sticken, Klavier spielen und hübsch aussehen.“

„Hübsch siehst du wirklich aus, wie eine Fee“, murmelte ich verlegen.

Sie lachte auf. „Vielen Dank. Also was sagst du?“

„Ja, ich mache es.“

„Wo haben sie das Buch verborgen?“

Ich linste durch den Türspalt in den Korridor, vergewisserte mich, dass niemand hinaufkam. Da ich meine und Emilys Eltern unten reden hörte, wagten wir uns auf den schwach beleuchteten Flur.

„Sie verstecken es im Schlafzimmer“, raunte ich. „Und es sind drei Bücher.“

Ich fühlte mich wie ein Dieb, als ich die Tür von dem privaten Gemach meiner Eltern öffnete. Mich plagte schon jetzt ein furchtbar schlechtes Gewissen, denn meine Eltern vertrauten mir. Dennoch stand ich hinter dem, was wir vorhatten, ich wollte endlich wissen, worum es ging.

Die Truhe, in der meine Mutter die Sachen meines Vaters aufbewahrte, war nicht einmal verschlossen. Vorsichtig nahm ich das oberste Buch heraus und schlug die erste Seite auf. Als ich eine zwei sah, legte ich es zurück und griff nach dem anderen. Er hatte sie also nummeriert. Mit einem Blick erkannte ich, dass ich den Anfang in Händen hielt und klappte die Truhe leise zu. Ich presste das Buch an meine Brust und wir flohen in mein Zimmer.

Dort standen wir beide in der Mitte des Raumes und verharrten. Mein Atem ging, als wäre ich über eine Wiese gerannt, so aufgeregt war ich.

„Emily?“

„Ja?“

„Ich möchte das Buch aber lieber alleine lesen.“

Sie nickte verständnisvoll. „Erzählst du mir später davon?“

„Ja, versprochen.“

„Gut.“ Sie blickte sich suchend um. „Also, was kann ich anziehen?“

Ich nahm für Emily saubere Kleidung aus meinem Schrank und reichte sie ihr. Skeptisch schaute ich auf ihr hellblaues Seidenkleid. „Brauchst du … äh … Hilfe?“

„Ja, du müsstest mir hinten die Bänder lockern, damit ich rausschlüpfen kann. Das Mieder lasse ich einfach an.“

Sie drehte mir den Rücken zu, als wäre ich ihr Kammerdiener. Zaghaft strich ich ihr Haar zur Seite, öffnete die Schleife an der Taille und lockerte die Schnürung. Danach verbeugte ich mich linkisch und verließ vorsichtshalber das Zimmer.

Es dauerte eine ganze Weile, bis sie durch den Türspalt linste. „Ich bin fertig“, sagte sie kleinlaut.

„Gut, dann komm.“

Emily zögerte. Sie hielt die Tür zu, als ob sie sich verbergen wolle.

„Was ist denn?“

„Ich hatte noch nie eine Hose an. Es ist … komisch. Du wirst doch nicht lachen?“

„Ich trage jeden Tag Hosen. Warum sollte ich lachen?“

Sie atmete tief durch und zeigte sich mir. Für mich war es gar nichts Ungewöhnliches. Ich nahm ihre Hand und wir liefen leise aus dem Haus, rannten zum Stall.

Die Pferde sahen auf, als wir eintraten. Auch Vincent schaute kurz zu uns, wandte den Blick ab und sah abrupt wieder zu Emily.

„Ist das ...?" Erstaunen zeigte sich in seinem Gesicht.

Emily knickste galant, als hätte sie noch ihr Seidenkleid an. „Guten Tag, ich heiße Emily Anne Sullivan."

„Ich könnte schwören, dass Ihr bei der Ankunft noch ein Kleid getragen habt", sagte er mit verengten Augen.

„Ja, das liegt auf meinem Zimmer, damit es nicht schmutzig wird", sagte ich arglos und winkte Emily zur Box von Sunset, die neugierig ihren Kopf vorstreckte.

Vincent runzelte die Stirn. „Ist das der jungen Lady überhaupt erlaubt?"

„Ich fürchte nicht, bitte verrate uns nicht. Emily möchte so gerne die Pferde sehen."

Unser Stallknecht schnaubte leise. „Ich gehe besser hinaus und habe euch nicht gesehen."

Erleichtert zog ich Emily dann näher zu dem Pferd. „Du kannst sie streicheln. Sunset ist sehr lieb und mag das."

Zaghaft hob Emily ihre Hand und berührte die Stute an der Stirn, fuhr zart darüber. Sunset stupste sie an und Emily huschte ein Lächeln übers Gesicht. Sie wurde mutiger und streichelte dem Pferd über den Hals. Danach stellte ich ihr die anderen Pferde vor. Nightstorm mochte sie besonders gern. Der Rappe schnaubte zufrieden, als sie ihn hinter den Ohren kraulte.

„Und wer ist das?" Sie zeigte auf Lilly, die unruhig in der Box hin und her ging.

„Das ist Lilly, die Stute meines leiblichen Vaters. Sie mag keine Menschen mehr. Ich versuche, sie an mich zu gewöhnen, aber ob es klappen wird, weiß ich nicht.“

Emily beobachtete den Schimmel und zu meiner Überraschung beruhigte sich Lilly und begann an ihrem Heu zu zupfen. Lag es daran, dass ich neben ihr stand?

Ein lauter Ruf ließ uns aufschrecken.

„Das ist mein Stiefvater!“, sagte ich erschrocken.

„Meine Eltern dürfen mich so nicht sehen, James!“

„Ich weiß! Klettere die Leiter zum Heuboden rauf.“

Emily sah mich ungläubig an. „So was habe ich noch nie gemacht.“

„Egal, mach es *jetzt*!“

Als sich Schritte näherten, sah sie sich panisch um und kletterte ungelenk hinauf. Vater trat ein und ich wirbelte herum.

„Wo ist Emily?“

„Sie … sie ist nicht hier“, stammelte ich.

Er trat auf mich zu, sah mich prüfend an. „Ich dulde nicht, dass du mich anlügst, James. Wo ist Emily?“ Sein Tonfall sagte mir unmissverständlich, dass ich einlenken musste. Ich trat rasch einen Schritt auf ihn zu, sah ihn beschwichtigend an.

„Vater, es tut mir leid. Emily ist … sie ist dort oben.“

Er schaute verdutzt zum Heuboden hinauf und schüttelte den Kopf. „Was habt ihr jetzt wieder ausgeheckt?“

„Sie wollte so gern die Pferde sehen.“

„Und der letzte Unfall mit ihrem Kleid hat euch nichts gelehrt?“, fragte er mit hochgezogenen Augenbrauen.

„Doch, deshalb … hat Emily …“

„Ja?“

Ich schluckte schwer. Wie schlimm war es, wenn ein Mädchen die Kleidung eines Jungen trug?

„Emily, komm runter!", befahl Vater. „Du möchtest sicher nicht, dass deine Mutter sieht, wo du dich gerade aufhältst."

Sie linste von oben durch die Luke. „Ist sie draußen vor dem Stall?"

„Noch nicht."

„Aber sie darf mich nicht sehen!"

„Dieses Mal kann Hellen dich nicht aus der Situation retten, Mädchen."

„Das ist es nicht, mein Kleid ist unversehrt."

Vater runzelte die Stirn. „Das glaube ich nicht. Oben ist es ziemlich staubig."

Ich zupfte ihn am Ärmel. „Ihr Kleid liegt in meinem Zimmer", raunte ich.

Er schaute mich an, als hätte ich ein Sakrileg begannen. „Sie ist in ... Unterwäsche dort oben?!"

„Nein!", riefen Emily und ich gleichzeitig.

Nun entschloss sich Emily dazu, herunterzukommen und Vater atmete sichtlich auf.

„Gar nicht so dumm von euch. Zumindest habt ihr aus der Sache letztens etwas gelernt", murmelte er.

„Als sie sich umgezogen hat, habe ich auch extra das Zimmer verlassen", flüsterte ich meinem Stiefvater zu. „Damit ich sie nicht ... ich sie nicht ..." Ich fischte nach dem Wort.

„In Verlegenheit bringst?", half er aus.

Ich nickte betreten.

Er seufzte tief auf, als draußen Stimmen ertönten. „Ich fürchte, Emily, dein Vater steht draußen."

Ich näherte mich ihm. „Ich könnte mit Emily hinten raus, wir rennen über die Wiese zum Haus, gehen durch die Küche und dann schmuggle ich Emily wieder nach oben, wo sie sich wieder richtig ankleidet."

„Ein ausgeklügelter Plan, du Naseweis. Aber ein solches Kleid auszuziehen ist eine Sache, beim Ankleiden braucht deine Freundin eine helfende Hand."

„Na, dann helfe ich ihr."

Vater schnappte nach Luft und sah mich völlig konsterniert an.

„Ich … äh … könnte auch Betty suchen", sagte ich schnell.

„Bitte tu Letzteres. Und jetzt, fort mit euch! Ich lenke Gerard ab."

Ich nahm Emily an die Hand und wir liefen durch die hintere Stalltür, wo Vincent gerade Heu aufschichtete. Die feuchte Wiese durchtränkte unsere Schuhe, aber es gab keinen anderen Weg, den wir sonst ungesehen hätten nehmen können. In der Küche fanden wir Maggie und auch Betty vor, was mich überaus erleichterte.

„Betty, du musst uns helfen!"

Sie konnte sich wohl noch sehr gut daran erinnern, wie Emily zur Teegesellschaft ausgesehen hatte. „Du lieber Himmel!", entfuhr ihr.

„Du musst ihr ins Kleid helfen. Vater sagt, es wäre besser, wenn du es machst."

„Es wäre …? Junger Mann, ich glaube, man muss Euch mal erklären, was es heißt, ein Mädchen wie Emily zu sein!"

Emily stemmte die Hände in die Hüften. „*Ich* habe die andere Kleidung angezogen, aber alle schimpfen nur mit James, als wäre ich aus Luft! Er ist nicht allein schuld."

Betty sah meine Freundin aufmerksam an. „Das mag daran liegen, dass wir James besser kennen als Euch. Und womöglich haben wir ein anderes Verhalten von ihm erwartet. Außerdem wird Eure Mutter etwas ganz anderes mit Euch machen, als nur zu schimpfen, sollte sie Euch in diesem Aufzug sehen. Habe ich recht?"

„Ja ...", wisperte sie kleinlaut.

„Wo ist Euer Kleid?"

„In James' Zimmer."

Im Foyer ertönten nun die Stimmen von meiner Mutter und Angelina Sullivan, was Betty die Lippen zusammenpressen ließ.

„Was tun wir jetzt?", fragte ich leise.

Unsere Köchin Maggie und Betty standen nun nebeneinander und starrten die Tür zum Korridor an.

„Wir müssen die Kleine irgendwie hinauf kriegen", murmelte Betty.

„Oder das Kleid in die Küche", sagte Maggie.

„Hm ..." Betty straffte sich. „Rührt euch nicht von der Stelle!", befahl sie uns beiden und eilte hinaus.

Maggie warf uns nun ein mütterliches Lächeln zu. „Mögt ihr vielleicht ein wenig naschen?"

Für einen Moment war unsere Sorge wie weggewischt und wir setzten uns an den großen Holztisch, um ein wenig Gebäck zu essen. Bis wir hörten, wie Angelina nach ihrer Tochter rief.

„Was sagen wir deiner Mutter? Sicher musst du erzählen, wo du gewesen bist?"

„Ich weiß es nicht." Hilflos schaute sie mich an.

Betty stürmte schließlich zurück in die Küche. In der Hand hielt sie ein Bettlaken. Sie wickelte es auseinander und holte Emilys Kleid hervor. „Ich habe es als schmutzige Wäsche getarnt. Und nun, geh hinaus, James."

Ich gehorchte augenblicklich und lief zur Hintertür, wo ich meinem Vater und Gerard Sullivan fast in die Arme gestolpert wäre.

„Wo können sie nur sein?", rätselte Emilys Vater nun doch etwas besorgt. „Es ist wirklich unschicklich, dass sie mit James einfach … einfach fortläuft."

„Sicher gibt es eine plausible Erklärung für ihr Verschwinden, Gerard. Kommt, ich gebe Euch noch einen Brandy."

„In Ordnung. Aber Angelina wird das nicht gefallen."

Mein Herz pochte nun schneller und ich dachte fieberhaft darüber nach, was wir den Sullivans sagen könnten. Immer wieder schaute ich zur Küchentür, wartete darauf, dass Betty mich wieder einließ. Maggie winkte mir schließlich zu und ich schlüpfte zu ihnen hinein. Emily stand mitten im Raum und schaute mich hoffnungsvoll an, als hätte ich eine Lösung für das Problem. Als ich nur hilflos mit den Schultern zuckte, straffte sie sich und hakte sich bei mir ein.

„Wir tun einfach wie die großen Leute", sagte sie wie selbstverständlich, doch ich begriff nicht, was sie meinte.

Sie zog mich nach draußen und ich hoffte, dass wir noch ungesehen blieben, was immer sie auch vorhatte. Aber sie steuerte den schmalen Kiesweg an, raffte mit einer Hand ihr Kleid und zog mich mit sich. „Du musst elegant schlendern, weil du mir nämlich das Gut gezeigt hast."

Elegant schlendern? Ich erinnerte mich daran, wie sich mein Stiefvater verhalten hatte, als wir bei den Sullivans eingeladen gewesen waren. Ich versuchte das nachzuahmen, was mir mehr schlecht als recht gelang. Emily blieb bei mir eingehakt, als würde sie meine Führung benötigen.

„Und jetzt tun wir ganz arglos und reden über furchtbar wichtige Dinge."

„Was wäre das denn?"

„Lass mich einfach reden. Mutter macht das auch die ganze Zeit und Vater nickt dazu."

„Oh, in Ordnung, das schaffe ich."

So schlenderten wir also den Kiesweg entlang, Emily erzählte mir sehr ausführlich vom Klavier spielen und ich nickte äußerst bedeutsam. Wir kamen in Sicht unserer Väter.

Gerard Sullivan verengte die Augen. „Wo wart ihr die ganze Zeit?", fragte er streng.

Ich wusste nicht, was ich sagen sollte und sah ihn nur eingeschüchtert an.

„Ach, James war so freundlich und hat mir ein bisschen das Anwesen gezeigt", sagte Emily im Plauderton und kontrollierte, ob ihr Saum auch nicht mit dem Schmutz am Boden in Berührung kam. Sie wandte sich an meinen Vater. „Hier sieht es wirklich wunderbar aus." Ihre Stimme klang nun ähnlich affektiert, wie die ihrer Mutter und sie klimperte mit den Wimpern.

„Vielen Dank, junge Dame", sagte er und presste die Lippen aufeinander. Er sah aus, als ob er nur mühsam ein Lachen unterdrücken konnte.

Gerard hingegen blickte seine Tochter mit finsterer Miene an. Er trat zwei Schritte vor und packte sie grob am Arm. „Deine Mutter sucht dich überall im Haus und du flanierst mit James draußen herum", grollte er und zerrte sie mit sich.

Ich fühlte mich wie erstarrt, sah ihnen nach.

„Das war haarscharf, James", sagte mein Stiefvater leise.

„Aber sie bekommt Ärger", antwortete ich niedergeschlagen.

„Mag sein. Aber wenn er seine Tochter im Stall mit deiner Kleidung erwischt hätte, wäre es für sie schlimmer ausgegangen."

Mir stahlen sich Tränen in die Augen. „Warum darf sie keine normalen Dinge tun?"

„Das ist schwierig zu erklären. Ich glaube, sie haben Großes mit ihr vor. Emily soll in den Adel einheiraten und da muss sie ein gewisses Benehmen an den Tag legen."

Ich schaute zu ihm hoch. „Aber was ist denn, wenn sie später *mich* heiraten möchte?"

Vater strich mir übers Haar. „Das schlag dir aus dem Kopf, Junge." Er hockte sich vor mich hin. „Du interessierst dich also schon für Mädchen?"

„Doch nicht so!", widersprach ich entrüstet. „Aber Emily ist meine Freundin."

„So lange kennt ihr euch doch noch gar nicht."
„Trotzdem."

Ich dachte plötzlich an das Buch meines Vaters, das sich nun verborgen unter meinem Bett befand und nicht mehr in der Truhe. Emily hatte mich indirekt dazu angestiftet und mich überkam sofort ein schlechtes Gewissen. Verraten würde ich es nicht.

„Komm, zurück ins Haus. Ich muss mir überlegen, wie wir das geradebiegen."

„Bekomme ich auch Ärger?", hakte ich besorgt nach, denn ich begriff, dass meine Eltern mein Verhalten vor den Sullivans nicht einfach würden hinnehmen können.

„Das ist eine gute Frage. Verstehst du, dass ich dir vor Gerard zumindest eine Strafe androhen muss?"

„Ja."

„Gut. Und James?"

„Hm?"

„Lügst du mich noch einmal an, bekommst du von mir den Hintern versohlt."

Ich nickte ergeben.

Die Sullivans kamen uns entgegen, als wir in Richtung Haus gingen. Gerard warf mir einen Blick zu, der bewirkte, dass ich mich wie eine hilflose Maus fühlte.

„Lester, ich danke Euch und Hellen für die Einladung. Und um unserer alten Freundschaft willen haben wir sie auch angenommen. Aber Jonathans Sohn ... er ist kein Umgang für Emily. Es tut mir leid. Es war ein Fehler zu kommen."

Ohne ein weiteres Wort liefen sie zu ihrer Kutsche.

„Gerard!", rief mein Stiefvater.

Der Mann wandte sich noch einmal um.

„James ist jetzt *mein* Sohn!"

Gerard nickte, nahm aber keines seiner Worte zurück und half seiner Frau in die Kutsche. Emily sah mich mit verzweifeltem Ausdruck an, dann verschwand auch sie in dem Gefährt.

„Was für eine Freundschaft, Gerard?", grollte Vater leise. „Alles, was wir hatten, war eine Farce."

„Es tut mir leid", flüsterte ich.

Ich spürte Vaters Hand auf der Schulter. „Es ist nicht deine Schuld, James."

An diesem Tag fragte ich nicht, warum Emily von mir ferngehalten werden musste. Ich begriff, dass es etwas mit meinem leiblichen Vater zu tun hatte. Und obwohl ich wusste, dass ich gegen den Willen meiner Eltern handelte, musste ich wissen, was John McKay aufgeschrieben hatte.

Als ich später im Bett lag, hörte ich meine kleine Schwester noch leise weinen. Meine Mutter redete ihr gut zu, was auch mich irgendwie beruhigte. Ich wusste, sie würde noch einmal nach mir sehen, also hielt ich das Buch so lange verborgen.

Wenig später öffnete sich die Tür. „Gute Nacht, James", sagte meine Mutter leise und ich murmelte eine Antwort.

Ich spürte, dass sie gerne über den Vorfall geredet hätte, doch sie scheute davor und schloss schließlich die Tür.

Ich wartete noch einen Moment und zündete dann eine Kerze an, holte das Buch aus dem Versteck. Auf der ersten Seite schaute ich auf den Namen: Jonathan Gregory McKay.

Vor allem der Nachname versetzte mir einen kleinen Stich. Auch ich war eigentlich ein McKay. Der letzte Spross dieser Familie, die nun aussterben würde, weil ich nun Lesters Namen trug.

Ich schlug die erste beschriebene Seite auf und las ...

5

Die Zeilen nahmen mich gefangen, aber sie stürzten mich auch in Verwirrung. Ich hatte Vieles erwartet, aber nicht diese Wahrheit.

Mein Vater hatte den Fahrenden Jake O'Malley geliebt.

Ich schwankte zwischen Faszination und Fassungslosigkeit. Ein Mann konnte einen Mann auf diese Art lieben?

Ich lag auf dem Rücken, das Buch an die Brust gepresst, und schaute auf die tanzenden Schatten, die sich durch das Mondlicht bildeten, das durch einen der knorrigen Laubbäume schien.

Ich erinnerte mich an den jungen Mann mit den längeren, dunklen Haaren. Er war immer freundlich gewesen und hatte meinen Vater zum Lächeln gebracht. Ich dachte über die große Zuneigung nach, die sie füreinander empfunden hatten. Es kratzte an meinem Inneren, dass er meine Mutter hintergangen hatte, aber ich wusste auch, dass sie ihn gebeten hatte, alles aufzuschreiben. Also musste sie es gewusst haben. In dem Buch klang an, dass er in der Beziehung schon immer anders als mein Stiefvater gewesen war und ich begriff, dass er es sich nicht ausgesucht hatte. Konnte man so geboren werden? So musste es sein, oder?

Ich fühlte jedoch auch noch etwas anderes als Verwirrung. Noch nie hatte ich mich meinem leiblichen

Vater so nah gefühlt und diese Empfindung stimmte mich traurig, denn er war für mich verloren.

Meine Gedanken hielten mich die ganze Nacht wach. Ich musste immer wieder an Begebenheiten aus dem Buch meines Vaters denken und es drängte mich danach, mit meiner Mutter darüber zu sprechen. Dann müsste ich jedoch zugeben, dass ich die Aufzeichnungen genommen hatte.

Was würde mich für eine Strafe erwarten? Mein Stiefvater hatte sich in Bezug auf solch ein Verhalten klar ausgedrückt, obwohl er noch nie die Hand gegen mich erhoben hatte. Dies verursachte bei mir ein Gefühl, das mir wie ein Stein im Magen lag. Ich hatte Angst davor. Würde es etwas zwischen uns verändern?

Ich setzte mich auf und mein Hund schreckte hoch, wedelte beschwichtigend mit dem Schwanz. Ich strich ihm beruhigend über den Kopf. „Schon gut, Less", raunte ich.

Natürlich konnte ich es heimlich zurücklegen, aber dann konnte ich vor allem meiner Mutter nie wieder aufrichtig in die Augen sehen. Ich hatte so wundervolle Eltern, solch eine Täuschung verdienten sie nicht.

Als ich am frühen Morgen hörte, wie jemand das Schlafzimmer nebenan verließ, wagte ich mich aus dem Bett, lugte aus meiner Tür. Meine Mutter trug noch ein langes, weißes Nachtgewand und eine Schlafhaube, ein wärmendes Wolltuch bedeckte ihre Schultern.

„Mama?"

Sie drehte sich zu mir um. „James? Warum schläfst du denn nicht? Es dämmert ja nicht einmal."

Elizabeth weinte leise in ihrem Bett.

„Wenn du nach Liz gesehen hast, würdest du bitte einmal zu mir kommen?", bat ich leise. Mein Herz raste, als ich das sagte.

Sie verengte die Augen, schaute mich prüfend an und nickte dann. Meine Mutter schlüpfte zu Elizabeth und ich hörte, wie sie der Kleinen etwas zuflüsterte. Ich blieb im kalten Flur, fröstelte, horchte auf, als sie meiner Schwester leise etwas vorsang. Es war ein altes Schlaflied, das mir wie Balsam in die Seele floss, weil so viel Liebe darin lag.

Ich schlug die Arme um mich, wartete geduldig, bis sie aus dem Zimmer meiner Schwester kam. Sie legte einen Arm um mich und führte mich in mein Zimmer, das genauso kalt war wie der Flur.

„Ich zünde rasch den Kamin an, sonst erkältest du dich noch."

Mit zusammengepressten Lippen setzte ich mich auf die Bettkante. Vaters Buch verbarg sich unter den Laken. Das Feuer begann knisternd zu flackern und meine Mutter gesellte sich zu mir.

„Was hast du? Fühlst du dich nicht wohl?"

„Mama?"

„Ja, James?"

„Ich habe etwas getan, obwohl du es mir verboten hast."

Sie sah mich schweigend an, dann holte ich das Buch langsam unter der Decke hervor.

„Es tut mir leid, Mama, ich habe es gelesen", flüsterte ich bedrückt. „Die Sullivans haben immer so seltsame Dinge gesagt und ich wollte endlich wissen, was passiert ist."

Meine Mutter nahm mir in einer langsamen Bewegung das Buch ab. Sie schien nicht zu wissen, was sie sagen sollte. Tränen schimmerten in ihren Augen.

„Ich wollte dich davor beschützen", sagte sie leise.

„Wovor denn? Weil Papa den Fahrenden so gern mochte?"

„Verstehst du, wie weit diese Zuneigung ging?"

Ich schluckte schwer. Auch wenn es in dem Buch nur angedeutet worden war, so begriff ich annähernd, was sich anscheinend abgespielt hatte.

„Ich denke schon ... irgendwie."

Sie atmete tief durch. „Wie soll ich das einem Kind erklären? Du hättest gehorchen sollen, James."

Sie erhob sich, schien unwillig, weiter darüber zu reden.

„Mama, wusstest du es?"

Sie wandte sich von mir ab. „Ja, ich wusste, dass er anders ist, als ich ihn geheiratet habe", sagte sie leise. „Und ich ahnte, was zwischen ihm und Jake war, denn all das hatte ich schon einmal erlebt."

„Bei wem?", hakte ich neugierig nach.

„Bei meinem älteren Bruder. Wir hatten als Kinder ein sehr festes Band und als er älter wurde, offenbarte er sich mir. Er erklärte es mir."

„Was hat er denn erklärt?"

Sie wandte sich mir wieder zu. „James ..." Ihr Tonfall wirkte betrübt. „Du solltest so etwas noch nicht wissen."

„Aber jetzt weiß ich es doch schon."

Mit einem tiefen Seufzen setzte sie sich wieder neben mich. „Mein Bruder hat mir damals erklärt, wie er fühlt. Und ich erkannte nach einiger Zeit gewisse Anzeichen bei deinem Vater. Damals konnte er es noch nicht so gut verbergen, oder vielleicht war ich etwas sensibler, weil ich es von Arthur kannte."

„Warum hast du ihn denn trotzdem geheiratet?"

Sie lächelte traurig. „Weil ich mich in ihn verliebt hatte, genau so, wie er war."

Ich senkte die Stimme. „Aber es ist etwas Schlimmes, oder?"

Sie schüttelte entschieden den Kopf. „Nein, das will uns die Gesellschaft einreden, weil es nicht der Norm entspricht. Wie sie es bei so vielen anderen Dingen auch tut."

„Zum Beispiel, dass Mädchen keine Jungensachen tragen dürfen?"

Sie horchte auf. „Ich hörte davon. Emily sah wohl recht verwegen in Hemd und Hose aus, mh?"

Mir huschte ein Lächeln übers Gesicht. „Bei den Pferden hat sie sich viel wohler gefühlt als beim Tee trinken."

„Ja, das glaube ich dir."

„Mama?"

Sie rückte mit einer Hand ihre Nachthaube zurecht und begegnete meinem Blick.

„Bist du sehr böse auf mich?"

Meine Mutter dachte einen Augenblick über meine Frage nach. „Nein, ich verstehe, warum du es getan hast. Ich habe die Anspielungen der Sullivans auch gehört. Und dennoch hast du dich einfach über unser Verbot hinweggesetzt. Ich muss mit Lester darüber sprechen."

„Dann weiß ich schon, was mich erwartet“, raunte ich und senkte den Kopf.

„Ah ja? Na, wir werden sehen. Schlaf jetzt noch ein wenig.“

Sie richtete sich auf und verließ das Zimmer. Kurz bevor sie meine Tür verschloss, hielt ich sie noch einmal auf.

„Mama, darf ich die anderen Bücher auch lesen? Jetzt, wo ich das erste kenne?“

„Darüber reden wir noch.“

Später beim Frühstück sprach mein Vater kein Wort mit mir, schien tief in Gedanken versunken und verzog beim Essen keine Miene. Elizabeth quengelte, warf sogar ihr Brot auf den Fußboden und ließ sich auch nicht von der ruhigen Stimme meiner Mutter davon abhalten. Als wir das Mahl beendeten, stand mein Stiefvater abrupt auf und sah mich an.

„James, komm mit.“

Ich mied den Blick meiner Mutter und folgte ihm in die kleine Bibliothek. Dort standen wir voreinander und ich entschied mich, erst einmal zu schweigen.

„Ich habe dir gesagt was passiert, wenn du mich anlügst. Das hast du zwar nicht getan, aber du hast uns hintergangen. Deine Mutter und ich hatten unsere Gründe, warum wir dir verboten haben, die Bücher zu lesen.“

Ich senkte den Kopf ein wenig tiefer.

„James, wie sollen wir denn einem kaum Zehnjährigen erklären, was damals geschehen ist?“

„Aber ich verstehe es“, sagte ich leise.

„Aha, und was genau?“

„Mein Vater war in Jake verliebt und das war verboten", flüsterte ich.

„Und du glaubst, du weißt jetzt über derartige Dinge Bescheid, ja?"

„Troy hat mir ein bisschen davon erzählt."

„Oh, gut, unser Stallbursche hat dich also aufgeklärt. Wie schön, dass du nun umfassend informiert bist."

Ich wagte aufzublicken. „Aber darum geht es doch gar nicht in dem Buch."

Er atmete tief ein und ließ sich in seinen Ledersessel fallen. Ich näherte mich mit drei vorsichtigen Schritten. „Vater?"

„Hm?"

„Wirst du mich jetzt schlagen?", fragte ich ängstlich.

Er fuhr sich durchs Gesicht und raufte sich das Haar. „Ach, James ..." Er fixierte mich mit festem Blick. „Ich weiß, ich sollte es tun. Mein Vater hätte dafür sogar den Gürtel genommen. Aber ... verdammt, James. Ich kann nicht. Es ist nicht richtig, ein Kind zu schlagen." Er hob in einer hilflosen Geste die Arme. „Mir haben Schläge nie geholfen, im Gegenteil. Diese Bestrafungen haben zwischen meinem Vater und mir einen Bruch entstehen lassen, der nie wieder geheilt ist. Und ich habe meine Schandtaten trotzdem nicht sein gelassen."

„Danke, dass du mich nicht schlägst", sagte ich leise und seufzte erleichtert auf. „Ich weiß ja, dass es falsch war, aber ich wollte es verstehen, weil die Sullivans immer so ... so Sachen gesagt haben."

„Ja, Gerard und Angelina können einfach nicht den Mund halten. Sie lieben es, zu provozieren." Wieder betrachtete er mich aufmerksam. „Sag mir, was du wirklich ungerne tust."

„Äh, meine Schulaufgaben", antwortete ich prompt.

„In Ordnung, dann werde ich Mr Ashford sagen, dass er dir heute Zusatzaufgaben geben soll. Und du darfst nicht eher in den Stall zu den Pferden, bis du alles erledigt hast."

Ich unterließ jeden Protest und nickte.

„Und jetzt lass uns über die Bücher deines Vaters reden."

„Werde ich sie lesen dürfen?"

„Ich möchte dich erst auf das vorbereiten, was dich dort erwartet."

Ein ungutes Gefühl erfasste mich, doch ich wollte die Wahrheit wissen.

„Wusstest du, dass er diese Bücher im Gefängnis geschrieben hat?"

Ich schüttelte den Kopf.

„Du hast ja verstanden, dass dein Vater einen Mann der Fahrenden geliebt hat. Leider denkt unsere Gesellschaft, es wäre eine schreckliche Sünde, wenn ein Mann einen Mann liebt. Aber ich kannte deinen Vater von Kind auf und er war der friedfertigste Mann, den ich kannte. Er hat Arme unterstützt, war immer hilfsbereit ... und er war mein bester Freund. Da ich ihn so gut kannte, war es ihm nicht möglich, vollständig zu verheimlichen, was ihn bewegte. Ich ahnte es, schwieg aber darüber. Und ich begriff, dass diese ... Neigung nichts damit zu tun hat, wie ein Mensch tief in seinem Inneren ist."

„Also glaubst du nicht, dass es Sünde war?"

„Der Ehebruch, ja. Aber das andere?" Er schwieg einen Moment. „Ich glaube, dass dein Vater von Gott so erschaffen worden ist. Und wenn ich ehrlich bin, kann ich nicht erkennen, was so furchtbar schlimm daran sein soll. Man kann sich schließlich nicht aussuchen, in wen man sich verliebt. Versprich mir nur eines, James. Du darfst über diese Dinge niemals offen reden. Es könnte dir zum Verhängnis werden.“

„Nicht einmal mit Emily?“

„Mit niemandem, außer deiner Mutter und mir.“

Betroffen nickte ich und senkte den Kopf. Vater strich mir sanft übers Haar.

„Weißt du, John hat diesen Fahrenden wirklich geliebt und man hat den jungen Mann ohne Gnade unschuldig gelyncht. Ein Mann namens George Duncan trug eine Mitschuld daran, ein Bäckermeister aus Kendal. Dein Vater wollte die Wahrheit erfahren, doch es kam zu einem, nun ja, Zwischenfall. Duncan fühlte sich schuldig und drängte John, auf ihn zu schießen.“

Erschrocken schaute ich ihn an.

„Dein Vater weigerte sich, ließ aber dennoch zu, dass der Bäcker die Pistole auf sich selbst richtete und den Abzug betätigte, während dein Vater die Waffe noch in Händen hielt. Duncan starb und dein Vater wurde deshalb verurteilt, weil man nicht glaubte, dass der Bäcker die Tat provoziert hatte.“

„Und deshalb wurde er dann ... hingerichtet?“

„Ja. Verstehst du nun, warum wir das von dir noch fernhalten wollten?“

Ich begriff es in diesem Augenblick, musste das Gesagte jedoch verarbeiten. „Aber jetzt weiß ich, dass mein Vater nichts Böses getan hat“, flüsterte ich und begegnete seinem Blick. Eines ließ mich nicht los. „Was mache ich, wenn ich wie er bin?“

Er lächelte. „Aber du magst doch Emily, nicht wahr?“

„Ich mag sie sogar sehr!"

„Dann mach dir darüber keine Sorgen. Wisse aber, dass du mit mir über alles reden kannst. Ich werde es verstehen, das verspreche ich dir."

Ich fiel meinem Stiefvater um den Hals und er presste mich fest an sich.

„Ich bin froh, dass du mich nicht geschlagen hast", raunte ich ihm zu.

„Ja, ich auch. Doch, James, die anderen beiden Bücher … bitte lass dir noch ein paar Jahre Zeit, ja?"

„In Ordnung."

Zwei Wochen später regnete es ohne Unterlass. Ich schaute aus dem Fenster und ließ meinen Blick über die Weiden schweifen. In den letzten Tagen hatte ich mit Lilly arbeiten dürfen und sie machte große Fortschritte. Zuerst hatte ich immer noch das alte Hemd meines Vaters an, aber als ich merkte, dass sie mich auch ohne dieses Detail mochte, ließ ich das Kleidungsstück in meinem Zimmer. Da alle anderen Methoden bei ihr versagt hatten, ließen Vater und Vincent mich entscheiden, wie ich mit ihr umging. Ich handelte aus Gefühl, beobachtete die anderen Pferde, vor allem die Tiere, mit denen sie gut zurechtkam, und kämpfte um ihr Vertrauen. Wenn ich nun auf die Weide kam und nach ihr rief, kam sie wie Less zu mir, was mich mit Stolz erfüllte. Manchmal zwickte sie mich, vor allem, wenn ich ihr Fell und ihre Hufe reinigen wollte, es schien aber Neckerei zu sein, denn sie tat mir nie ernsthaft weh. Bei mir musste sie nun auch nicht mehr beidseitig angebunden werden.

Wegen des starken Niederschlags stand die Weide teilweise unter Wasser und die Pferde mussten im Stall bleiben. Da ich wusste, dass Lilly diese Zeit in der Box nicht besonders mochte und dann oft ungehalten wurde, ließ ich sie heute in Ruhe und starrte missmutig aus dem Fenster meines Zimmers.

Ich wollte mich gerade abwenden, als mir eine kleine Gestalt auffiel, die durch den Schauer rannte. Das vom Regen durchnässte Kleid klebte ihr am Körper. Ob das Maggies Tochter war? Nein, die war älter als ich und überragte mich um eine Kopflänge, und das Mädchen auf dem Hof musste meine Größe haben. Ich verlor es aus dem Blick und ging auf den Flur, um zu lauschen. Ob es wohl anklopfen würde? Ja, jemand betätigte den Türklopfer. An den eiligen Schritten hörte ich, dass Betty öffnete. Ich lugte durch das Treppengeländer.

„Ja, bitte?“, hörte ich sie sagen.

Dann herrschte Stille. Ich beugte mich weiter vor und vernahm nun eine sehr leise Stimme.

„Miss Sullivan? Seid Ihr das wirklich?“

Ich horchte auf. Was sagte Betty da? Für mich gab es kein Halten mehr. Ich sprang die Stufen herunter und lief zur Eingangspforte. Emily stand völlig durchnässt vor der Tür und zitterte vor Kälte. Betty zog sie rasch ins Haus.

„Was ist geschehen, Kind?!“

Doch Emily schwieg und starrte sie wie gelähmt an.

„James, holt Eure Mutter!“

Ich blinzelte und hastete in das kleine Nähzimmer. Elizabeth, die zu ihren Füßen spielte, schreckte auf und kroch halb unter den Rock meiner Mutter.

„Mama, komm schnell! Emily ist hier.“

„Emily?", hakte sie verwirrt nach.

„Sie ist durch den Regen zu uns gelaufen."

„Emily Sullivan?"

Ich nickte eifrig und sie erhob sich rasch. „Wo ist sie?"

„Bei Betty, sie waren gerade noch im Foyer."

„Pass auf Elizabeth auf."

Ich ging zu der Kleinen, die unserer Mutter mit Tränen in den Augen hinterherschaute. Bevor sie, wie so oft, laut zu heulen begann, nahm ich sie an der Hand. „Komm, Liz, wir gehen zu Mama."

Sie presste ihre Stoffpuppe an sich, rappelte sich auf und tippelte neben mir her, als wir meiner Mutter folgten.

Betty hatte derweil eine Decke um die zitternde Emily gelegt und schob das Mädchen nun in Richtung meiner Mutter. „Ich glaube, sie ist von zu Hause fortgelaufen, Hellen", raunte sie ihr zu.

Meine Mutter ging mit Betty immer sehr vertraut um, ich wusste, dass sie eine Freundschaft hegten, obwohl Betty unser Hausmädchen war.

Meine Mutter hockte sich vor Emily. „Warum bist du hier? Ist zu Hause etwas geschehen? Brauchst du Hilfe?"

Emily wandte ihr langsam den Blick zu. „Mutter und Vater sind einige Tage fort, nur Abigail ist im Haus", sagte sie so leise, dass ich sie kaum verstand. „Aber Abigail ist gestolpert. Sie ... sie ist hingefallen und kann nicht mehr aufstehen. Ich glaube, sie ist mit dem Kopf gegen die Kommode gefallen, weil ... weil sie dort blutet."

Meine Mutter sah mich ernst an. „Hol deinen Vater, schnell!"

Betty nahm meine Schwester auf den Arm und brachte sie fort. Ich zögerte nicht und begab mich in den Ostflügel, wo Vater bei den Hunden weilte. Ich fand ihn auf dem Teppich sitzend, wo er die alte Hündin Annie liebkoste.

„Vater, du musst schnell ins Foyer kommen! Emily ist hier, ihre Gouvernante ist hingefallen und kann nicht aufstehen.“

Verdattert sah er mich an, erkannte aufgrund meiner Miene, das ich nicht scherzte, und richtete sich abrupt auf.

Als wir zurückkamen, weinte Emily leise. Meine Mutter nahm Vater zur Seite und berichtete ihm, was geschehen war. „Und dann ist sie den ganzen Weg bis zu uns gelaufen.“

Er nahm sich einen Regenmantel. „Ich reite hin. Sag Betty, sie soll Dr Campbell informieren.“

„Bring Emily ins Warme“, sagte meine Mutter zu mir und ging Betty hinterher.

Zögerlich ging ich zu meiner Freundin. „Möchtest du in die Bibliothek? Da ist der Kamin an und es ist nicht so kalt.“

„Ja ...“ Sie schaute hilflos zum Eingang. „Dein Vater wird Abigail doch helfen können, oder? Sie hat so geblutet.“

Gedämpft hörte ich Hufgetrappel, also war er bereits unterwegs zu den Sullivans. „Er wird ihr bestimmt helfen können.“

Emily bekam ein Kleid von Maggies Tochter, weil ihr eigenes völlig durchnässt war. Es mochte nicht ihrem Stand entsprechen und die Größe passte nicht recht, aber laut meiner Mutter immer noch besser als die Kleidung eines Jungen.

Am späten Abend kehrte mein Stiefvater mit sorgenvollem Gesicht zurück. Emilys Gouvernante hatte durch den Sturz eine üble Kopfverletzung erlitten. Dr Campbell hatte ihr helfen können und als am Abend eines der Dienstmädchen gekommen war, um nach dem Rechten zu sehen, hatten sie mit dessen Hilfe Abigail zu ihrer Familie gebracht, damit sie sich ausruhen konnte.

Meine Mutter entschied schließlich, dass Emily hier bei uns bleiben würde, bis ihre Eltern zurückkehrten. Sie bekam ein Bett in Elizabeths Zimmer und wirkte sehr erleichtert, dass Abigail versorgt wurde. Ich spürte, dass sie zu der Frau eine große Zuneigung empfand, vielleicht mehr als zu ihrer Mutter.

So kam ich in den Genuss von Emilys Gegenwart. Ein wenig plagte mich das schlechte Gewissen, denn die Person, der sie sich anscheinend am Nächsten fühlte, war verletzt, und ich freute mich insgeheim, dass die Umstände sie hierhergebracht hatten. Aber das verdrängte ich rasch, denn ich machte es mir zur Aufgabe, Emily aufzumuntern.

Drei Tage blieb sie bei uns. Drei Tage, in denen wir völlig ungezwungen miteinander umgehen konnten und in denen es egal war, ob sie sich schmutzig machte. Sie lernte die Pferde kennen, wir spielten im Haus Abenteuergeschichten und sie wirkte zum ersten Mal richtig unbeschwert. Umso schwerer fiel ihr der nahende Abschied, als die Benachrichtigung kam, dass die Sullivans heimgekehrt waren.

Mein Vater hatte zuvor die Bediensteten der Sullivans gebeten, den Herrschaften mitzuteilen, dass Emily unter seiner Obhut stand. Er hatte von einem der Dienstmädchen zwei Kleider mitbekommen, die Emily aber nie trug. Sie weigerte sich schlicht und meine Eltern zwangen sie nicht dazu. Erst als am Tag des Abschieds schließlich die Kutsche der Sullivans vorgefahren kam, fügte sich meine Freundin und meine Mutter half ihr in eines der edlen Kleider. Als Gerard besorgt ins Haus stürmte, hörte ich, wie mein Vater ihn erst einmal mit einem Brandy ablenkte und ihm den Unfall von Abigail schilderte, damit meine Mutter Emily entsprechend ausstaffieren konnte. Ich wartete in meinem Zimmer und beschäftigte meine kleine Schwester. Kurze Zeit später kam Emily zu mir, setzte sich neben mich aufs Bett. Meine Mutter nahm Elizabeth auf den Arm und verließ den Raum.

„Ich möchte eigentlich gar nicht nach Hause", sagte sie leise.

„Und ich möchte nicht, dass du gehst."

„Aber ich muss ..." Sie suchte meinen Blick. „Weißt du, dass du mein erster und einziger Freund bist?"

Ich sagte nichts darauf, sah sie nur bedrückt an.

„Versprich mir, dass wir Freunde bleiben, ja? Vielleicht können wir uns ja heimlich sehen. Wenn es Abigail bessergeht, hilft sie mir bestimmt, dich zu treffen."

Meine Stimmung hellte sich auf. „Ich könnte dann heimlich zu dir kommen, so weit ist es ja nicht, und ich darf bestimmt ein Pferd nehmen."

„Komm, wir schwören uns, dass wir es versuchen."

„In Ordnung."

Emily und ich dachten uns einen geheimen Schwur aus. Niemand würde uns davon abhalten, unsere Freundschaft aufrechtzuerhalten!

Ich folgte Emily wenig später nicht nach unten, wollte nicht sehen, wie sie abfuhr. Niedergeschlagen blieb ich in meinem Zimmer und dachte daran, dass sie nun wieder ein ganz anderes Leben führen musste, weil ihre Eltern schon genau geplant hatten, wie ihre Zukunft verlaufen würde. Trotzdem hielt ich an unserem Schwur fest. Ich würde eine Möglichkeit finden, sie zu sehen.

Zarte Bande

Ich war nun dreizehn Jahre alt und an einen Tag erinnere ich mich noch genau, denn er hat für mich alles verändert. Meine Mutter erlaubte mir offiziell, die anderen beiden Bücher meines leiblichen Vaters zu lesen. Doch das war nicht das Einschneidende, das meine Gefühlswelt so durcheinanderwirbelte, denn ich las die privaten Aufzeichnungen erst einige Tage später.

Emily und ich hatten uns seit fast vier Monaten nicht sehen können, obwohl wir durch ihre Gouvernante, die zum Glück einige Wochen nach ihrem Sturz genesen war, immer wieder kleine Möglichkeiten bekamen, uns zu treffen. Abigail verstand, wie wichtig Emily die Freundschaft zu mir war, und sie arrangierte kleine Ausflüge, zu denen sie mich heimlich einlud. Oder ich durfte zu den Sullivans kommen, wenn Gerard und Angelina verreist waren, was recht häufig vorkam, da Emilys Vater aus beruflichen Gründen oft andere Städte besuchte und seine Frau ihn begleitete.

An diesem Vormittag erreichte mich eine Notiz von Abigail, dass ich am nächsten Tag zum Anwesen der Sullivans kommen könne. Ich weiß noch, dass mein Herz viel schneller pochte und mich ein Glücksgefühl durchströmte, als ich die kleine Nachricht las.

Mr Ashford kränkelte in den letzten Wochen und hatte unseren Unterricht für einige Zeit abgesagt, deshalb versuchte mein Vater, mich alles Wichtige zu lehren. Und er erlaubte mir, zu Emily zu reiten.

Wenn ich heute an diesen Tag im April zurückdenke, huscht mir ein Lächeln über die Lippen, denn der Nachmittag im geheimen Garten der Sullivans war einfach wundervoll gewesen.

6

April 1778

Ich trat aus dem Haus und milde Frühlingsluft wehte mir entgegen.

Die Knospen an den Zweigen der Laubbäume brachen auf und Vögel zwitscherten in den Wipfeln, bauten bereits ihre Nester. In jedem Frühling kam es mir so vor, als ob die Natur aus einem langen Schlaf erwachen würde. Tief sog ich den Atem ein, roch den Duft erster Kräuter und spürte warme Sonnenstrahlen auf dem Gesicht. Die Pferde tobten auf der Weide und brachten mich zum Lächeln.

Ich ging zur Trockenmauer und kletterte über die Barriere. Einige Pferde hoben neugierig den Kopf, als sie sahen, dass ich zu ihnen auf die Wiese kam. Ich schaute mich suchend um und fand Lilly auf der anderen Seite der Koppel. Als ich ihren Namen rief, zögerte sie nur einen Moment, dann trabte sie in meine Richtung. Noch immer ging sie jedem anderen Menschen aus dem Weg, ich hingegen schien nun für sie die Rolle meines Vaters eingenommen zu haben. Sie blieb kurz vor mir stehen und ließ mich die letzte Distanz überbrücken. Ich streichelte ihr über den Hals und verzichtete bewusst auf Halfter und Führstrick, gab ihr nur ein Zeichen, dass sie mir folgen sollte, was sie mehr oder weniger mit einigen Unterbrechungen tat. In der Nähe des Stalls wurde sie unruhig und blieb wie erstarrt stehen.

„Keine Sorge, du musst nicht in die Box, wir werden zu Emily reiten."

Sie neigte den Kopf, spitzte die Ohren, verweigerte aber jeden weiteren Schritt. Vincent kam unerwartet aus dem Stallgebäude und schreckte Lilly zusätzlich auf. Sie wich zurück und ich redete ihr gut zu.

„Ich wollte Euch nur den Sattel bringen", sagte Vincent und legte ihn über ein Holzgestell. Er hob beschwichtigend die Hände und entfernte sich wieder. Lilly schnaubte und ging nun eigenständig zu dem Sattel und beschnupperte das Leder, was mich zu einem Lachen reizte.

„Du magst unsere Ausritte, hm?"

Sie verharrte still, als ich sie fürs Reiten fertigmachte. Nur als ich aufsteigen wollte, trieb sie ein fieses Spiel mit mir und wich mir ständig aus. Ich kämpfte eine Weile, schaffte es aber in den Sattel.

Ich lenkte Lilly in Richtung Wäldchen, denn dieser Pfad würde meinen Weg abkürzen. Noch einmal drehte ich mich zu unserem Haus um. Meine Mutter stand im Eingang und sah mir nach. Ich fragte mich, was wohl in ihrem Kopf vorging, wenn sie mich mit Lilly sah. Der Gedanke verflüchtigte sich, als ich antrabte und meine Stute mich zu den Sullivans brachte.

Das schwere Eisentor stand offen und ich ritt auf das Anwesen zu. Jedes Mal beeindruckte mich das schlossartige Herrenhaus, das sich so sehr von unserem Landgut unterschied. Emily lebte wie eine Königin, doch ich wusste, dass sie die meiste Zeit unglücklich war, weil sie wie ein kostbarer Ziervogel in einem goldenen Käfig saß.

Ich ritt bis vor die große Eingangspforte, wo Abigail bereits auf mich wartete. Mit dem mausbraunen, stets streng zurückgebundenen Haar und der hochgeschlossenen Kleidung wirkte die Gouvernante auf mich immer sehr unscheinbar, was von ihr wohl auch beabsichtigt war. Ich wusste aber, dass hinter dieser schlichten und ruhigen Fassade eine herzliche Frau steckte, die ihr wahres Wesen vor Emilys Eltern sorgsam verbarg. Vor allem ihre Mutter wünschte eine strenge, kompromisslose Erziehung und Abigail behandelte Emily wie die Sullivans es wünschten, wenn diese zugegen waren, was nicht oft der Fall war. Ohne die Gegenwart von Gerard und Angelina verwandelte sich Abigail in Emilys liebsten Menschen, der alles versuchte, ihr das reiche und einsame Leben erträglich zu machen. Ich hatte es selbst mehrmals erlebt.

Lilly tänzelte unruhig in Abigails Gegenwart. Da sie aber keine Anstalten machte näherzukommen, verharrte sie schließlich und ich konnte absteigen.

„Was ist diesem Pferd bloß geschehen, dass es nur dir vertraut?", fragte sie nachdenklich und betrachtete meinen Schimmel.

Ich strich Lilly über den Hals und hob die Zügel nach vorn. „Sie hat mit meinem leiblichen Vater ihre Bezugsperson verloren und ist danach sowohl unreitbar, als auch bissig geworden. Ich denke, unser Stallknecht hat sie oft maßregeln müssen, weil sie ihn ein paar Mal arg verletzt hat. Das hat sie verstört, weil sie so eine Behandlung nicht kannte." Ich begegnete Abigails Blick, während Lilly hinter mich trat, als wolle sie sich verbergen.

„Und du hast sie nie gemaßregelt?"

Entschieden schüttelte ich den Kopf. „Nicht so wie Vincent, eher auf Pferdeart."

Ein amüsiertes Lächeln glitt über Abigails Lippen. „Auf Pferdeart?"

„Ich habe beobachtet, wie unsere Leitstute mit ihr umgeht, Lilly liebt sie."

„Aber Pferde beißen und treten sich doch auch gegenseitig, oder nicht?"

„Ja, schon. Aber ich glaube, Lilly ist sehr empfindlich." Ich sah zu meinem Pferd auf. „Sunset hat immer nur warnen müssen. Sie hat nur in die Luft geschnappt oder hat gezielt vorbeigetreten, wenn Lilly nicht das getan hat, was sie wollte. Es kam bisher noch nie zu einer Verletzung, als wisse Sunset genau, dass das bei Lilly nicht nötig ist. Sie ist zwar ein ganz schön stures und eigenwilliges Pferd, aber sie ist auch unsicher."

„Sie braucht also jemanden, der sie führt?"

Ich nickte zustimmend. „Vincent hat gedacht, sie ist aggressiv und ich denke, Vater wollte sich nicht mit ihr befassen, weil sie ihn an seinen Freund erinnert hat."

„Dein leiblicher Vater?", fragte Abigail sanft.

„Ja. Kanntest du ihn?"

„Nein, ich hörte nur von ihm."

Ich senkte den Blick. „Hoffentlich nicht nur Schlechtes."

„Tatsächlich auch Gutes. Nicht von meinen Herrschaften, aber von einigen Bediensteten."

Lilly stupste mich sachte an, verlangte weitere Streicheleinheiten, die ich ihr gerne gab. „Er hat Lilly nie geschlagen, sagt Mama. Sie hatten eine besondere Verbindung."

„So wie du jetzt."

„Das hoffe ich."

„Es ist so, James. Das kann ein Blinder sehen. Ich glaube, du verstehst einfach, was in ihr vorgeht. Aber nun bring sie rüber in den Stall, ja?"

Ich nahm sie am Zügel und führte Lilly in den dämmrigen Stall, der wesentlich kleiner war als unserer, da die Sullivans nur vier Kutschpferde besaßen. Die zwei, die nicht mit den Sullivans unterwegs waren, hoben interessiert die Köpfe, als ich Lilly in ihre Nähe brachte. Mittlerweile kannten sich die Tiere, auch wenn sie sich nicht regelmäßig sahen, und begrüßten sich mit lautem Schnauben. Ich brachte Lilly trotzdem ein wenig entfernt von den anderen unter, da sie nicht zu ihrer Herde gehörte, sattelte sie ab und gab ihr etwas von dem Heu, das bereitlag. Einer der Stallburschen sah mich argwöhnisch an, ließ mich aber gewähren. Die Bediensteten unterstützten Abigails heimliches Vorgehen, da sich Emily in ihre Herzen geschlichen hatte.

Ich kehrte zu Abigail zurück, die mich näherwinkte. „Emily muss noch ihre Klavierstunde absolvieren, ihre Mutter möchte eines der Stücke fehlerfrei vorgetragen bekommen. Du musst also noch etwas warten."

„Das ist nicht schlimm."

„Gut, dann komm."

Schon im Foyer hörte ich die Klavierklänge. Mein Herz begann regelrecht zu rasen und ich begriff nicht so recht warum. Ja, ich hatte Emily ein paar Monate nicht gesehen, aber weshalb regte mich das so auf? Ich holte tief Luft und folgte Abigail in das Musikzimmer.

Abrupt hörte Emily auf zu spielen, sprang von der Klavierbank und eilte auf mich zu.

„James!"

Sie fiel mir regelrecht um den Hals und ich lachte verlegen auf.

„Du bist schon hier!"

Ich nickte nur zur Antwort.

Sie neigte den Kopf und begutachtete mich. „Dein Haar ist viel länger."

Unsicher fuhr ich mir durch das Haar, das mittlerweile in einen kurzen Zopf passte.

Sie zupfte an einer herausgerutschten Strähne. „Das gefällt mir."

Mir fehlten noch die Worte. Ich konnte nur ihre feenhaften Gesichtszüge betrachten und den Blick kaum abwenden.

„Junge Dame", mischte sich Abigail ein. „Das Klavierstück."

Emily zog einen Schmollmund und löste sich widerstrebend von mir. Sie setzte sich wieder an das Instrument, das viel luxuriöser aussah, als das alte Klavier, das Mutter nach der Hochzeit mit zum O'Brian Landgut genommen hatte und das einst ein Geschenk an meinen verstorbenen Großvater gewesen war, als dieser noch mehr mit dem Adel verkehrt hatte, weil er Baronet gewesen war. Dieser Titel gehörte nun mir, doch wegen des unrühmlichen Endes meines Vaters spielte er nicht wirklich eine Rolle. Ich würde in der höheren Gesellschaft wohl nie akzeptiert werden, aber darauf legte ich auch keinen großen Wert. Ich wünschte nur,

Emilys Eltern würden ihre Tochter nicht bewusst von mir fernhalten.

Die Klänge des Klaviers erfüllten erneut die Luft und ich trat näher, wagte mich sogar, mit auf ihrer Bank Platz zu nehmen, um ihr zuzuschauen. Es schien sie nicht zu stören. Ihre Finger flogen über die Tastatur und ich spürte, wie ehrgeizig sie war. Bei jedem Fehler setzte sie erneut an und übte das Lied, bis sie es vollkommen spielen konnte.

Mir genügte ihre Gegenwart, ich genoss es, ihr zuzuhören, ihr Profil zu betrachten. In diesem Augenblick merkte ich, wie sehr ich Emily vermisst hatte.

Als sie das Lied zweimal völlig ohne Fehler durchgespielt hatte, kam Abigail und legte eine Hand auf ihre Schulter.

„Du kannst dich jetzt umziehen, Emily."

Abrupt hob sie die Finger von der Tastatur und eilte aus dem Raum. Ich wusste, dass Abigail ihr erlaubte, ein schlichtes Kleid anzuziehen, damit sie sich unbeschwert bewegen konnte. Ich warf ihr einen Blick zu, als sie die Notenblätter einsammelte. Waren wir unter uns, ließ sie jede Förmlichkeit fallen. Ich mochte diese Frau wirklich gern und verstand, warum Emily so an ihr hing.

Ich ging ins Foyer, um auf Emily zu warten. Meine Freundin kam schließlich wenig später beschwingt die Stufen vom oberen Stockwerk heruntergesprungen. Sie kam mir wie verwandelt vor. Das schwarze Haar, zuvor aufgesteckt, wellte sich nun um ihre Schultern und sie strahlte mich an. Spontan griff sie nach meiner Hand und zog mich hinaus auf die weitläufige Parkanlage.

Wie jedes Mal liefen wir zu dem verborgenen Gartenbereich. Dort befand sich ein alter Teich, zu dem wir am liebsten gingen. Nur Abigail wusste um diesen geheimen Ort, der vom Gefühl her nur Emily und mir gehörte.

Ein seichter Wind strich durch die Baumkronen und der Duft der Rhododendronblüten lag in der Luft. Immer noch gingen wir Hand in Hand. Erst am Teich ließ Emily mich los und wir setzten uns auf die verwitterte Bank davor. Seerosenblätter überwucherten das kleine Gewässer, das von einem verzierten Steinrahmen eingefasst war. Ich beugte mich vor, um nach Kaulquappen Ausschau zu halten.

„Ich glaube, das war mal ein Brunnen", sagte Emily und zeigte auf den Wasserspeier, der wahrscheinlich schon seit Jahrzehnten versiegt und dessen seltsames Gesicht kaum mehr erkennbar war. Wir hatten uns schon das letzte Mal wilde Geschichten zu der Figur ausgedacht, an einen Brunnen hatte ich bis dahin gar nicht gedacht.

Ich tauchte die Fingerspitzen in das kalte Wasser. „Vielleicht hat er etwas Unrechtes getan, dass er zu Stein verwandelt worden ist."

Emily schaute sich das halb abgebröckelte Gesicht genauer an. „Was mag er verbrochen haben, um so eine Strafe zu erhalten?"

„Vielleicht hat er sich in die Frau von einem Zauberer verliebt."

„Einem wirklich dunklen Zauberer."

Ich lächelte und in meinen Gedanken entstanden Bilder, als ich kurz die Augen schloss. „Die Frau war unglücklich und wollte den Zauberer gar nicht heiraten. Sie wollte lieber mit … mir fällt kein Name für ihn ein."

Emily rutschte ein Stück näher zu mir. „Er ist namenlos, weil er keinen Namen mehr tragen darf", raunte sie.

„Sie möchte also lieber mit dem Namenlosen zusammen sein, doch der Zauberer findet es heraus."

„Und verwandelt ihn aus Rache in eine Brunnenfigur", endete Emily.

Sie seufzte leise, griff nach meiner Hand und zog mich auf. An einer freien Stelle legte sie sich auf den Boden und winkte mich zu sich herunter.

Wir beide liebten es, in die Wolken zu schauen. Vor allem Emily sah dort die wundersamsten Gestalten. Sie hatte mich losgelassen und meine Finger berührten nun die bröckligen Steinfliesen unter uns, die nähere Umgebung des Teiches war damit ausgelegt.

Ich wandte meinen Blick zu ihr, nicht zum Himmel. Verträumt schaute sie hinauf, streckte von Zeit zu Zeit einen Arm aus, um mir etwas zu zeigen, aber ich hatte nur Augen für Emily. Sie bemerkte es gar nicht, so konnte ich sie ungeniert beobachten, mir ihre hübschen Züge genau einprägen, denn ich ahnte, dass wir uns wochenlang nicht wiedersehen würden.

Irgendwann schwieg sie und nahm erneut meine Hand.

„Was geschieht, wenn ich diejenige bin, die den dunklen Zauberer heiraten muss?", fragte sie schließlich im Flüsterton.

„Es gibt doch gar keine Zauberer", antwortete ich lächelnd.

„Die vielleicht nicht." Plötzlich wirkte sie todtraurig. „James, versprichst du mir etwas?"

„Ja, natürlich."

„Egal, was passieren wird. Du bleibst immer mein Freund, ja?"

„Versprochen."

Völlig unerwartet beugte sie sich vor und hauchte mir einen Kuss auf die Wange. Dann sprang sie auf und war wieder wie umgewandelt. „Fang mich, wenn du kannst!"

Für einen Moment konnte ich ihr nur verblüfft nachschauen. Ihren unschuldigen Kuss spürte ich auf der Haut, als ob die Berührung in mir nachhallte.

„James, nun komm doch!"

Ich rappelte mich auf und rannte ihr nach, hatte sie in binnen kurzer Zeit eingeholt. Aber sie schien unser Spiel schon wieder vergessen zu haben, denn nun stand sie vor der verrotteten Schaukel, die ich vor drei Jahren vom Baum gerissen hatte.

„Ich wünschte, sie wäre nicht kaputt. Einmal würde ich gern schaukeln."

Die alte Holzplatte lag immer noch auf dem feuchten Boden und ich hob sie an, doch sie war so morsch, dass einfach ein Stück abbrach, was uns wiederum zu einem Lachen reizte.

Völlig unerwartet hörten wir Abigails Stimme durch die Bäume und Sträucher hallen. Wir eilten ihr entgegen, denn es musste etwas Wichtiges sein, wenn sie uns hier aufsuchte. Atemlos kam sie mit gerafften Röcken auf uns zugelaufen.

„Emily, deine Eltern kehren viel eher zurück als ich
erwartet hatte. Es tut mir so leid!"

„Wo sind sie?"

„Sie fahren gerade mit der Kutsche vor. Wir müssen
dich geschwind umziehen. Und du, James, musst fort!"

Wir starrten sie geschockt an. Emily warf mir einen
traurigen Blick zu, dann rannte sie mit Abigail zurück
zum Haus, wahrscheinlich zum hinteren Eingang, um
ungesehen zu bleiben. Ich folgte ihnen mit Herzrasen.
Was würden Gerard und Angelina tun, wenn sie mich
hier vorfinden würden? Sie hatten meinen Eltern deutlich gesagt, dass ich nicht erwünscht war.

Kurz vor dem Haus schwenkte ich nach links, um von
hinten in das Stallgebäude zu gehen. Dort fand ich zu
meiner Überraschung Lilly vor, die jemand dort angebunden hatte.

„Da bist du ja endlich", raunte der Stallbursche, der
mir vorhin schon begegnet war. „Ich habe dein Pferd
hierhergebracht, aber dieses verdammte Vieh hat mich
gebissen."

„Lilly mag andere Menschen nicht", verteidigte ich
sie.

Er schnaubte ungehalten und funkelte meine Stute
böse an. Die tänzelte unruhig auf der Stelle.

„Fast hätte ich sie nicht mal hier rausbringen können.
Sie hat sich gewehrt, als sei ich der Teufel persönlich."

„Es tut mir leid."

„Ich hab's nicht für dich getan, sondern für Miss E-
mily. Du musst aber noch warten, bis die Herrschaften
im Haus sind. Dann reite hinten durch die Anlage zum
Wald. Ich hab dort das Tor geöffnet. Verlasse das Anwesen nicht durch die Hauptpforte!"

„Verstanden. Danke für deine Hilfe."

Er wollte sich umwenden, verharrte aber noch, als kämpfe er mit etwas. „Seid ihr für solche Kinderspielchen nicht zu alt? Du bist doch sicher schon vierzehn, oder?"

„Dreizehn", erwiderte ich, irritiert wegen seines aggressiven Tons.

„Vielleicht solltest du dir dann endlich eine deines Standes suchen."

Was erlaubte sich dieser Bursche? „So redest du nicht mit mir!"

„Und warum nicht?"

„Weil ich den Titel meines Großvaters geerbt habe und du mir gefälligst mit Respekt zu begegnen hast!"

„Und welcher Titel soll das sein?", fragte er abfällig.

„Ich bin Baronet", sagte ich nicht ohne Stolz und versuchte, mich etwas größer zu strecken, damit er mich nicht überragte.

Er beugte sich nah zu mir hin, sodass ich ein wenig zurückwich. „Wenn es so ist, warum darfst du dich dann nur heimlich mit der Miss treffen? Warum missbilligt man dein Hiersein?"

Ich hatte keine Antwort für ihn, war für den Augenblick sprachlos.

Der Junge verschränkte angriffslustig die Arme. „Ich kann's dir sagen. Deine jetzige Familie kenne ich nicht, aber alle sagen, dass dein leiblicher Vater ein Verbrecher war!"

„Das ist nicht wahr!", fauchte ich und trat drohend einen Schritt auf ihn zu.

Er stieß mich wieder zurück, sodass ich gegen Lilly stolperte, die erschrocken wieherte und an ihrem Strick zerrte.

„Und warum wurde er dann hingerichtet?"

Ich starrte ihn wie gelähmt an.

„Genau deshalb bist du ein Nichts!", sagte er mit eisiger Stimme. „Da nutzt dir auch kein verdammter Titel."

Pure Wut wallte in mir auf. Ich handelte ohne darüber nachzudenken. Meine Faust landete direkt auf seiner Wange und er stolperte etwas nach hinten. Das stachelte ihn so an, dass er prompt zurückschlug. Sein Hieb warf mich um und mir wurde kurz schwarz vor den Augen. Benommen blieb ich am Boden hocken, schnappte nach Luft, während er zurück in den Stall ging. Erst als Lilly mich anstupste und in Kauf nahm, dass der Strick unangenehm an ihr zog, rappelte ich mich auf. Er hatte mich an der linken Schläfe getroffen. Vorsichtig betastete ich die Stelle.

Beruhigend streichelte ich Lilly, die noch ganz aufgeregt war und sah dann, dass der Stallbursche meinen Sattel achtlos ins Gras geworfen hatte. Mir rutschte ein erneuter Fluch heraus. Ich hob ihn auf und klopfte den Schmutz ab, legte ihn Lilly auf. Als ich den Gurt festzog, hörte ich auf einmal Gerard Sullivans Stimme im Stall. Mich durchfuhr eine Welle der Angst. Hatte er etwas bemerkt? Ich musste fort!

So rasch ich konnte, zäumte ich Lilly auf, bestieg das Pferd und galoppierte über die Wiese in Richtung des Waldes, der hinten an das Anwesen grenzte. Noch immer schmerzte mir der Kopf, doch ich versuchte, es zu ignorieren. Mir fiel auf, dass sich die Umgebung verdunkelte. Am Himmel türmten sich dunkelgraue Wolken auf.

Dann stand ich vor dem Eisentor. Ich schwang mich vom Pferd und führte es zu der Pforte, die zum Glück nicht verschlossen war. Außerhalb saß ich wieder auf und wandte mich in den Wald, denn etwas Anderes blieb mir nicht. Zuerst trabte ich an der hohen Mauer entlang, die den Besitz der Sullivans schützte. Doch hohe Dornenhecken versperrten mir den weiteren Weg und ich konnte mich nur nach links richten.

Es begann zu regnen. Die noch lichten Bäume ließen viel von dem Niederschlag durch und dieser durchnässte immer mehr meine Kleidung. Fröstelnd lenkte ich Lilly durch das mir unbekannte Terrain, bis ich endlich auf einer freien Fläche herauskam. Es dämmerte bereits, der Regen rauschte wie ein Sturzbach auf uns herunter. Und ich konnte das Anwesen der Sullivans nicht mehr ausmachen. Überall sah ich nur Hügel und Felder, verlor völlig die Orientierung.

Lilly schien meine Unruhe zu spüren, sie schüttelte ungehalten den Kopf.

„Bitte wirf mich jetzt nicht ab", bat ich leise, nahm die Zügel etwas an und verlagerte mein Gewicht, um sie unter Kontrolle zu halten.

Ich ritt in die Richtung, die ich als die Richtige einschätzte, doch die Dämmerung machte es mir schwer und ich fand keinen Anhaltspunkt. Leise Panik stieg in mir auf.

„Lilly, kennst du den Weg nach Hause?"

Ich ließ die Zügel lockerer, trieb sie etwas an, in der Hoffnung, dass sie wusste, wo wir hinmussten, aber sie trabte nur kurz an und stoppte dann, als sie merkte, dass ich anscheinend nicht weiterwusste. Da ich ihr Freiraum gegeben hatte, begann sie zu grasen, als würde es sie nichts angehen.

„Ach, Lilly", murmelte ich und ließ sie einen Moment gewähren.

Mit zusammengepressten Lippen schaute ich mich um, wusste mir keinen Rat. Weil das Wetter immer ungemütlicher wurde und der Wald der einzige Ort war, an den ich mich orientieren konnte, lenkte ich mein Pferd dorthin zurück. Ich stieg ab und suchte die Hufspuren, die Lilly hinterlassen haben musste, um wieder zum hinteren Tor der Sullivans zu finden, aber ich fand keine Fährte mehr, da ich wegen des fehlenden Lichts am Boden kaum etwas erkennen konnte und der Regen alles durchweichte. Resigniert führte ich meine Stute zu Fuß unter den Schutz der Bäume, suchte mir eine ausladende Buche, die schon ihr Blätterkleid besaß, und stellte mich unter.

Lilly genügte es, bei mir zu sein, sie rieb sich sanft an meinem Arm und zupfte dann einige Gräser in der Nähe. Ich starrte in den immer dunkler werdenden Wald. Die feuchte Kälte kroch mir mehr und mehr unter die Kleidung und ich fror. Der Boden wurde immer sumpfiger, durchfeuchtete meine Stiefel, und ich wagte nicht mehr, auf Lilly zu reiten. Mein Vater hatte mir eingebläut, auf Ritte zu verzichten, wenn der Boden unsicher und nicht zu erkennen war. Ich wollte weder Lilly gefährden noch einen Unfall provozieren, also blieb ich unter dem alten Laubbaum und setzte mich zitternd nieder.

„Was machen wir jetzt nur, Lilly? Ich habe wirklich keine Ahnung, wo wir sind."

Das Zeitgefühl kam mir abhanden, nur an der Dunkelheit, die immer mehr die Oberhand gewann, konnte ich erahnen, wie spät es sein musste. Ich müsste längst zu Hause sein, denn zur beginnenden Dämmerung kehrte ich stets zurück.

Ich hockte mich auf einen vermoderten Baumstamm und kämpfte mit meiner Fassung. Noch nie zuvor hatte ich eine Nacht draußen alleine verbringen müssen. Jedes Geräusch ließ Furcht in mir aufflammen, selbst Lilly schien nun verunsichert.

Mittlerweile zitterte ich am ganzen Leib, mein Magen knurrte vor Hunger und ich wäre am liebsten in Tränen ausgebrochen, riss mich aber zusammen. War ich wirklich so ein verwöhnter Fratz, dass ich so eine Situation nicht meisterte? Diese Erkenntnis ärgerte mich.

Irgendwann verebbte der Regen. Die restliche Feuchtigkeit tropfte von den Bäumen und in den Gebüschen begann es zu rascheln. Der Ruf einer Eule hallte durch die Stille des Waldes. Mich umgab so tiefe Dunkelheit, dass ich kaum die Hand vor Augen sehen konnte.

Ich richtete mich auf, kraulte Lilly hinter den Ohren, was sie sehr genoss und spürte, wie sich ihr Körper entspannte.

Plötzlich hörte ich entferntes Hundegebell. Ich horchte auf, denn nun mischte sich eine männliche Stimme dazu. Rief dort jemand meinen Namen? Mir war so gleichgültig, wen derjenige suchte, ich hoffte einfach auf Hilfe. Also schrie ich immer wieder so laut ich konnte: „Ich bin hier!"

Zwischen den Bäumen flackerte ein Licht auf, ein dunkler Schatten huschte davor herum. Noch einmal rief ich, dann wurde ich von einem großen, felligen Tier fast umgeworfen. Lilly wieherte erschrocken, riss sich los und ich hörte, wie sie davontrabte.

Das Tier begrüßte mich winselnd und ich schob es behutsam von mir herunter. „Less? Bist du das?"

Das Licht näherte sich und nun erkannte ich eine Person, die eine Laterne trug.

„James?"

Das war mein Vater!

„Ich bin hier drüben!"

Er kam auf mich zu, sein eigenes Pferd führte er am Zügel, die Laterne hob er nun an. „Himmel, was ist passiert, Junge? Was machst du hier mitten in der Nacht im Wald?"

Lillys Flucht machte mich nervös, dennoch fiel ich meinem Vater zuerst in die Arme. Er presste mich an sich, bedacht darauf, die heiße Laterne von mir fernzuhalten.

„Emilys Eltern kamen viel zu früh zurück und ich musste durch das hintere Tor flüchten, aber wegen einer riesigen Dornenhecke musste ich ausweichen und habe die Orientierung verloren! Dann regnete es so stark, es wurde immer dunkler und ich wusste einfach nicht, was ich tun soll."

Nun liefen mir doch Tränen über die Wangen und ich wischte sie rasch mit dem Ärmel fort.

„Ja, ich habe gesehen, dass die Kutsche der Sullivans wieder vor dem Haus steht und habe mir gedacht, dass du schnell verschwinden musstest. Du kannst Less dankbar sein. Er hat deine Spur gefunden und mich zu dir geführt." Er strich dem immer noch aufgeregten Hund über den Kopf. „Du warst schon immer ein guter Fährtenleser." Mein Vater sah sich nun argwöhnisch um. „Aber wo ist dein Pferd?"

„Lilly hat sich vor Less erschrocken."

„Dann ruf sie, Junge, damit wir nach Hause können. Du bist ja völlig durchnässt und zitterst vor Kälte."

Ich rief nach meiner Stute, doch sie blieb verschwunden. „Wir können sie nicht zurücklassen!"

Mein Vater legte mir seine Jacke um die Schultern. „Ruf sie weiter, wir finden sie schon. Weißt du, in welche Richtung sie gelaufen ist?"

„Ich glaube, dort entlang."

„Dann komm, nimm die Laterne und wir halten nach ihr Ausschau."

Lilly blieb jedoch verschwunden und mein Vater drängte mich schließlich die Suche am Morgen fortzusetzen, dem ich widerstrebend zustimmte, da ich so fürchterlich fror. Er nahm mich mit auf sein Pferd und brachte mich nach Hause, wo meine Mutter schon voller Sorge im Eingang stand.

Drinnen begutachtete sie meine Schläfe, die, wie ich später im Spiegel feststellte, von dem Schlag des Stallburschen blau angelaufen war, ebenso wie meine Wange.

„Ich musste mich verteidigen", erklärte ich rasch.

„Warum?"

„Der Stallbursche der Sullivans hat mich beleidigt."

„Wie bitte? Der Stallbursche? Was gehen ihn deine Belange an?"

Ich wollte meiner Mutter nicht sagen, worum es bei dem Disput gegangen war, deshalb zuckte ich mit den Schultern. Sie akzeptierte, dass ich nicht darüber reden wollte.

Nach einer wärmenden Suppe von Maggie versuchte ich zu schlafen, aber es gelang mir nicht. Vor meinem inneren Auge sah ich immer wieder mein Pferd, das voll aufgesattelt im Regen umherirrte und sich vielleicht immer weiter von uns entfernte. Ruhelos drehte ich mich von einer Seite zur anderen, versuchte, die Fassung zu wahren, doch einige Tränen ließen sich nicht zurückhalten.

Die Stimmen meiner Eltern ließen mich aufhorchen. Konnten sie auch nicht schlafen? Ich schob Less, der halb auf mir lag, zur Seite und schlüpfte aus dem Bett. Der Boden fühlte sich eiskalt an, als ich barfuß auf den Flur lief. Das Gespräch kam nicht aus dem Schlafzimmer meiner Eltern, sondern aus dem Erdgeschoss, erkannte ich verwundert. Ich schlich durch den Flur, stellte mich an die Treppe und lauschte.

„Es mag verrückt sein, mitten in der Nacht ein Pferd zu suchen, das mich hasst, aber ich kann Lilly nicht da draußen herumirren lassen", sagte Vater. „James würde es mir nie verzeihen, wenn wir sie auf die Art verlieren, während ich untätig bin. Und Lilly war Johns Pferd. Verdammt, er hat dieses störrische Biest geliebt."

„Ich danke dir, dass du weiter nach ihr suchst", hörte ich die leise Stimme meiner Mutter.

Ich wollte helfen! Darum entschied ich mich herunterzugehen. Meine Eltern wirkten nicht überrascht, als sie mich sahen. „Lasst mich helfen, bitte."

Meine Mutter verzog skeptisch das Gesicht, bei meinem Vater schien es eher Erleichterung zu sein.

„Du warst vorhin schon so durchnässt. Ich möchte nicht, dass du krank wirst, James", erwiderte sie besorgt.

„Aber er ist vielleicht der einzige Mensch, zu dem Lilly kommen würde, falls ... wenn wir sie finden."

„Ich werde mich warm anziehen", beteuerte ich.

„Und er kann einen meiner wetterfesten Mäntel haben."

Schließlich stimmte meine Mutter zu und ich ging mit meinem Vater zu den Stallungen, wo wir zwei Pferde sattelten. Regen strömte vom tiefschwarzen Himmel, in der Ferne grollte ein Gewitter. Ausgestattet mit einer Laterne ritten wir in die Nähe des Sullivan-Anwesens, das wir jedoch mieden. Mein Vater führte mich um das Grundstück herum und bog ein Stück weiter in den Wald ein. Es faszinierte mich, wie er sich trotz der schlechten Sichtverhältnisse orientieren konnte. Aber ich wusste auch, dass er das Gebiet wie seine Westentasche kannte. Einige Wolken verzogen sich und der Mond schickte uns spärliches Licht. Er fand die Stelle, an der Lilly fortgelaufen war. Spuren gab es nicht mehr.

Wir suchten bis zur Morgendämmerung und gaben resigniert auf. Den Wald hatten wir längst hinter uns gelassen. Über den Feldern ging eine milchige Sonne auf und wir verharrten auf einem schmalen Pfad zwischen den Äckern. Mein Vater stützte sich vorne auf den Sattel und rieb sich den Regen aus dem Gesicht. Er fluchte leise.

Ich zitterte vor Kälte und Nässe, versuchte es zu verbergen, weil ich wusste, dass wir abbrechen würden, wenn mein Vater erkannte, wie sehr ich fror.

„Wo könnte sie nur sein? Ob sie vielleicht nach Hause gelaufen ist? Pferde wollen doch zu ihrer Herde, oder?"

Er schaute mich aufmerksam an. „Oder zu einem Ort, an dem sie sich immer sicher gefühlt haben." Er wendete abrupt sein Pferd, das protestierend wieherte. „Komm!"

„Wohin?"

Mein Vater antwortete nicht, sondern trabte in die entgegengesetzte Richtung davon. Ich folgte ihm rasch. Zuerst begriff ich nicht, wohin wir ritten, dann tauchte das alte McKay-Haus vor mir auf. Die Enttäuschung war groß, als wir Lilly auch hier nicht vorfanden.

„Vielleicht haben *sie* Lilly gefunden", murmelte er.

„Wen meinst du?"

„Die Fahrenden. Sie lagern noch immer am Fluss, manchmal bleiben sie sogar im Winter hier, weil deine Mutter sie zuweilen mit Essen versorgt."

Er trieb sein Pferd an und ich schloss zu ihm auf. Ich schwankte zwischen Angst und Hoffnung, denn wenn Lilly auch hier nicht sein würde ...

Pferdewagen kamen in Sicht, die Fahrenden sah ich noch nicht. Eine junge Frau tauchte bei den Pferden dieser Leute auf und neben einem großen, graugesprenkelten Hengst stand ... Lilly. Ich schwang mich enthusiastisch von meinem Reittier und wollte zu ihr eilen, doch mein Vater hielt mich zurück.

„Warte, James."

„Aber dort ist Lilly!"

Mein Vater stieg ab und die junge Frau näherte sich. Sie nickte ihm zu und warf mir dann einen Blick zu. Verdutzt betrachtete sie mich.

„James? Bist du das?“

Ich schaute meinen Vater kurz verunsichert an. „Äh, ja.“

Sie lachte mit glockenheller Stimme auf. Ihr dunkles, gelocktes Haar fiel ihr bis zur Taille und sie kam ungeniert auf mich zu. Wir waren fast auf Augenhöhe und sie lächelte mich an. „Du erinnerst dich nicht, oder?“

Verlegen schüttelte ich den Kopf.

„Ich bin Elissa. Als du noch klein warst, habe ich oft mit dir gespielt.“

Ich erinnerte mich vage an das Mädchen, das mit mir am Boden gekniet und sich fasziniert mein Spielzeug angesehen hatte, doch ich konnte diese Erinnerung nicht mit der hübschen, jungen Frau verknüpfen, die gerade vor mir stand.

„Wie alt bist du? Zwölf?“

„Dreizehn“, sagte ich leise. Ich wich ihrem fordernden Blick aus und schaute sehnsüchtig zu Lilly. „Das ist *mein* Pferd“, stellte ich klar und zeigte wie ein kleiner Junge auf die weiße Stute.

Mein Vater legte mir eine Hand auf die Schulter und ich schwieg. „Elissa, ist deine Tante hier?“

„Ich hole sie.“

Sie verschwand in einem der Wagen und kehrte mit einer Frau zurück, die mir bekannt vorkam. Hatte ich sie nicht vor drei Jahren am Waldrand gesehen, als wir bei dem Grab meines Vaters gewesen waren?

„Ich grüße dich, Noirin.“

Sie erwiderte die Begrüßung meines Vaters, doch auch ihr Blick ruhte auf mir. „James", raunte sie. „Mein Gott, du siehst aus wie John." Sie streckte die Hand aus und berührte meine zerzauste, feuchte Frisur. „Nur dein Haar ist etwas dunkler." Sie blinzelte. „Und John hatte für gewöhnlich kein blaues Auge."

Verlegen betastete ich meinen Wangenknochen. Mein Vater hatte mir unterwegs gesagt, dass sich die Verfärbung meiner Prellung mittlerweile bis zum Lid zog.

Sie widmete meinem Vater ihre Aufmerksamkeit. „Ich denke, ihr seid wegen Johns Stute hier, nicht wahr?"

„Ja, sie ist in der Nacht panisch weggelaufen."

„Darf ich zu ihr?", fragte ich ungeduldig.

Mein Vater schüttelte den Kopf. Fürchtete er, dass die Fahrenden Anspruch auf Lilly erhoben?

Noirin lächelte jedoch. „Wir fanden sie in der Morgendämmerung voll aufgesattelt auf ihrer alten Weide. Sie muss einfach über die Mauer gesprungen sein. Wir dachten, es wäre besser, sie zu uns zu holen. Liath, das Pferd mit dem grau gesprenkelten Fell, hat sie noch erkannt, deshalb durfte sie zu ihm." Sie schaute sich zu den beiden Pferden um. „Sie haben sich schon damals gemocht."

„Das ist das Pferd deines Bruders?"

Sie schluckte schwer. „Ja …" Sie schwieg kurz und gab uns dann mit einer Geste zu verstehen, dass wir ihr folgen sollten. „Elissa, hol bitte den Sattel und das Zaumzeug von James."

Die junge Frau eilte davon und Noirin ließ mich auf die Weide. Lilly trabte freudig auf mich zu und ich legte meine Arme um ihren Hals. Ich fühlte ihr feuchtes Fell, hörte ihr zufriedenes Schnauben und mich durchströmte pure Erleichterung. Dieses Tier war mir so ans Herz gewachsen. Ich ging zu Noirin und meinem Vater zurück, Lilly trottete mir wie selbstverständlich nach.

Die Fahrende sah uns entgegen, ihre Mimik drückte Verwunderung aus. „Sie ließ sich nicht einfangen. Wir mussten sie zu uns ins Lager treiben. Erst als sie Liath gewittert hat, ging sie selbstständig zu ihm in die Umzäunung. Jedem anderen wich sie aus."

„Sie hat sich verändert. Niemand hat mehr Zugang zu ihr gefunden, nur James", erklärte Vater.

Noirin senkte den Blick. „Wir haben uns seit damals alle verändert", sagte sie leise. „Aber nun kommt ans Feuer. Ihr seht aus, als ob ihr die halbe Nacht unterwegs gewesen seid."

„Das waren wir in der Tat", antwortete Vater. „Deshalb sollten wir besser nach Hause gehen."

„Du schlägst also die Gastfreundschaft einer Fahrenden aus?" Ihre Stimme war schnippisch und leicht amüsiert.

Meinen Vater erlebte ich das erste Mal verunsichert. „Das wäre wohl besser."

„Warum? Wegen Mary?"

Ihm entgleisten die Gesichtszüge.

„Keine Sorge, sie ist in Cornwall geblieben, hat dort endlich ihre große Liebe gefunden." Sie wandte sich an mich, ein spöttisches Lächeln huschte über ihre Lippen. „Du musst wissen, dass dein Stiefvater und ..."

„Noirin, nicht!"

„... meine Cousine Mary mal recht gut, nun ja, befreundet gewesen sind", endete sie, ohne den Einwand meines Vaters zu beachten.

Er schnaufte auf. „Ich möchte jetzt nicht darüber reden."

„Ihr habt also noch immer Geheimnisse in der Familie, ich verstehe. Weiß James wenigstens, warum sein Vater gestorben ist? Weiß er, was damals wirklich geschehen ist?"

„Ich weiß es", mischte ich mich ein. Mir gefiel es nicht, wie sie mit ihm umging.

„Gut, dann kommt doch ans Feuer. Hellen hat auch keine Scheu, sie bleibt immer ein wenig bei uns."

Meine Mutter? Ich erinnerte mich, dass mein Vater gesagt hatte, sie würde die Fahrenden mit Essen versorgen, aber mir war nicht klar, wie weit die Beziehung zu diesen Leuten ging.

„Ich verspreche, das nächste Mal werden wir bleiben. Doch heute sind wir durchgefroren und ich möchte in der feuchten Kleidung nicht länger draußen verweilen als nötig. Habt vielen Dank, dass ihr euch um Lilly gekümmert habt. Gerne würde ich mich dafür erkenntlich zeigen."

Sie winkte ab. „Das musst du nicht."

Elissa gesellte sich zu uns und reichte mir den Sattel. Lilly ließ sich problemlos satteln und aufzäumen. Sie verzichtete sogar auf ihre Spielereien beim Aufsteigen, so froh schien sie zu sein, wieder bei mir zu sein.

Mein Vater drängte zum Aufbruch und stieg ebenfalls auf sein Pferd. Das dritte Tier führte er am Zügel zurück.

Mich ließ die kleine Bemerkung in Bezug auf diese Mary nicht los und wenn mich Dinge derart beschäftigten, konnte ich sie nie zurückhalten. Das schien mein Vater sehr genau zu wissen, denn er seufzte wissend, als ich ihn schließlich danach fragte.

„Mary ist Elissas Mutter und ich traf mich vor dem Tod deines Vaters eine Weile mit ihr.“

„*Trafst* du dich nur mit ihr, oder ...?“ Ich beendete den Satz nicht, denn er wusste sehr gut, worauf ich anspielte.

Er bedachte mich mit einem vielsagenden Blick und es bedurfte keiner weiteren Erklärungen.

„Aber du hast es nicht vertieft, weil ...?“

„James, du bist wirklich der neugierigste Mensch, den ich kenne.“ Er atmete tief durch und hielt sein Pferd etwas zurück, damit ich aufschließen konnte, da ich etwas zurückgeblieben war. „Wir liebten beide jemand anderes.“

„In wen warst du damals verliebt, Vater?“

„In deine Mutter.“ Anscheinend wurde ihm das Gespräch zu persönlich, denn nun trabte er an und ritt wieder vor, als wolle er vor mir flüchten.

Er hatte sie schon vor dem Tod meines leiblichen Vaters geliebt? Ich schaute ihm verdutzt nach. Da erinnerte ich mich an ein Gespräch, das ich vor Jahren belauscht hatte und damals noch nicht recht verstehen konnte. Also hatte er sie nicht nur geheiratet, weil er es John McKay versprochen hatte. Mir huschte ein Lächeln übers Gesicht.

7

Einige Tage später saß ich mit den Aufzeichnungen meines Vaters in meinem Zimmer. Der Gedanke, dass man so tief für einen Menschen empfinden konnte, ließ mich nicht los. Am Schluss hatte ich das Gefühl, dass John McKay seinen Tod begrüßt hatte, weil er ohne Jake einfach nicht mehr existieren wollte. Nicht einmal meine Mutter oder ich hatten ihn noch in dieser Welt halten können. Denn hätte er den Tod dieses Bäckers nicht verhindern können?

Aber was begriff ich schon von diesen Gefühlen?

Ich dachte an Emily und mich durchfuhr ein feines Kribbeln. Sie fehlte mir und ich wäre am liebsten einfach zu ihr geritten. Doch ich wusste, dass ich auf Nachricht von Abigail warten musste, um Emily nicht in Schwierigkeiten zu bringen.

Ich hasste diese Situation. Ich wollte bei ihr sein, mit ihr reden und mit ihr lachen. Stattdessen saß ich bei Sonnenschein auf meinem Bett, presste die Bücher an mich und grübelte über meinen Vater nach.

Sein Tod tat mir weh, ich fühlte mich plötzlich verlassen, nachdem ich ihn durch die Bücher hatte kennenlernen dürfen. Natürlich wusste ich, dass die Umstände schwierig gewesen waren und dass man aus Trauer Dinge tat, die man mit normalem Gemütszustand niemals tun würde.

Und dennoch schmerzte es.

Wieder huschte Emily durch meine Gedanken. Ich fragte mich plötzlich, wie sich ihr Haar anfühlen würde, versuchte mich an ihren Duft zu erinnern. Neuartige Gefühle keimten in mir auf, die mich verunsicherten. Abrupt stand ich auf, ließ die Bücher zurück und polterte die Stufen ins Erdgeschoss herunter. Meine Schwester, die gerade im Foyer stand, schreckte auf, aber ich wollte jetzt mit niemandem reden. Ich lief zu Lilly, die noch mit den anderen Pferden im Stall stand und sattelte sie. Ich wusste, dass mich Mr Ashford in etwa zwei Stunden beim Unterricht erwartete, doch ich musste auf andere Gedanken kommen und ein Ausritt würde mich ablenken.

Vincent beobachtete mich kommentarlos und ließ mich gewähren. Selbst meine Stute schien zu spüren, dass ich heute nicht zu Späßen aufgelegt war.

Mein Weg führte mich zum alten McKay-Anwesen, das immer mehr verfiel. Meine Mutter hatte gesagt, es würde mir gehören, es wäre mein Erbe. Aber mir kam es so vor, als ob dieses Haus seine Seele verloren hatte.

Niemand kümmerte sich darum, jeder scheute, hierherzukommen. Ich ritt näher heran, ließ Bruchstücke von Erinnerungen an mir vorbeiziehen. Nach den Büchern geisterten sie in meinen Gedanken. Mein Blick fiel auf den knorrigen Kirschbaum, der in voller Blüte stand.

Tränen schossen mir in die Augen, denn ich wusste, was das für meinen Vater bedeutet hatte.

Wenn die Knospen der Kirschblüten hervorsprießen, kommen wir zurück, hatte Jake zu ihm gesagt, als er im Spätherbst mit seiner Familie nach Cornwall gezogen war. Diese Blüten waren in den dunklen Monaten der Hoffnungsschimmer meines Vaters gewesen.

Ich glitt vom Pferd, führte Lilly am Zügel, und strebte auf den Baum zu. Ich brach einen besonders schönen Zweig ab. Der Pfad zum Grab meines Vaters war kaum mehr zu erkennen, die Natur eroberte auf diesem Grundstück alles zurück. Lilly schnaubte leise, sah sich um, als suche sie ihren einstigen Herrn. Sie blieb still an meiner Seite, als ich den blühenden Zweig auf die Ruhestätte legte.

„Ich hoffe, dass ihr dort, wo ihr jetzt seid, zusammen sein dürft", raunte ich.

In der Luft hallten leise klingende Glöckchen und ich schaute verwundert auf. Leise Schritte näherten sich. Lilly wendete den Kopf und ich richtete mich auf, sah hinter mich. Dort stand Noirin, Jakes Schwester. Der Wind bewegte ihr offenes Haar und ihren weiten Rock, der die feinen Geräusche verursachte.

Ihr Blick fiel auf den Kirschblütenzweig. „Du weißt es wirklich ..." Verwunderung schwang in ihrer Stimme mit. „Ich nahm an, dass sie es geheim halten werden."

„Ich durfte Vaters Bücher lesen."

„Welche Bücher?"

„Mein Vater hat die Jahre mit Jake aufgeschrieben, im Gefängnis, für meine Mutter. Weil sie es verstehen wollte."

Noirin sah mich berührt an, Tränen verschleierten ihren Blick und sie blinzelte. Sie schaute auf den Kirschblütenzweig. „Ich kenne deine Mutter schon sehr lange und ich weiß, wie verständnisvoll und hilfsbereit sie ist. Aber dass sie ... es verstanden hat ..." Sie kämpfte um ihre Fassung und setzte sich neben das Grab, strich sachte über die weißen Blüten. „Weißt du, James, Seelen, die so verbunden sind, werden sich immer wiederfinden.“

Ich band Lilly locker an den Ast einer Buche, damit sie in Ruhe grasen konnte, aber nicht fortlief. Dann setzte ich mich neben Noirin auf das feuchte Moos.

Sie seufzte leise. „Wir brauchten selbst eine Weile, um zu verstehen, was in Jake vorging. Weißt du, diese … Neigung … sie wird auch in unserem Volk nicht gern gesehen. Ich habe aber begriffen, dass Jake es sich nicht ausgesucht hat.“

„Das sagte mein Stiefvater auch über meinen Vater.“

Noirin zupfte ein vertrocknetes Blatt von ihrem Rock. „Vielleicht interessiert sich die Liebe manchmal nicht dafür, welches Geschlecht du hast.“ Sie lachte leise, in ihrem Tonfall hörte ich Bitterkeit heraus.

Mir fiel ein kleiner Baum auf, der über dem Grab meines Vaters angepflanzt worden war. Er war kaum so hoch wie ich und es fanden sich noch keine Blüten an seinen feinen Zweigen, nur knospende Blätter, weil er noch so jung war.

„Ist das ein Kirschbaum?“, fragte ich sie, denn die Blätter hatten sich noch nicht vollständig geöffnet.

„Ja, ich habe ihn für John gepflanzt. Mehr existiert von Jake nicht, nur diese Vorstellung, dass er zur Blüte zurückkehrt. Im Winter achtete mein Bruder auf die Bäume und wenn der Frühling nahte, drängte er meine Familie, zurück nach Westmorland zu fahren. Immer wieder sprach er davon, dass er John versprochen hatte, in der Kirschblütenzeit zu ihm zurückzukommen.“

„Wo ist denn das Grab deines Bruders? Ich weiß, dass er ... dass ... er ..." Ich stockte.

„Verbrannt wurde." Noirin starrte auf den Stein mit dem Namen meines Vaters. „Es gibt kein Grab wie dieses hier. Wir Fahrende werden mit unseren Habseligkeiten verbrannt. Er hat seine Ruhe in seinem Wagen gefunden. Es blieb nur Asche zurück, die mit dem Wald eins wurde." Sie schluckte schwer. „Heute wünschte ich mir eine andere Tradition. Es wäre schön, wenn ich für Jake einen Ort wie diesen hätte."

„Durch die Bücher habe ich irgendwie das Gefühl, ihn zu kennen", sagte ich leise.

„Diese Aufzeichnungen würde ich gerne lesen. Meinst du, deine Eltern würden es erlauben?"

„Das muss meine Mutter entscheiden."

„Ich werde sie fragen, wenn ich sie das nächste Mal sehe."

Ich horchte auf. „Wann wird das sein?"

„Das entscheidet Hellen."

„Dann würde ich gern mitkommen. Wäre euch das recht?"

„Natürlich, du bist uns immer willkommen."

Sie wandte sich mir nun vollständig zu, berührte ganz sacht meine geprellte Wange. „Was ist hier passiert? Du wirkst nicht wie jemand, der sich prügelt."

„Es gab einen Disput mit dem Stallburschen der Sullivans. Es ging um meine Ehre. Er hat meinen Vater als Verbrecher bezichtigt." Ich neigte den Kopf leicht zum Grab, damit Noirin begriff, dass ich nicht Lester meinte.

„Es war gut, dass du ihn verteidigt hast."

Noirin richtete sich auf und schenkte mir ein Lächeln. „Bis wir uns wiedersehen, James."

Ohne ein weiteres Wort ging sie mit klingendem Rock in Richtung Wald und verschwand zwischen den Bäumen.

Sachte legte ich meine Hand auf die kühle Graberde. „Ich werde dich nun öfter besuchen kommen", flüsterte ich und kehrte zu Lilly zurück.

Ich stieg auf mein Pferd und betrachtete noch einmal das große Herrenhaus, das nun von der Sonne angestrahlt wurde. Auf diesem Ort lagen so viele traurige Erinnerungen. Ob das je verblassen konnte?

Zuhause erwartete mich eine Überraschung, denn die Kutsche der Sullivans war vorgefahren. Mein Herz pochte vor Aufregung. Ich wagte kaum zu hoffen, dass Emily bei diesem unangekündigten Besuch mit anwesend war, da stürzte sie aus dem Haus. Lilly erschrak etwas und ich ließ die Zügel lockerer, damit sie ausweichen konnte. Ich schwang mich vom Pferd.

Emily fiel mir mit einem Schluchzen in die Arme, was ich völlig verwirrt erwiderte. Was, wenn ihre Eltern das sahen? Die Zügel von Lilly entglitten meiner Hand. Obwohl ich mich wegen der Sullivans sorgte, legte ich die Arme um Emily, weil sie hemmungslos weinte.

Ich warf einen Blick zur Kutsche, nur Abigail streckte den Kopf hervor und zog sich wieder zurück.

„Was ist geschehen?"

„Sie schicken mich fort, James! Ich muss auf eine höhere Mädchenschule. Weil ich in der letzten Zeit so ungehorsam war."

Mir fuhr ein regelrechter Dorn ins Herz. Sie würde fortgehen?

Im Augenwinkel bemerkte ich Vincent, der Lillys Zügel aufnahm. Die Stute wich vor ihm zurück, ließ sich aber anbinden.

„Wie lange wirst du fort sein, Emily?"

„Ich weiß es nicht." Sie schniefte leise und löste sich von mir. „Wir müssen uns schreiben. Bitte versprich mir, dass unser Kontakt nicht abbricht."

Ich nickte nur, weil mir die Worte fehlten.

Sie gewann ihre Fassung zurück, wischte sich über die Augen. „Aber du darfst nicht deinen Namen nennen. Abigail sagt, sie kontrollieren die Briefe." Sie senkte die Stimme. „Unterschreibe einfach mit ... mit ... vielleicht mit Janet? Dann denken sie, ich vertraue mich einer Freundin an."

„In Ordnung."

„Ich werde dir zuerst schreiben, damit du die Adresse erhältst. Zurzeit weiß ich noch nicht einmal, wo sie mich hinbringen werden."

„Wann musst du gehen?"

Wieder füllten sich ihre Augen mit Tränen. „Jetzt. Abigail hat mir erlaubt, mich von dir zu verabschieden. Sie hat den Kutscher bestochen, damit er uns nicht verrät."

Jetzt? Ich starrte sie erschrocken an.

„Emily, komm jetzt", rief ihre Gouvernante.

Sie holte tief Luft, strich sich über das Kleid, beugte sich vor und küsste mich auf die Wange. Dann raffte sie ihren Rock und lief zur Kutsche.

Wie gelähmt sah ich dem Gefährt nach, wie es von unserem Anwesen fuhr. Ich weiß nicht, wie lange ich dort verharrte, aber irgendwann spürte ich die Hand meines Vaters auf der Schulter.

„Ihr mögt euch wirklich sehr, hm?"

„Ja ...", flüsterte ich nur und senkte betrübt den Kopf.

Ihr erster Brief traf nach drei Monaten ein und sie schilderte mir, wie unglücklich sie war. Mir blutete förmlich das Herz, als ich ihr Schreiben las. Man behandelte sie mit aller Strenge, niemand hatte ein liebes Wort für sie und alle Mädchen schienen völlig eingeschüchtert zu sein. Man wagte noch nicht einmal normal miteinander zu sprechen. Nur nachts flüsterten sie miteinander.

Ich setzte mich an den Schreibtisch und nahm mir einen Briefbogen meines Vaters. Als ich meine Zeilen für Emily schrieb, ihr Mut machte und ihr erzählte, was ich alles erlebt hatte – natürlich immer als Janet – fühlte ich mich ein klein wenig wie mein Vater John. Es gefiel mir, all das Erlebte festzuhalten.

Während ich den Brief faltete und an Emily dachte, überkam mich der Gedanke, welchen Hoffnungsschimmer ich haben würde. Sie würde nicht zur Kirschblüte zurück sein ...

Also begann ich, wie mein Vater, alles aufzuschreiben.

In den folgenden drei Jahren füllte ich ganze Tagebücher, immer mit dem Gedanken, sie später Emily zu geben, damit sie nachträglich Teil an meinem Leben haben konnte, denn wir durften uns nicht oft schreiben und viele Dinge konnte ich ihr nicht sagen, denn sie deutete an, dass jeder Brief, den sie bekam oder den sie schrieb, wie schon befürchtet, kontrolliert werden würde.

Die Tagebücher gaben mir das Gefühl, mit ihr zu reden, und obwohl sie nicht bei mir war, vertieften sich meine Gefühle für sie. Emily wurde zu meiner geheimen Sehnsucht und wenn ich ihre Briefe richtig deutete, ging es ihr mit mir ebenso.

Es war im Juni 1781, also drei Jahre später, als ich die Nachricht bekam, dass Emily zurück nach Sullivan Manor kam. Aber das erfuhr ich erst am späten Nachmittag.

Morgens sattelte ich Lilly, um zu den Fahrenden zu reiten. Ich hatte die Aufgabe meiner Mutter übernommen, ihnen unter die Arme zu greifen. Sie reichte mir einen großen Beutel, den ich mir umhängte, und lächelte mir zu. Ich sprach sie nun etwas förmlicher an, denn ich war aus dem Alter heraus, sie Mama zu nennen. Immer wenn sie mich auf Lilly sah, wirkte ihr Blick ein klein wenig traurig. Mittlerweile war die Stute sehr viel zugänglicher und fürchtete vertraute Menschen nicht mehr, nur Fremden wich sie aus. Lilly stupste meine Mutter freundschaftlich an und sie streichelte ihr sachte den Hals. Mein Hund Less winselte leise, weil er unbedingt mitkommen wollte, doch meine Mutter hielt ihn an einer Leine. Er war alt geworden und konnte nicht mehr gut laufen. Sie strich dem Hund über den Kopf und gurrte beruhigende Worte. Less war der einzige Hund, zu dem sie einen Bezug gefunden hatte. Die anderen benahmen sich oft so ungestüm und sie fürchtete Vaters große Jagdhunde noch immer. Less hingegen war im Alter ein ruhiges und kuscheliges Tier geworden, das sich ins Herz meiner Mutter geschlichen hatte.

„Er könnte doch mitkommen, ich reite dann nur im Schritt", schlug ich vor, denn ich sah, wie sehr es Less drängte, wieder über Wald und Feld zu laufen.

„Du weißt, wie schlecht er zu Fuß ist."

Ich lächelte schief. „Zur Not trage ich ihn nach Haus."

Sie schaute skeptisch auf den Hund, der ihr bis übers Knie reichte. „Das möchte ich sehen."

„Ach, Mutter, mach ihn doch los, ich achte auf Less."

„In Ordnung", gab sie mit einem Seufzen nach.

Sie nahm ihm die Lederleine ab und Less wedelte aufgeregt mit dem Schwanz. Ich betrachtete ihn. Dieser Hund begleitete mich schon von Geburt an. Ein Dasein ohne ihn konnte ich mir nur schwer vorstellen, aber mir war klar, dass sich sein Leben dem Ende zuneigte. Mir schossen bei dem Gedanken tatsächlich Tränen in die Augen, die ich wegblinzelte.

Less bellte auffordernd mit heiserer Stimme und ich lachte auf. „Es geht ja schon los."

Zum Glück hatte Lilly keinen ihrer ungestümen Momente. Heute schien sie zufrieden zu sein, mit mir durch die Morgensonne zu trotten. Vielleicht spürte sie auch, dass Less bei einem Trab nicht mehr würde mithalten können. Sie schnaubte und ließ sich von mir problemlos in Richtung Wäldchen lenken.

Meine Mutter hatte mir erzählt, dass mein leiblicher Vater Lilly als junges Pferd gekauft und auch selbst ausgebildet hatte. Auch sie wurde langsam alt: Ungefähr zweiundzwanzig Jahre musste sie inzwischen zählen.

Unerwartet blieb sie stehen und rührte sich nicht mehr, auch als ich sie sachte antrieb.

„Was hast du denn?"

Ich ließ die Zügel lockerer, denn sie zerrte daran, als wolle sie sich umschauen. Ich folgte ihrem Blick und erkannte, dass sie auf Less reagierte. Mein Hund lag hechelnd auf der Wiese.

„Bist du schon müde?" Ich stieg ab, streifte den Beutel mit Lebensmitteln ab, und ging zu ihm, streichelte ihn sanft. „Alt zu werden ist nicht schön, hm?"

Ein Rascheln ließ mich aufhorchen. Zu meiner Überraschung kam Elissa zwischen den Sträuchern hervor. Die Fahrende schaute mich verdutzt an.

„Ist heute der Tag der Tage?", fragte sie lächelnd.

Ich richtete mich auf, zeigte auf den Beutel. „Ja, ich bin auf dem Weg zu euch, aber Less braucht eine Pause."

Ich band Lilly locker an einen Ast und setzte mich zu meinem Hund, der nun seinen Kopf auf meinem Oberschenkel ablegte. Elissa stellte ihren Korb mit Kräutern ab und gesellte sich zu mir.

„Wie alt ist dein Hund?"

Ich strich über sein braunes Fell mit den hellen Flecken, die dafür sorgten, dass eine Gesichtshälfte dunkelbraun und die andere fast weiß war. Um die Schnauze herum war er bereits ergraut und er schnaufte leise auf. „Less ist jetzt sechzehn, so alt wie ich. Wir sind zusammen aufgewachsen."

„Ein stolzes Alter."

„Ja, aber seine Knochen schmerzen ihn, er kann nicht mehr gut laufen."

„Dann frag Noirin um Rat. Sie weiß vielleicht, wie du das lindern kannst."

Ich wusste, dass sie Medizin herstellte, die sie in der Umgebung verkaufte.

„Man kann ihre Arznei auch für Tiere anwenden?"

„Wenn ich mich richtig entsinne, hat Noirin dann eine etwas andere Kräuterzusammenstellung."

Ich atmete tief durch, denn ich musste etwas ansprechen, das mir eher unangenehm war, aber ich hatte meiner Mutter versprochen, mit den Fahrenden darüber zu sprechen.

„Es wird gemunkelt, dass einige Dorfleute euch Schwierigkeiten machen", begann ich und warf Elissa einen vorsichtigen Blick zu. Ob sie bereit wäre, über das Problem zu sprechen?

Sie seufzte tief auf. „Ja ..." Sie zupfte einen langen Grashalm und ließ ihn zwischen ihre Finger wandern, als zögere sie die Wahrheit hinaus.

Ich wartete geduldig.

„Eine Bäuerin hat von meiner Tante Medizin bekommen. Noirin sagte zu uns, dass sie wirklich schwer krank gewesen ist und sie ihr Leiden nur hatte lindern wollen. Dummerweise ist die Frau in der Nacht verstorben und das leere Medizinfläschchen lag noch neben ihr auf einem Hocker. Sie hat wohl jede Anweisung in den Wind geschlagen und die gesamte Medizin auf einmal genommen. Ich glaube, es war gegen Schmerzen. Zum Glück hat Noirin dem Ehemann zuvor genau gesagt, wie die Arznei angewendet werden muss und hat ihn ausdrücklich davor gewarnt, zu viel einzunehmen. Das hat das Schlimmste verhindert. Sonst hätten sie uns noch Mord vorgeworfen und einen Mob auf uns gehetzt. Aber nun vertrauen sie uns nicht mehr. Sie sind empört, dass Noirin so gefährliche Medizin vertreibt, an der man bei einer falschen Einnahme sterben kann."

„Aber das ist doch mit vielen Arzneien so. Von Dr Campbel weiß ich, dass man zum Beispiel mit Mohnsaft sehr vorsichtig sein muss.“

„Was versteht denn ein so junger Bursche von Mohnsaft?“

„Unser Stallknecht Vincent hat sich vor zwei Jahren das Bein übel gebrochen und Dr Campbel musste es richten. Er hat ihm Mohnsaft gegen die Schmerzen gegeben. Und nun ja, ich habe den Arzt danach gefragt.“

„Wissbegierig bist du also auch.“

„Sogar ein bisschen zu sehr, wie ich der Reaktion meiner Eltern manchmal entnehmen kann.“

Elissa warf ihre dunklen Locken zurück und lachte laut auf. Viel zu schnell wurde sie wieder ernst. „Weißt du, wenn man zu den Fahrenden gehört, ist es sehr schwer, das Vertrauen der Menschen zu erringen. Wir hatten geschafft, uns einzugliedern, weil wir seit vielen Jahren jeden Sommer hierherkommen. Aber ist dieses Vertrauen erst zerstört ...“ Sie schüttelte mit trauriger Miene den Kopf. „Mein Onkel darf nichts mehr auf dem Markt verkaufen. Noirin wird gemieden, obwohl sie so vielen Menschen geholfen hat. Und mir wirft man unflätige Sprüche zu.“

„Dann kommt unsere Gabe also ganz recht?“ Ich zeigte auf den Beutel, den ich mitgebracht hatte.

„Ja, James, euer Geschenk kommt genau zur richtigen Zeit.“

Wir beschlossen, gemeinsam den Weg zum Lager zu gehen. Ich führte Lilly am Zügel, Elissa bestand darauf, den Beutel mit Nahrung zu tragen, und der arme Less hinkte neben uns her. Ich beobachtete ihn besorgt.

„Bitte Noirin um Hilfe. Sie weiß sicher etwas, das ihm helfen wird. Wir hatten mal ein altes Pferd, das ähnliche Probleme hatte.“

„Was ist mit ihm geschehen?“

„Mittlerweile ist es tot, aber Noirin hat seine Schmerzen lindern können und es konnte noch drei Jahre bei uns bleiben.“

Wir kamen zum Lager der O'Malleys und wieder fiel mir auf, wie sehr sich auch diese Familie verändert hatte. Ich wusste aus den Büchern meines Vaters, wie es zu dessen Lebzeiten gewesen war. Der alte Jo war schon lange verstorben und Jakes Vater Joseph war zugunsten seines Neffen Brian zurückgetreten. Der hatte mittlerweile eine Ehefrau und zwei Töchter und schien zugänglicher zu sein. Denn anders als früher, blieben sie immer öfter im Winter hier in Westmorland. Etwas, dass sich Jake und mein Vater immer gewünscht hatten.

Ich band Lilly locker an einen Ast, bewusst in der Nähe von Liath, dem Pferd, das einst Jake gehört hatte. Sie mochte den Hengst und der kam auch direkt zum Rand der Weide und beugte sich über das Seil, das als Absperrung diente. Lilly wieherte und sie begrüßten sich freundlich, was mir ein Lächeln entlockte.

Ich schaute zu den O'Malleys, die sich um Elissa scharrten, weil sie gerade den Beutel auspackte. Sie verteilten die Nahrungsmittel untereinander und ich wartete einen Moment, bis ich mich zu ihnen gesellte. Jakes Vater sah ich heute nicht, vielleicht verweilte er in seinem Wagen, aber Brian bedankte sich bei mir und klopfte mir freundschaftlich auf die Schulter. Nur Noirin war abseits geblieben. Sie saß am Feuer und starrte auf etwas am Boden. Als ich näherkam, weil ich sie wegen Less um Hilfe bitten wollte, sammelte sie gerade ihre Runensteine ein. Sie schaute auf und lächelte mich an.

Mein Hund war an meiner Seite geblieben und setzte sich nun mit mir ans Feuer.

„Danke, dass ihr uns immer noch helft", sagte sie leise und stocherte in den Flammen, um sie anzufachen. Über dem Lagerfeuer befand sich eine Kochstelle, ein Kessel mit einer Brühe stand darauf.

„Das machen wir gerne. Ihr helft uns ja auch in jedem Herbst mit der Ernte."

„Wie früher ...", sagte sie und ihr Gesicht nahm einen melancholischen Ausdruck an.

„Noirin, ich möchte dich um deine Hilfe bitten."

Sie schaute erst zu mir, dann zu Less und nickte. „Johns Hund ist alt geworden. Ja, ich sehe es."

„Less kann manchmal kaum noch laufen."

Sie richtete sich auf, hielt Less die Hand hin, um Kontakt zu ihm aufzunehmen. Er wedelte freundlich mit dem Schwanz. Noirin half dem Hund auf, befühlte seine Gelenke, tastete über seinen Körper.

„Elissa sagte, du hast einem Pferd mit einem ähnlichen Leiden helfen können."

Sie nickte, schien völlig vertieft in die Untersuchung meines Hundes. Less wimmerte ein paar Mal leise, was mir einen kleinen Stich versetzte. Er tat mir leid und ich hoffte so sehr, dass sie ihm helfen konnte, einen schönen Lebensabend ohne Schmerzen zu ermöglichen.

„Wenn du etwas Zeit hast, werde ich dir eine Arznei für ihn zusammenstellen."

„Natürlich, ich warte. Was bekommst du dafür? Ich habe von meiner Mutter etwas Geld für euch bekommen."

Sie sah mich an, als wäge sie ihre Antwort genau ab, dann schüttelte sie ihren Kopf. „Nichts. Nicht dafür."

Noirin verschwand in einem der Wagen und ließ mich am Feuer zurück. Elissa gesellte sich zu mir, kraulte Less und schenkte mir ein Lächeln.

Mir fielen die selbst hergestellten Waren auf, die sich vor Brians Fuhrwerk stapelten. Ich wusste, dass er sie sonst gut verkauft hatte.

„Ich frage mich ...", begann Elissa und mied meinen Blick plötzlich.

„Was denn?"

„Mein Onkel wird demnächst versuchen, in Kendal seine Waren anzupreisen und Noirin wird ihn begleiten. Wir wollen diesen Lagerplatz nicht aufgeben, deshalb werde ich mit Brians Familie und meinem Großvater erst einmal hierbleiben. Aber ..." Sie sah mich von der Seite an. „Ich würde gerne meinen Beitrag leisten."

„Und was würde das für dich bedeuten?"

„Ich hatte gehofft, dass es bei euch Arbeit für mich gibt. In der Küche vielleicht?"

Überrascht begegnete ich ihrem Blick. Ich wusste, dass sie eigentlich bei Noirin in die Lehre gehen wollte, um später ihre Nachfolge als Heilerin anzutreten. Ging es ihnen so schlecht, dass sie nun alle Pläne über Bord warf?

„Maggie kann eigentlich immer Hilfe gebrauchen. Ich werde Vater fragen."

„Vielen Dank, James." Sie zupfte ein Kleeblatt ab und hielt es in die Sonne. „Es ist nicht nur wegen der derzeitigen Lage." Sie warf mir einen Blick zu. „Ich sehe dir nämlich an, was du denkst."

„Ich sollte lernen, vor dir meine Gesichtszüge im Zaum zu halten", grummelte ich, was sie zu einem Lachen reizte.

„Es ist auch so, dass mir das mit der Heilkunde nicht liegt. Und ich habe auch kein Talent wie Brian. Manchmal fühle ich mich einfach nutzlos."

„Das bist du nicht, Elissa!"

„Onkel Brian und Noirin stimmen dir zu, doch ich kann mir auch nicht vorstellen, wie meine Mutter mit Mann und Kind glücklich zu werden."

„Nicht? Also, ich könnte mir schon eine Familie vorstellen."

„Mit Emily?"

In den letzten drei Jahren hatte ich mich mit Elissa angefreundet, trotz des siebenjährigen Altersunterschiedes. Sie wusste von Emily.

„Ja ..."

„Sie wird zurückkommen."

„Das hoffe ich sehr", antwortete ich leise.

Auf dem Rückweg führte ich Lilly am Zügel, damit Less mithalten konnte. Noirin hatte mir für ihn eine Medizin aus Weidenrinde mitgegeben. Nach ein paar Tagen würde ich sehen, ob es ihm half, sagte sie. Ich beugte mich im Laufen zu dem Hund hinunter und streichelte ihm über den Kopf. Als Less hechelnd zu mir aufsah, kam es mir so vor, als ob er mich anlächelte.

Vor unserem Anwesen stand ein Junge, etwas jünger als ich. Sein Gesicht hellte sich auf, als er mich entdeckte. Er eilte auf mich zu und ich musste ihn mit einer Geste aufhalten, denn Lilly scheute und zerrte an ihren Zügeln.

Er stoppte abrupt. „Seid Ihr James?"

„Ja, bin ich. Wer möchte das wissen?"

„Ich habe eine Nachricht für Euch."

Verwundert runzelte ich die Stirn und kämpfte dann mit meiner Stute, weil sie dem Fremden ausweichen wollte. „Warte kurz, ja?"

Ich brachte Lilly zu einem Zaunbalken und band sie dort an, Less legte sich einfach in ihre Nähe. Neugierig kehrte ich zu dem Jungen zurück. „Von wem ist die Nachricht?"

Er zuckte mit den Schultern. „Ich weiß es nicht. Mein Vater hat mir den Auftrag gegeben."

„Und dein Vater ist?"

„Er fährt die Kutsche für die Sullivans."

Mir stockte fast das Herz. Hastig hielt ich ihm die Hand hin, um die Nachricht in Empfang zu nehmen. Ich kramte eine Münze aus meiner Jackentasche hervor und reichte ihm ein kleines Trinkgeld. Er bedankte sich überschwänglich und rannte davon.

Ich starte auf das unscheinbare Kuvert in meiner Hand. Das Schreiben trug nicht das Siegel der Sullivans, sondern war nur verklebt. Es besaß auch nicht den vertrauten Absender von Emilys Schule. Meine Hände begannen zu zittern. Ich riss den Brief kurzerhand auf und zog den Inhalt hervor.

Ich komme zurück! – E.

Ich schluckte schwer. Nur diese wenigen Worte standen auf dem Papier. Ein Halbmond war dahinter gemalt und ich brauchte einen Augenblick, um zu begreifen. Das konnte nur Emily sein! Und der Mond bedeutete, dass ich in der Nacht zum Anwesen kommen sollte?

In den Jahren ihrer Abwesenheit hatten wir uns in unseren Briefen oft mit kleinen Symbolen etwas Verborgenes mitgeteilt. Wahrscheinlich war sich weder Emily noch ich sicher, ob der andere jedes Mal die Bedeutung vollständig begriff, aber wir versuchten es.

Mein Vater näherte sich mir. „Was wollte der Junge? Er weigerte sich, seine Nachricht an mich oder deine Mutter auszuhändigen. Der Bursche hat sicher eine Stunde auf dich gewartet."

Ich steckte Emilys Nachricht in meine Westentasche. „Ich glaube, Emily kommt zurück! Bitte nimm Less mit ins Haus, ja?" Ich hastete zu Lilly, die erschrocken den Kopf hochwarf, weil ich dieses Mal keine Rücksicht nahm und eilig die Zügel losband und aufstieg.

Überrascht schaute mich mein Vater an. „Emily? Aber ..."

Ich wendete mein Pferd, nutzte ihre Nervosität aus und trieb sie an. Lilly ließ sich von meiner Ungeduld anstacheln und jagte mit mir über Feld und Wiese. Erst kurz vor dem Anwesen der Sullivans parierte ich sie durch und stieg ab. Ich führte sie hinter einige Sträucher und band sie dort an geeigneter Stelle fest. Sie schnaubte gelöst auf, als sei sie froh, dass dieser ungewöhnliche Ritt vorbei war.

Ich schlich mich noch näher heran, immer verborgen hinter Büschen, bis ich guten Blick auf den Eingang hatte.

Vor dem Tor stand tatsächlich eine Kutsche und Bedienstete trugen Gepäck hinein. Mein Körper geriet in völlige Aufregung und ich wäre am liebsten einfach zum Eingang gerannt, um Emily zu sehen. Doch ich zügelte mich, wartete. Ob sie auftauchen würde?

Oben auf der Anhöhe wieherte Lilly leise und ich gab ihr mit einem leisen Ruf zu verstehen, dass ich noch da war.

Dann sah ich sie.

Emily kam aus der Tür, in einem wunderschönen Kleid, das in der Sonne silbern glänzte und ab der Taille leicht ausgestellt war. Ihr Haar verbarg sich in einer kunstvollen Hochsteckfrisur.

Mein Herzschlag beschleunigte sich. War das wirklich noch das Mädchen, das ich am Tag ihrer Abreise umarmt hatte? Dort stand eine junge Frau.

Sie verharrte im Eingang, schaute sich suchend um. Ahnte sie, dass ich es nicht bis zur Nacht hatte abwarten können?

Niemand anderer durfte mich sehen. Da sich die Dienerschaft nun im Haus befand, wagte ich aufzustehen und zeigte mich. Ihr Kopf ruckte herum, sie sah mich augenblicklich. Sie war zu weit weg, um ihren Gesichtsausdruck wirklich erkennen zu können, aber ich spürte ihren Blick wie eine Berührung.

So verharrten wir und betrachteten uns aus der Ferne. Ein Ruf ertönte aus dem Inneren des Hauses und Emily musste sich abwenden. Ich duckte mich rasch wieder hinter den Strauch und ließ mich auf den Wiesenflecken fallen.

Sie war wieder da! Emily war zurück.

Ich stieg den Hang hinauf und kehrte zu Lilly zurück. Ein letztes Mal schaute ich auf das Anwesen der Sullivans.

Konnte man in ein Mädchen verliebt sein, das man drei Jahre nicht gesehen hatte?

8

In der Nacht schlich ich mich unbemerkt aus dem Haus. Less bellte mir leise nach und ich hoffte, er würde nicht das halbe Haus wecken, doch er verstummte rasch.

Ich entschied mich, zu Fuß zu gehen, denn keines der Pferde würde gerne irgendwo im Stockdunkeln allein an einem fremden Ort angebunden werden. Die Wanderung tat mir gut. Mittlerweile konnte ich mich in der ganzen Gegend gut orientieren, auch bei Dunkelheit. Je näher ich den Sullivans kam, desto eiliger wurden meine Schritte. Den Rest des Weges rannte ich schließlich und kam schwer atmend an der Mauer, die das Anwesen umfasste, an. Durch die Eingangspforte konnte ich nicht gehen, sie war sicher abgeschlossen und zudem mit einer Öllaterne beleuchtet. Die Gefahr, entdeckt zu werden, war zu groß. Ich umrundete die Mauer und fand eine Stelle, an der ein Baum nah an der Barriere wuchs. Ich kletterte auf die Eiche und von dort auf die Mauerkante, sah nun unsicher hinunter, denn die Einfassung war höher, als ich gedacht hatte. Trotzdem wagte ich den Sprung. Bei der harten Landung brannten meine Fußsohlen und ich biss die Zähne zusammen. Im Dunkeln lief ich zum Haus, als mir ein Gedanke kam. Auf dieser Seite wuchs kein Baum. Wie sollte ich wieder über die verdammte Mauer kommen?

Ich schob das Problem auf und huschte zur Rückseite des Hauses. Emily hatte mir einmal erzählt, wo sich ihr Zimmer befand. Im ersten Stock brannte das einzelne Licht einer Kerze. Ich wurde von Aufregung regelrecht überspült. Wie würde es sich anfühlen, wieder mit ihr zu sprechen, nach all der Zeit?

Ich tastete im Mondschein suchend über den Boden und fand kleine Steinchen. Nun wog ich einen davon in der Hand und zielte auf ihr Fenster, das zum Glück für sich allein stand. Sonst hätte ich es nicht gewagt. Die ersten zwei trafen nur auf Stein, aber der dritte traf die Scheibe. Nun musste ich warten und hoffen, dass ich den kleinen Halbmond richtig gedeutet hatte.

Es dauerte kaum eine Minute, da öffnete Emily das Fenster.

„James?", rief sie gedämpft in die Dunkelheit.

„Ich bin hier!", raunte ich zurück und mein Herz raste regelrecht.

Sie lehnte sich aus dem Fenster und ich sah ihr strahlendes Lächeln. Ich wollte zu ihr!

An der Hausfassade wuchsen Efeuranken, die mich jedoch nicht halten würden. Dennoch versuchte ich, an der rauen Mauer emporzuklettern, rutschte aber immer wieder ab.

„Nicht! Du stürzt noch. Warte dort."

Sie verschwand, ihr Fenster schloss sich. In diesem Moment wäre ich jedes Risiko eingegangen, um zu ihr zu gelangen. Ich konnte mich kaum bewegen, blieb wie erstarrt an Ort und Stelle, bis ich leise Schritte hörte.

Emily kam um das Haus gerannt, mit wehendem Nachthemd, das nur ein Schultertuch verbarg, und offenem Haar, das sich wie ein schwarzer Schleier um ihren Körper legte.

Kurz vor mir stoppte sie abrupt, ihr Atem kam schnell und ihre Augen waren geweitet. Wir wagten uns keinen Schritt näher, starrten uns an. Ich war mittlerweile einen halben Kopf größer als sie, was mich kurz verwirrte, denn früher waren wir annähernd gleich groß gewesen.

„Ich hatte vergessen …“, begann sie.

„Was denn?“, fragte ich heiser.

„Dass wir keine Kinder mehr sind.“

„Ändert das etwas?“

Ihr huschte ein Lächeln übers Gesicht. „Ich weiß nicht. Vielleicht …“

Sie trat einen Schritt näher, dann noch einen. Ich überbrückte schließlich die kurze Distanz und zog sie einfach in meine Arme.

Als ich ihre Wärme spürte, ihr Haar roch und sie ihre Arme um meine Taille legte, wusste ich, dass ich mich all die Jahre nur danach gesehnt hatte.

„Du bist so groß geworden“, murmelte sie an meiner Schulter.

Ich lachte leise und versuchte, meinen Stimmbruch unter Kontrolle zu halten.

Sie löste sich ein wenig und richtete ihr Schultertuch. Ich sah, dass sie in einer Windbö leicht fröstelte, denn obwohl wir Juni hatten, war es zurzeit in den Nächten sehr kühl. Rasch zog ich meine Jacke aus, legte sie ihr zusätzlich um.

„Danke." Sie atmete tief durch. „James, ich bin so froh, dass du mich nicht aufgegeben hast. Deine Briefe ... sie haben mir immer ein wenig Hoffnung geschenkt." Sie lächelte mich verschmitzt an. „Und ich habe es geliebt, wie du meine Freundin Janet gespielt und über Mädchendinge geredet hast, aber mir gleichzeitig etwas ganz anderes erzählen wolltest."

„Ich habe bei jedem Brief gehofft, dass du verstehst, wie ich es meine."

„Und ob! Als ob du mit deiner Mutter im Teezimmer Pferdebilder sticken würdest. Ich wusste dann ganz genau, dass du mit Lilly ausreiten warst. Aber du musst mir unbedingt mehr über die Fahrenden erzählen, du hast öfters von ihnen in deinen Briefen berichtet."

Ich konnte einfach meinen Blick nicht von ihr abwenden. Mit ihrer zarten Gestalt und dem feenhaften Gesicht wirkte sie auf mich, als sei sie einer mystischen Legende entsprungen. Der Wind wogte ihr Haar auf. Sie war einfach so wunderschön. Ich fühlte mich mit jeder Faser meiner Seele zu ihr hingezogen und in diesem Augenblick begriff ich das mehr als je zuvor. Ich mochte vielleicht erst sechzehn Jahre alt sein, doch in diesem Moment wusste ich, dass ich sie liebte, dass ich nie eine andere Frau würde haben wollen.

Zaghaft strich ich ihr eine dunkle Haarsträhne aus dem Gesicht.

„Darfst du jetzt zu Hause bleiben, oder musst du wieder zurück?", fragte ich mit leiser Angst.

„Nein, ich muss nicht zurück, aber ich habe das Gefühl, dass meine Eltern etwas vorhaben, das sie mir nicht verraten wollen." Sie verzog sorgenvoll das Gesicht.

„Was könnte das sein?"

Sie schüttelte den Kopf, wollte nicht darüber reden.

Wir setzten uns nah beieinander auf einen Sims an der Hausfassade. Emily nahm meine Hand.

„Ich habe dich vermisst", flüsterte sie und wich meinem Blick aus.

Ich schluckte schwer. Sollte ich ihr sagen, dass ich wirklich jeden Tag an sie gedacht und jede Minute gehofft hatte, dass sie endlich zurückkehrt? „Ich dich auch", brachte ich nur hervor.

„Erzähl mir von den Fahrenden, ja?"

Sie wusste nicht, dass mein leiblicher Vater einen von ihnen über alles geliebt hatte, denn ich hatte mein Versprechen gehalten und darüber geschwiegen.

„Da ist Noirin, die Heilerin. An ihrem Rock sind winzige Glöckchen genäht und wenn sie umhergeht, hat man immer das Gefühl, sie umgibt ein Zauber. Sie hat mir für Less eine Medizin gegeben, weil das Alter ihm so zu schaffen macht. Brian ist der beste Kupferschmied der Gegend. Er fertigt wirklich wunderbare Waren, die bei den Menschen beliebt sind." Ich verschwieg die Probleme, die die O'Malleys zurzeit mit den Dorfleuten hatten und beschrieb ihr die restlichen Familienmitglieder. Emily lehnte ihren Kopf gegen meine Schulter, was mich kurz stocken ließ. Ich liebte es, sie so nah bei mir zu wissen.

„Erzähl weiter."

„Sie lagern auf einer Lichtung, direkt am Fluss. Im Sommer fällt das Sonnenlicht durch die Bäume und zaubert die schönsten Schattenmuster auf das Moos, das überall dort wächst. Ihre Wagen sind hübsch verziert und sie kochen über offenem Feuer. Oh, und ihre

Pferde sehen ganz anders aus als unsere. Sie sind größer und auch breiter, haben dicke Hufe, an denen langes Fesselhaar wächst."

„Sie ziehen die schweren Wagen, oder?"

„Ja, genau. Für gewöhnlich fahren sie im Spätherbst Richtung Cornwall."

„Verständlich. Dort ist es im Winter viel wärmer. Trotzdem stelle ich es mir furchtbar vor, in der kalten Jahreszeit nur in einem Wagen leben zu müssen."

„Sie haben einen Ofen, den sie mal von meinem Vater geschenkt bekommen haben – also nicht von Lester, sondern von meinem verstorbenen Vater."

„Kannte dein leiblicher Vater die Fahrenden denn gut?"

„Ja, sie waren gut befreundet."

Emily richtete sich etwas auf und schaute in die Dunkelheit. „Stimmt, ich erinnere mich, dass meine Mutter mal etwas in dieser Richtung gesagt hat. Sie kann manchmal wirklich gehässig sein, das weißt du ja, aber sie sprach wirklich abfällig von deinem Vater, weil der den Fahrenden Arbeit gegeben hatte. Das war ihr ein Dorn im Auge."

Sollte ich Emily erzählen, dass ich meinen Vater darum bitten wollte, Elissa in der Küche aushelfen zu lassen? Noch schwieg ich darüber, ich wollte mit Emily nicht über Elissa sprechen. Mit der Fahrenden verband mich eine seltsame Freundschaft, die ich nie so recht einschätzen konnte.

„Ich teile die Meinung meiner Mutter nicht, das weißt du, oder?"

„Ja, natürlich."

Ich spürte, dass Emily in der Nachtkühle fröstelte, trotz meiner Jacke. „Du frierst“, raunte ich.

„Vielleicht kannst du einen Arm um mich legen?“

„Wenn ich das darf?“

„Ich bitte darum“, murmelte sie und ich zögerte nicht, ihrem Vorschlag zu folgen. Sie kuschelte sich an mich, was in mir eine Empfindung weckte, die plötzlich alles andere überlagerte. Ich wollte sie beschützen.

„Emily?“

„Hm?“

„Es ist viel Zeit verstrichen, seitdem deine Eltern dir untersagt haben, mich zu sehen. Könnte sich an ihrer Meinung etwas geändert haben? Die Verurteilung meines Vaters ist mittlerweile so viele Jahre her, niemand spricht mehr davon. Und ich habe den Titel meines Großvaters geerbt. Vielleicht könnte ich ...“

„Was denn für einen Titel?“ Sie sah mich überrascht an.

„Mein Großvater war Baronet und da mein leiblicher Vater nicht mehr lebt, ist der Titel auf mich übergegangen.“ Ich grinste sie schief an. „Ich bin vielleicht gar keine so schlechte Partie.“

Sie lachte unsicher auf. „An so was denkst du schon?“

„Entschuldige, ich wollte dich nicht in Verlegenheit bringen.“

„Nein, ist schon gut, du hast ja recht. Ich bin zwar erst fünfzehn, aber auch meine Eltern reden bereits darüber.“ Sie begann, nervös ihre Hände zu kneten. „Ich habe Angst, dass sie mich an jemanden verschachern wollen, James. Sie sind so bestrebt, noch weiter in der Gesellschaft aufzusteigen.“

„Darauf kommt es ihnen an?“

Emily nickte nur und meine Hoffnung sank. In der Gesellschaft war ich völlig unbekannt, weil meine Eltern dem keine Bedeutung zumaßen. Wie könnte ich das ändern?

„Findest du es seltsam, dass ich bereits so über uns nachdenke?", fragte ich im Flüsterton.

Emily schüttelte den Kopf. „Wir sind keine Kinder mehr. Glaub mir, diese Schule hat mir jegliches kindliche Gefühl ausgetrieben", antwortete sie leise. „Aber ..." Sie hob den Blick, um mich anzusehen. „Die ganze Zeit hatte ich dich noch als dreizehnjährigen Jungen im Kopf. Und nun sitzt du vor mir und siehst aus wie ein junger Mann."

„Ich bin trotzdem derselbe."

„Ja, Gott sei Dank!" Sie verbarg ihr Gesicht an meinem Hals. Ihre leichte Berührung an meiner Haut ließ ganz andere Gefühle in mir aufflammen, die mir in diesem Augenblick eher unangenehm waren, deshalb verdrängte ich das vehement.

Wir blieben noch lange auf dem Sims sitzen, genossen einfach die Gegenwart des anderen. Ich versuchte, Emily zu wärmen, hatte wirklich Angst, dass sie sich erkältete, aber wir wollten den Moment nicht beenden.

Sie suchte meine Nähe und manchmal überforderte mich dies ein wenig, denn ich hätte sie am liebsten geküsst, verbot mir das aber, weil es mir unangemessen vorkam. Das Gefühl quoll trotzdem immer wieder hervor.

Im Morgengrauen erzählte sie mir leise, dass der Gedanke an ein Wiedersehen sie in der Schulzeit aufrecht gehalten hatte. Ich war ihr Hoffnungsfaden, an dem sie sich Tag für Tag entlang gehangelt hatte.

Dies zu hören brachte mich in einen Zwiespalt, denn es erfüllte mich mit Freude, dass ich derjenige war, an den sie gedacht hatte. Auf der anderen Seite begriff ich die Tragik dahinter, denn sie hatte in all den Jahren gelitten.

Als der erste Schein der Sonne über dem Wald erschien, beendete ich unser Treffen, denn Emily fühlte sich furchtbar kalt an und hörte nicht mehr auf zu zittern.

„Das nächste Mal muss ich mich wärmer anziehen", sagte sie zustimmend.

Mir fielen meine Tagebücher ein, die ich auch für Emily geschrieben hatte. „Emily, erinnerst du dich an den Brief, als ich dir erzählte, dass ich nun Tagebuch schreibe?"

„Das war ganz am Anfang."

Ich nickte. „Ich habe sie auch für dich geschrieben."

„Für mich?"

„Ich dachte, dass du vielleicht erfahren möchtest, was ich wirklich alles gemacht habe. Mir war nie klar, ob du verstehst, was ich sagen will, wenn ich als Janet geschrieben habe."

Ihr schossen Tränen in die Augen, ich sah es im ersten Sonnenstrahl, der uns berührte. „Ich darf es lesen?", fragte sie wispernd.

Ich lachte verlegen. „Ich glaube, diese Aufzeichnungen sind wohl die Briefe, die ich dir geschrieben hätte, wenn es nur erlaubt gewesen wäre."

Sie fiel mir um den Hals.

Im Haus ertönten die ersten Geräusche aus der Küche.

„Emily, du musst jetzt hineingehen."

Wir lösten uns.

„James, du weißt doch, wo das alte Pavillon steht. Ich darf dorthin, um zu lesen. Meine Eltern nutzen ihn nicht. Vielleicht kannst du die Bücher dort unter der Bank verstecken?“

„Ich werde es versuchen. Allerdings muss ich dann wieder über eure Mauer klettern.“

„Du bist über die hohe Mauer geklettert?“

„Ja, mit Hilfe der alten Eiche.“

Sie kicherte. „Dabei habe ich extra dafür gesorgt, dass hinten das Tor geöffnet ist.“

„Oh ...“

„Ich habe hier immer noch meine Verbündeten“, sagte sie schelmisch.

Mit einem mulmigen Gefühl dachte ich an den Stallburschen der Sullivans, mit dem ich aneinandergeraten war.

„Vermisst du eigentlich Abigail?“

Ich wusste, dass sie ihre alte Gouvernante nie wiedergesehen hatte.

„Ja ... sehr ...“

Stimmen ertönten nun aus dem Haus und wir horchten alarmiert auf. Emily sah mich an und hauchte mir einen schnellen Kuss auf die Wange, reichte mir meine Jacke. Dann lief sie außer Sichtweite.

Als ich alleine zurückblieb, fühlte es sich an, als ob meiner Seele etwas fehlte.

Ich riss mich los und rannte in die entgegengesetzte Richtung, um zum hinteren Tor zu gelangen. Wie Emily gesagt hatte, war es nicht verschlossen und ich verließ das Anwesen.

Auf dem Weg nach Hause beherrschte mich der Gedanke, Emily meine Bücher schnellstmöglich zum Pavillon zu bringen.

Mein Fortbleiben war nur von meiner Schwester bemerkt worden, die oft nicht schlafen konnte. Als ich zu meinem Zimmer kam, saß sie in Nachthemd und Morgenmantel auf meinem Bett. Elizabeth war mittlerweile neun Jahre alt. Ihr hellbraunes Haar lag zerzaust um sie und sie sah mich mit großen Augen an. Less lag neben ihr und wedelte mit dem Schwanz, als ich eintrat.

„Wo warst du?", fragte sie leise.

„Ich war kurz draußen", log ich.

Sie schüttelte den Kopf. „Das ist nicht wahr. Du warst die halbe Nacht fort."

Ich stockte. „Wie lange sitzt du hier schon, Liz?"

Ihre Augen verschwammen vor Tränen. „Ich weiß nicht. Seit dem Albtraum."

Weil ich selbst ganz schön durchgefroren war, fachte ich erst einmal den Kamin im Raum an. Elizabeth verfolgte mich mit ihren Blicken. Als das Feuer seine Wärme ausbreitete, setzte ich mich neben sie, legte wortlos einen Arm um ihre Schultern. Sie schmiegte sich an mich.

Weil sie weiterhin nichts preisgab, löste ich mich, damit ich sie ansehen konnte.

„Was hast du denn so Schreckliches geträumt?"

Sie wandte sich zu dem Hund um, beugte sich über ihn und umarmte ihn. Ihr entfuhr ein leises Schluchzen.

„Liz, was ist denn los?" Ich legte sachte eine Hand auf ihren Rücken.

„Er ist gestorben."

Mein Herz vollführte einen unangenehmen Stolperer. „Was? Wer ist gestorben?"

„In meinem Traum, da ist Less gestorben." Sie holte tief Luft und verbarg ihr Gesicht in dem Fell des alten Hundes. Der genoss so viel Zuwendung sichtlich. „Mama hat gestern traurig zu Papa gesagt, dass sich sein Leben dem Ende zuneigt."

„Komm her, Schwesterchen." Ich zog sie von dem Hund fort und nahm sie in den Arm. „Ja, Less ist schon alt, aber weißt du was? Ich habe ihm gestern eine Medizin besorgt, von den Fahrenden. Damit wird es ihm besser gehen, dann kann er vielleicht sogar wieder ein bisschen rennen."

„Wirklich? Also wird er nicht sofort sterben?"

Gott, ich hoffte, dass dem nicht so war.

„Bestimmt nicht."

„Aber niemand weiß es, oder?"

Nun legte ich meine Hand auf Less' Kopf und kämpfte um meine Fassung. „Nein, niemand weiß es."

Less drängelte sich zwischen uns und grunzte zufrieden, was uns beide zum Lachen brachte. So saßen wir noch eine Zeitlang, dann hob Elizabeth den Blick, sah mich prüfend an.

„Sagst du mir, wo du heute Nacht warst? Ich erzähle es auch nicht Mama und Papa."

„Versprochen? Du erzählst es nicht?" Sicher wären meine Eltern nicht begeistert, wenn sie wüssten, dass ich die halbe Nacht heimlich bei Emily gewesen war. Falls man uns erwischt hätte ...

„Versprochen!“

„Ich war bei Emily.“

Elizabeth schaute mich verwirrt an. „In ihrer Schule? Ich dachte, die ist ganz weit weg.“

„Sie ist zurück auf Sullivan Manor.“

„Oh! Seid ihr jetzt ein Liebespaar?“

„Ich glaube nicht.“

„Wieso? Ihr kennt euch doch schon so lange und du bist fast so groß wie Papa.“

„Das ist schwierig zu erklären, Liz.“

Ich schaute aus dem Fenster und sah, dass die Sonne bereits über den Hügeln stand. An viel Schlaf war nicht mehr zu denken.

„Lass uns noch ein wenig schlafen, sonst bist du völlig übermüdet, wenn Mr Ashford nachher kommt.“

Sie seufzte auf. „Sei froh, dass dein Unterricht bei ihm beendet ist.“

„Nun ja, dafür habe ich jetzt bei Vater Fechtunterricht und muss ihm bei seiner Arbeit helfen.“

Murrend erhob sie sich und folgte meinem Rat. „Darf Less mit zu mir kommen?“

„Natürlich.“

„Du musst es ihm sagen. Auf mich hört er nicht.“

Ich warf Less einen Blick zu. Er drehte sich genüsslich auf den Rücken und beanspruchte das halbe Bett, was mich amüsiert lächeln ließ.

Ich stand auf. „Less, komm. Geh ein bisschen zu Liz.“

Nur widerstrebend gehorchte er und folgte meiner Schwester. Als sie die Tür zuzog, schloss ich kurz die Augen, dachte nach. Auch ich sollte noch etwas schlafen, aber ich fühlte mich aufgeregt und überhaupt nicht müde. Spontan ging ich zu meinem Schrank und öffnete die Tür. Ich zog mir meinen Stuhl heran, weil sich mein kleines Geheimnis im obersten Fach befand, verborgen unter den alten Bettlaken meines Kinderbettes. Vier dünne Bücher lagen dort und ich zog zielsicher das hervor, das bisher nur halb gefüllt war.

Ich schaute einen Moment auf das ledergebundene Buch. Es kam mir dünner vor, als die Bücher meines leiblichen Vaters, das Leder wirkte dunkler und etwas weicher. Ich setzte mich an den Sekretär und klappte die Schreibfläche herunter. Der alte Tintenfleck, der unauslöschlich in das Holz eingedrungen war, zog meinen Blick auf sich.

Das McKay-Anwesen verfiel leider immer mehr und mein Vater hatte vor zwei Jahren einige Dinge aus dem Haus gerettet. Dies war der Schreibtisch meines verstorbenen Vaters gewesen und ich hatte ihn geschenkt bekommen, als letzte Erinnerung.

Ich fuhr sachte mit dem Finger über die dunkle Stelle und dachte an die Szene im ersten Buch, als er genau dieses Missgeschick beschrieben hatte.

Mein Blick streifte den Sekretär, in dessen Holz sich nun ein dunkler Fleck befand, dem selbst Betty nicht Herr geworden war. Würde die Tinte in dem rötlichen Holz mich nun immer an Jake erinnern?

In diesem Moment fragte ich mich, wie sich meine Mutter wohl gefühlt hatte, als sie die Erinnerungen gelesen und erkannt hatte, wie tief die Verbindung zwischen meinem Vater und Jake war. Dennoch liebte sie ihn nach all den Jahren immer noch auf eine besondere Weise, trug ihm nie etwas nach, das spürte ich deutlich. Ich fühlte aber auch, dass sie mit Lester glücklich war, ich sah es an den Blicken, die sich meine Eltern zuwarfen.

Würde ich je die Möglichkeit haben, so etwas mit Emily zu erleben?

Ein Schatten legte sich auf meine Seele. Am liebsten hätte ich genau das in mein eigenes Tagebuch geschrieben, aber da ich wollte, dass Emily es las, behielt ich den Gedanken für mich. Stattdessen erzählte ich spontan von dem alten Anwesen, in dem ich die ersten drei Jahre aufgewachsen war.

Später ging ich zum Familienfrühstück und fühlte mich seltsam beobachtet. Meine Eltern warfen mir eigentümliche Blicke zu und ich fragte mich, ob Elizabeth geplaudert oder ob sie mein Fortgehen in der Nacht doch bemerkt hatten. Falls es so war, schwiegen sie darüber.

Am späten Nachmittag fühlte ich mich so unfassbar müde, dass ich kaum mehr die Augen offenhalten konnte. Ich saß mit meinem Vater in seinem Büro und er arbeitete mich ein wenig in seine Geschäfte ein. Ich half ihm gerne und die Pferdezucht interessierte mich, aber heute konnte ich mich nicht konzentrieren. Ich kämpfte darum, wachzubleiben, blinzelte immer wieder.

„Du hattest eine aufregende Nacht, hm?", murmelte mein Vater wie beiläufig.

Ich sah auf, wusste nicht recht, was ich sagen sollte.

Er setzte die Ohrenbrille ab, die er seit etwa einem Jahr trug, weil er kleine Schriften nicht mehr lesen konnte. Sein Blick durchbohrte mich, als könne er so jegliche Details aus mir herauskitzeln.

„James, tu mir nur einen Gefallen, ja?“

„Welchen?“

„Bring dich nicht in Schwierigkeiten.“ Nun wirkte er ehrlich besorgt.

„Ich war bei Emily“, gab ich leise zu.

„Das dachte ich mir. Wie geht es ihr?“

Mir fiel es schwer, dies zu beantworten, weil es ihr zwar gut ging, aber Emily in dieser Schule wirklich gelitten hatte und das noch verarbeiten musste. Dies hatte sie mir aber im Vertrauen erzählt, deshalb zuckte ich ein wenig hilflos mit den Schultern.

„Habt ihr euch ... gut verstanden?“

Ich spürte, dass sich hinter seiner Frage noch eine andere verbarg. Ich presste die Lippen aufeinander, wagte aber seinem Blick zu begegnen. „Ich ... ich glaube, ... ich bin in sie ... verliebt.“

Mein Vater lehnte sich in seinem Stuhl zurück. „Sie war sehr lange fort“, sagte er leise.

„Das weiß ich, es ändert aber nichts.“

Er seufzte und goss sich ein Glas Brandy ein. Ich sah zu, wie die goldene Flüssigkeit ins Glas floss, die Flasche stellte er zurück auf den Tisch. Er nippte nur an dem Getränk. „James, heimliche Treffen in der Nacht können euch beide in große Schwierigkeiten bringen. Sie ist doch auch schon fünfzehn, oder?“

„Ja, aber ... ich weiß nicht, ob sie auch so über mich denkt. Heute Nacht war ich bloß ihr Freund.“

„Und selbst das ziemt sich nicht mehr. Deine Mutter und ich haben dir die Freundschaft zu ihr nicht verboten, haben dir erlaubt, dass du dich mit Hilfe von Abigail mit ihr triffst. Aber da wart ihr Kinder.“

„Und das sind wir jetzt nicht mehr, ich weiß. Aber ich möchte kein anderes Mädchen.“

„Ach James, wer weiß, wer dir in den nächsten Jahren noch über den Weg läuft. Es gibt so viele Mädchen.“

„Du hast auch nur die Eine gewollt, oder?“

Mein Vater wurde blass, doch ich musste ihm verdeutlichen, dass Emily für mich nicht einfach nur irgendein Mädchen war.

Er senkte den Blick. „Glaub mir, es war nicht leicht, in die Ehefrau meines besten Freundes verliebt zu sein“, murmelte er.

„Ob John es gewusst hat?“

Ich ging immer mehr dazu über, meinen leiblichen Vater bei Gesprächen beim Vornamen zu nennen, denn ich sah Lester als meinen Vater an. Der zuckte wie immer etwas zusammen, als ich Johns Vornamen so unverblümt aussprach.

„Vielleicht hat er dir deshalb das Versprechen abgenommen, sie nicht allein zu lassen. Weil er wusste, dass du der Einzige bist, der sie wieder glücklich machen könnte, da du sie schon immer geliebt hast.“

Sprachlos starrte er mich an. Er trank seinen Brandy in einem Zug leer und schwieg eine Weile. Da ich spürte, dass er einen Augenblick für sich brauchte, wartete ich und schaute aus dem Fenster, beobachtete ein paar Stare, die über unser Feld flogen.

Mein Vater räusperte sich. „Ich habe es mir nie anmerken lassen, aber ...“ Er hob das leere Glas kurz an. „John und ich haben ganz gerne mal zusammen getrunken und ich bin nicht sicher, ob ich im betrunkenen Zustand meine Bewunderung für deine Mutter immer verbergen konnte." Er stellte das Glas langsam auf den Tisch. „Wahrscheinlich nicht."

„Du fühlst dich manchmal schuldig, oder? Weil du durch seinen Tod dein Glück gefunden hast."

Ich sah, wie sein Blick vor Tränen verschwamm. Abrupt stand er auf. „Verdammt, James! Musst du immer so grenzenlos unverblümt sein?" Er schnaufte leise, wandte sich von mir ab und stellte sich ans Fenster, das er nun öffnete, als brauche er frische Luft. „Und, warum, verflucht noch mal, musst du immer ins Schwarze treffen?", brummte er.

Er war meine Vertrauensperson, wir hatten noch nie Geheimnisse voreinander gehabt, deshalb erhob ich mich und stellte mich hinter ihn, legte ihm sachte meine Hand auf die Schulter. Dabei fiel mir auf, dass ich mittlerweile wirklich fast seine Größe besaß.

„Vater, es tut mir leid, ich wollte keine alten Wunden aufreißen."

„Schon gut. Ich begreife nur nicht, warum es nach dreizehn Jahren immer noch wehtut."

„Manche Menschen vergisst man nicht."

Er drehte sich zu mir, hatte seine Fassung wiedererlangt. „Wann bist du so erwachsen geworden?", fragte er wehmütig.

Ich lächelte schief. „Das muss wohl über Nacht passiert sein."

Er lachte mit heiserer Stimme.

Mein Vater nahm mein Gesicht in beide Hände. „Aber James, was immer auch zwischen Emily und dir ist oder entstehen wird. Ein Mädchen wie sie kann sich nicht aussuchen, wen sie schlussendlich heiratet. Bist du dir dessen bewusst?"

Er ließ die Hände wieder sinken.

„Aber was ist mit meinem Titel? Und hat Mutter nicht gesagt, mir würde das McKay-Anwesen gehören? Ich wäre doch keine so schlechte Wahl, oder?"

„Und du meinst, Angelina und Gerard streben an, ihre Tochter mit einem Baronet zu verehelichen, den in der Gesellschaft niemand kennt? Der wegen seines verurteilten Vaters verborgen geblieben ist und zwar Land besitzt, auf dem aber nur ein halb verfallenes Anwesen steht."

Ich schluckte schwer. „Und du wunderst dich, dass ich alles geradeheraus sage", murrte ich. „Jetzt bist *du* unverblümt."

„Es ist nötig, James. Damit du dir keine falschen Hoffnungen machst. Denn eines weiß ich: du ähnelst deinem Vater viel zu sehr. Und ihr beide scheint einen Hang zur verbotenen und tragischen Liebe zu haben."

Nun schnaufte ich auf und sah ihn mit schief gelegtem Kopf an, denn die Geschichte zwischen ihm und meiner Mutter war nicht weniger tragisch.

„Nun gut, wahrscheinlich betrifft das unsere ganze Familie."

Ich atmete tief durch. „Und anscheinend werde ich schon mit sechzehn in solche Probleme verwickelt."

Mein Vater zog mich in seine Arme und ich erwiderte die Geste. „Pass einfach auf dich auf, James. Ich würde es nicht ertragen, dich zu verlieren."

9

Mein Vater und ich lösten uns, schauten uns an. Ich wollte ihm versprechen, auf mich zu achten, aber es wäre ein leerer Schwur, denn ich konnte nicht von Emily lassen.

Leise Musik durchbrach die Stille, die uns umgab. Überrascht wandten wir uns zum offenen Fenster. Mir stahl sich ein Lächeln aufs Gesicht, denn vor dem Haus auf der Bank bei der alten Eiche saß Elissa mit ihrer Gitarre und sang ein Lied der Fahrenden.

„Was tut sie hier?" Mein Vater warf mir einen Blick zu und runzelte die Stirn. „Dein versonnener Gesichtsausdruck sagt mir, dass du ganz genau weißt, was das bedeutet."

Ich schaute ihn irritiert an und versuchte dann, meine Mimik neutral wirken zu lassen. „Elissa hat mich um einen Gefallen gebeten."

„Aha?"

„Du weißt doch, dass ich mich gut mit ihr verstehe, oder?"

„Ja, aber du weißt, dass sie die Tochter von ... von ...‘‘

„Von Jake O'Malley ist? Natürlich weiß ich das. Ich habe schließlich die Bücher gelesen."

„Ich meinte eigentlich ... ach, lassen wir das."

Oh, er meinte Elissas Mutter Mary? Ich erinnerte mich, dass er mal eine Liebelei mit ihr gehabt hatte, als mein leiblicher Vater noch am Leben gewesen war. Ich konnte mir ein Schmunzeln nicht verwehren.

„Keine Angst, Vater. Elissa ist nur eine Freundin."

„Ja, das hätte ich in deinem Alter auch gesagt. Aber du bist sechzehn und deine Angebetete ist unerreichbar."

Ich schaute ihn mit gerunzelter Stirn an. Was deutete er hier an?

Er klopfte mir väterlich auf die Schulter. „Versuch wenigstens, ihr kein uneheliches Kind zu schenken, ja?"

„Vater!"

„Ja?", fragte er mit unschuldigem Gesichtsausdruck.

„So bin ich nicht! Außerdem ist Elissa doch schon über zwanzig."

„Nun ja, doch wie mir scheint, spielt sie das Lied nur für dich."

Ich fühlte mich überfordert, erneut betrachtete ich Elissa, die mich direkt ansah, während sie mit weicher Stimme das Lied sang.

„Vater, sie möchte sich nur in Erinnerung rufen, weil sie eine Arbeit braucht", berichtigte ich die Situation. „Sie hat gefragt, ob sie bei uns in der Küche aushelfen darf."

„Wegen der Probleme im Dorf", erkannte er.

„Ja, sie möchte ihre Familie unterstützen."

Er beobachtete Elissa eine Weile und nickte dann. „Sag ihr, sie darf hier arbeiten. Wegen des Lohns muss ich zuerst mit Maggie sprechen, aber es wird schon eine angemessene Bezahlung für sie herauskommen."

„Vielen Dank, Vater!"

Er gab mich mit einer Geste frei und ich eilte hinaus. Im Flur verharrte ich kurz, als ich am Spiegel vorbeiging. Ich ordnete mein Haar, das halb aus dem Zopf gerutscht war und betrachtete mich. Das Kind in mir hatte sich aufgelöst. Mich schaute ein junger Mann an, der bereits älter als sechzehn aussah, und ich musste an Vaters Andeutung denken. Wie nahm Elissa mich wohl wahr?

Kopfschüttelnd riss ich mich los und lief beschwingt die Stufen herunter. Dann stockte ich, denn auch meine Mutter stand am Fenster und lauschte dem Lied der Fahrenden. Ich ging zu ihr. Sie sah sehr blass aus, schien tief in Gedanken versunken zu sein, obwohl sich ihr Blick nach draußen richtete.

„Mutter, geht es dir gut?"

Sie blinzelte und sah mich an. „Ja, mir geht es gut, James." Als wäre ich noch ein kleiner Junge, streichelte sie mir über die Wange. „Ich habe nur dem Lied gelauscht. Es erinnerte mich an früher. In einem Winter, den die Fahrenden hiergeblieben sind, hat Jake das Lied sehr oft auf der Gitarre gespielt. Er konnte auch so gut singen."

Das erste Mal hörte ich, wie sie den Namen aussprach. Keinerlei Groll, keine Eifersucht lag in ihrem Tonfall, trotz all der Geschehnisse. Ich hörte nur eine leise Sehnsucht nach der alten Zeit heraus.

Ich küsste meine Mutter auf die Wange, was sie zum Lächeln brachte. „Mutter, ist es für dich in Ordnung, wenn Elissa bei uns in der Küche arbeitet?"

Obwohl mein Vater mir die Erlaubnis längst erteilt hatte, musste ich sie fragen, denn ich wollte keine Wunden aufreißen.

„Ja, natürlich. Vielleicht kann sie mir auch mit meinem Kräutergarten helfen. Das hat ihr Vater auch immer getan."

Verwundert betrachtete ich meine Mutter. Hatte sie eine freundschaftliche Beziehung zu dem Geliebten ihres Mannes gehabt? Meine Bewunderung für sie stieg, denn ich kannte keinen Menschen, der so großmütig war wie sie.

„Elissa wird sicher gerne helfen."

„Dann geh und sag ihr, dass sie von nun an zu unserem Hausstand gehört", sagte meine Mutter freundlich und wandte sich ab, als wolle sie die aufkeimenden Erinnerungen zurückdrängen. Ich wusste, dass ihr das zuweilen nur schwer gelang, denn ich sah meinem leiblichen Vater sehr ähnlich. Ich kannte sein Bild von einem Medaillon, das in der Truhe in ihrem Schlafgemach aufbewahrt wurde.

Ich ging nach draußen und als Elissa mich sah, verstummte abrupt ihr Spiel und Gesang. Voller Hoffnung sah sie zu mir auf.

Ich setzte mich ungeniert neben sie, die Zweige des alten Baumes breiteten sich wie ein Baldachin über uns aus. „Du gehörst von nun an zum Hausstand der O'Brians", verkündete ich.

Elissa legte die Gitarre beiseite und fiel mir förmlich um den Hals. Überrumpelt ließ ich es zu und umarmte sie linkisch zurück.

„Oh, ich danke dir, James!" Sie löste sich von mir, schaute freudestrahlend zu unserem Landgut. „Es ist so wunderschön hier."

Ich folgte ihrem Blick, schaute auf die helle Steinfassade unseres verwinkelten Hauses, das vielleicht nicht so herrschaftlich wie das der Sullivans war, doch seinen ganz eigenen Charme besaß. Blühende Sträucher umrahmten das Gebäude. Alte Bäume wiegten sich im Wind und erneut beobachtete ich die Stare, die nun wie eine dunkle Wolke über uns hinwegschwebten. Viel von dem Land hatte mein Vater verpachtet, weil wir es gar nicht nutzen konnten.

Ich konnte seine Worte nicht vergessen und beobachtete Elissa unauffällig. Sah sie auch unseren Wohlstand und fühlte sich womöglich deshalb von mir auf irgendeine Art angezogen? Ich konnte es nicht einschätzen.

„Mein Vater hat sich immer gewünscht, sesshaft zu werden, eigenes Land zu besitzen", sagte Elissa leise. „Wusstest du, dass John es unserer Familie sogar angeboten hat, mein Großvater es aber ablehnte, weil er das Leben eines Fahrenden nicht aufgeben wollte?"

„Ja, es stand in einem von Johns Büchern."

„Ich denke ähnlich wie mein Vater. Mir liegt das Leben als Fahrende nicht besonders."

„Und was wünschst du dir?"

Ihr Lächeln verblasste. „Ich wünschte, mein Vater wäre noch am Leben."

Ich wusste nicht, was ich darauf erwidern sollte und senkte den Blick. Sie begann wieder, auf den Saiten der Gitarre zu zupfen.

„Singst du mir noch mal was vor?"

„Und du meinst, das Lied vorhin war für dich gewesen?"

Ich grinste frech. „Ich denke schon."

Sie lachte mit heller Stimme und strich dann sachte über das Instrument. Feine Verzierungen verschönerten das dunkle Holz.

„Dies ist eines der wenigen Dinge, die nicht mit meinem Vater verbrannt worden sind. Noirin hat mir die Gitarre kurz vor der Bestattung geschenkt, weil Vater mir das Spielen beigebracht hatte."

Ohne mich anzusehen, begann sie zu spielen und stimmte ein melancholisches Lied an.

Und ich dachte an Emily ...

In der Nacht schlich ich erneut zum Anwesen der Sullivans. Dieses Mal wagte ich nicht, Emily auf mich aufmerksam zu machen, denn in ihrem Zimmer brannte kein Licht. Stattdessen ging ich zum Pavillon, der abseits inmitten von Wildblumen im hinteren Bereich der Gartenanlage stand. Ich deponierte meine Tagebücher, die ich für sie geschrieben hatte, unter der Bank, verbarg sie unter Laub und trockenem Moos.

Als ich wenig später im Dunkeln vor dem großen Herrenhaus stand, schaute ich voller Sehnsucht zu Emilys Zimmer.

Alles blieb still. Ich ging zurück zum hinteren Tor und ritt auf Lilly nach Hause.

Eine Woche später erreichte mich erneut eine geheimnisvolle Nachricht. Wieder überbrachte sie der Sohn des Kutschers.

Der verschlossene Umschlag fühlte sich wie ein Schatz an, deshalb verbarg ich ihn rasch in der Innentasche meines Jacketts.

Der Junge sah mich hoffnungsvoll an, doch dieses Mal hatte ich kein Geld bei mir.

„Darf ich fragen, wie du heißt?", fragte ich höflich.
„Philip."

„Wenn du magst, warte kurz, dann hole ich dir ein kleines Trinkgeld. Ich habe heute nichts bei mir.“

Ich wollte ihn auf meiner Seite haben. Von ihm hing es vielleicht ab, ob Emily und ich in der Zukunft Kontakt halten konnten.

Philip strahlte und nickte hastig.

Ich eilte ins Haus und ging zu meiner Mutter. Sie saß mit Elizabeth am Klavier und beaufsichtigte das Üben meiner Schwester, die überhaupt keine Begeisterung für das Klavierspiel übrig hatte. Da sie anscheinend genau spürte, dass ich eine Frage an sie richten wollte, hob sie kurz die Hand und Elizabeth nahm die Hände von den Tasten. Sie schielte sehnsüchtig nach draußen, wo unser Vater mit den Hunden spielte. Das Rudel war nicht mehr so groß wie früher, aber so konnte sich mein Vater besser um die einzelnen Tiere kümmern. Überrascht sah ich, dass auch Less draußen tobte. Ein Lächeln legte sich auf mein Gesicht. Noirins Medizin half ihm!

Meine Mutter schaute mich abwartend an.

„Könnte ich mir ein wenig Trinkgeld für einen Boten nehmen?“

„Ein Bote? Was hat er gebracht?“

„Eine Nachricht ... für mich.“

Sie legte den Kopf schief und begutachtete mich neugierig, hakte aber nicht nach. „Nimm etwas aus der kleinen Holzkiste.“

Sie wandte sich wieder Elizabeth zu. „Komm Liz, wenn du schaffst, das Stück fehlerfrei zu spielen, kannst du zu deinem Vater und den Hunden. Ist das ein Angebot?“

„Ja", antwortete meine Schwester knapp und biss sich auf die Unterlippe. Etwas, das sie immer tat, wenn sie sich konzentrierte.

Ich verließ sie, holte eine Münze aus der kleinen Kiste und eilte zurück zu Philip. Er wartete noch genau an der Stelle, an der ich ihn zurückgelassen hatte.

„Vielen Dank, Philip. Ich bin dir sehr dankbar, dass du mir die Nachrichten bringst."

Er nahm das Geld an. „Sehr gerne."

Ich berührte ihn leicht am Arm. „Kann ich auf deine Verschwiegenheit hoffen?"

„Ja, Sir!"

Ich schenkte ihm ein dankbares Lächeln und entließ ihn. Er rannte wie das letzte Mal davon und ich fragte mich, warum er es immer so eilig hatte, wenn seine Aufgabe erledigt war.

Nun konnte ich nicht mehr warten. Ich holte den Brief hervor und riss das Kuvert auf.

Triff mich morgen Nachmittag am hinteren Tor. – E.

Ich starrte auf die Worte und mein Herz begann schneller zu schlagen.

Von dem Moment an fühlte ich mich wie ein Träumender, weil ich nur an den nächsten Tag denken konnte. Morgen wäre meine Fechtstunde, aber ich könnte meinen Vater sicher überreden, sie mir schon am Morgen zu geben.

Pure Aufregung durchflutete mich. Um mich etwas zu beruhigen, ging ich zu Lilly auf die Weide. Bei ihrem Anblick runzelte ich die Stirn. Denn sie hatte sich im Schlamm gewälzt und in ihrem Fell war nicht mehr viel Weiß vorhanden.

„Ich sehe schon, du hattest heute einen guten Tag, hm?“

Lilly trottete auf mich zu und stupste mich zärtlich an. Ich strich über ihre Stirn, eine der wenigen schlammfreien Stellen. „Komm, du Schmutzliese. Ich werde mal schauen, ob wir dich wieder sauber bekommen.“

Mit einer Geste gab ich ihr zu verstehen, dass sie mir folgen sollte. Lilly reagierte sehr gut auf kleine Zeichen oder Kommandos. Ich hatte mir in den letzten Jahren viel Mühe gegeben, sie auszubilden. Mein Vater nannte sie deshalb gerne Zirkuspferd, was mich aber völlig kalt ließ, denn Lilly und mir machte es Freude, auf diese Weise zu kommunizieren und zu lernen.

Wie selbstverständlich folgte sie mir über die Weide und wartete, bis ich das Putzzeug aus dem Stall holte.

Als ich begann, sie zu säubern, gesellte sich Vincent zu mir, nach wie vor mit gebührendem Abstand, denn Lilly und er hatten noch immer eine angespannte Beziehung.

„Es ist unglaublich, was du mit diesem Tier geschafft hast“, sagte Vincent und beobachtete uns. „Selbst zu Zeiten von John McKay habe ich sie nie so entspannt gesehen.“

Ich sah zu der Stute auf, begegnete dem Blick ihrer dunklen Augen. „Wir mögen uns einfach“, sagte ich.

„Oh, da ist irgendwie viel mehr“, murmelte Vincent.

Verwundert schaute ich ihn an.

„Sie liebt Euch, James.“

Vincents Worte ließen mich lächeln. „Und ich liebe sie.“

Am nächsten Nachmittag ritt ich zum Anwesen der Sullivans, wobei ich einen großen Bogen um das Grundstück machte, um nicht entdeckt zu werden. Ich wusste nicht, was Emily ausheckte und ob sich ihre Eltern vor Ort befanden. Wahrscheinlich kam ich viel zu früh am hinteren Tor an, aber ich wollte keine Minute von ihrer Gegenwart verpassen.

Noch konnte ich niemanden sehen, immer wieder lugte ich durch die Eisenstäbe des Tores, um die Gartenanlage zu überblicken.

Gedämpfte Geräusche drangen zu mir durch. Fuhr da eine Kutsche fort? Dann umgab mich die Stille des nahen Waldes, nur vereinzelte Vögel gesellten sich zu Lilly und mir und suchten in den oberen Zweigen eines nahen Baumes ihre Nahrung.

Ich setzte mich an den Stamm einer Eiche und ließ Lilly grasen. Mein Pferd schien einfach zufrieden, bei mir zu sein.

Nach geraumer Zeit stieg Sorge in mir auf. Und wenn mir jemand einen Streich gespielt hatte, um mich in Schwierigkeiten zu bringen? Der Stallbursche der Sullivans zum Beispiel, mit dem ich in Streit geraten war?

Mich überkam ein unangenehmes Gefühl und für einen Moment wäre ich am liebsten geflüchtet. Doch die Hoffnung, Emily zu sehen, ließ mich weiter warten.

Ich beobachtete die kleinen Vögel, ließ mich von Lilly beschnuppern, zupfte Grashalme aus, starrte auf das dunkle Tor. Da wurde meine Aufmerksamkeit auf eine schmale Gestalt gelenkt. Durch die erdfarbene Kleidung verschmolz sie fast mit der Umgebung. Dies sah nicht nach Emily aus, doch sie kam auf mich zu.

Alarmiert erhob ich mich, fasste Lilly am Zügel, um in den Wald zu flüchten, falls nötig. Die Person kam wirklich zum Tor, jetzt konnte ich erkennen, dass sie definitiv kein Kleid trug. War es wirklich dieser verflixte Stallbursche?! Ich wich mit Lilly ein wenig in die Dämmerung des Waldes zurück, denn vor allem meine Stute stach mit ihrem weißen Fell hervor.

Der Fremde trug eine Kapuze und machte sich nun am Tor zu schaffen. Langsam schob er es auf, sah sich um.

„James?", raunte plötzlich eine helle Stimme.

Es war Emily!

„Ich bin hier!", rief ich gedämpft und kam mit Lilly ins Licht.

Sie sah sich zum Anwesen um und streifte sich die Kapuze ab. Ihr Haar befreite sich wie eine dunkle Flut und fiel teilweise zerzaust über ihre Schultern, einige Strähnen hatten sich noch in ihrem Oberteil verfangen.

Überrascht betrachtete ich sie. Emily trug die schlichte Kleidung eines jungen Mannes.

Mit einem schelmischen Lächeln kam sie näher, weil ich wie angewurzelt stehenblieb. „Ich habe mich an den Tag erinnert, als du mir deine Kleidung geliehen hast." Sie hob das Gesicht in die Nachmittagssonne und atmete tief durch. „Es ist einfach ein wunderbares Gefühl, kein Mieder tragen zu müssen."

Ich war für den Augenblick sprachlos, konnte sie nur ansehen. Emily wirkte so völlig anders in dieser Kleidung und in diesem Moment verliebte ich mich noch mehr in sie.

Ihr Blick schweifte zu meinem Pferd, das sie aufmerksam beobachtete. Würde Lilly sie akzeptieren?

„Das ist Lilly“, sagte sie fast ehrfürchtig. In meinen Büchern hatte ich ihr sehr viel von meinem Pferd erzählt. „Ob ich sie berühren darf?“

„Versuchen wir es“, sagte ich heiser und räusperte mich rasch.

„Oh, du hast deine Worte wieder gefunden“, erwiderte sie amüsiert.

Ich lächelte verlegen. „Dein Auftauchen hat mich überrascht.“

„Du meinst wohl, meine Kleidung hat dich überrascht.“

„Mir gefällt es“, offenbarte ich.

Sie zog das restliche Haar aus ihrem Kragen und schüttelte ihre schwarze Mähne. „Mir auch! Du ahnst ja nicht, wie gut du es hast, James.“ Emilys hellblaue Augen strahlten. „Ich bin so froh, dass du wirklich gekommen bist.“

„Wie könnte ich nicht?“

Ich spürte meinen Herzschlag so stark in meiner Brust, das ich kurz durchatmen musste, denn Emily hielt meinen Blick gefangen. Sie blinzelte und wandte sich Lilly zu, sprach leise mit ihr. Meine Stute spitzte die Ohren. Ohne Angst streckte sie die Hand vor, damit Lilly daran schnuppern konnte. Nicht einmal mein Vater hätte dies gewagt, denn sie biss immer noch gern zu, ausgenommen mich.

War es Emilys völlig angstfreie Haltung oder ihre ruhige Stimme? Ich wusste es nicht. Aber mein Pferd schnaubte entspannt, als sie ihre Hand sanft über seinen Hals gleiten ließ.

„Bist du jemals geritten, Emily?“

„Nein, mein Vater hat es nie erlaubt. Nicht einmal im Damensitz durfte ich es versuchen. Er meinte, weil wir keine geeigneten Pferde dafür hätten, nur die Kutschpferde.“

„Komm her.“ Ich fasste sie sanft am Arm und zog sie ein wenig in meine Richtung, was sie willig geschehen ließ.

Ich schnalzte mit der Zunge, um Lillys Aufmerksamkeit zu wecken. Ich gab ihr das Zeichen, mir zu folgen, denn hier fehlte der Platz, für das, was ich vorhatte. Meine Stute beobachtete mich. Ich gab ihr ein Zeichen, sie blieb stehen. Dann stellte ich mich an ihre Seite und zeigte ihr an, was ich von ihr wollte.

Emily schaute fasziniert zu, als sich Lilly hinkniete. „Das hast du ihr beigebracht?“

Ich nickte nur und winkte sie näher. „So ist das Aufsteigen für dich viel leichter.“

Ihre Augen begannen regelrecht zu leuchten. „Ich darf ...?“

„Na komm, ich helfe dir.“

Vorsichtig, als sei Lilly eine Kostbarkeit setzte sie sich in den Sattel.

„Jetzt halte dich gut fest. Es wird etwas wackelig, wenn sie aufsteht.“

Emily folgte meinem Rat und kicherte aufgeregt, als sich Lilly erhob. Ich erklärte ihr, wie sie sich richtig hinsetzen musste, wie sie die Zügel halten sollte und wo sie sich festhalten konnte, falls sie die Balance verlor.

„Wo möchtest du hin?“, fragte ich und schaute zu ihr auf.

Sie rückte sich im Sattel zurecht, machte sich mit dem Gefühl vertraut, auf dem Rücken eines Pferdes zu sitzen. „Ich möchte das Anwesen sehen, das dir gehört."

Ich brauchte einen Moment, um zu begreifen. „Das Anwesen der McKays?"

„Ja."

„In Ordnung, aber warum gerade dorthin?"

Sie lächelte mich liebevoll an. „Weil ich auch *darüber* nachgedacht habe. Seit dem Tag, an dem ich dich wiedergesehen habe. Und ich möchte sehen, welches Haus dir gehört."

Darüber?

Ich starrte sie an, verstand zuerst nicht. Dann dämmerte es mir und mein Puls begann zu rasen, denn ich erinnerte mich an meine Worte, die ich ihr in der Nacht unseres Wiedersehens gesagt hatte.

Ich bin vielleicht gar keine so schlechte Partie.

Befangen biss ich mir leicht auf die Unterlippe, denn das McKay-Haus hatte seine Glanzzeiten wahrlich hinter sich. „Ich hoffe, du wirst nicht enttäuscht sein", murmelte ich.

„Sicher nicht. Mit dir würde ich auch in einer Fischerhütte wohnen."

Aufgewühlt sah ich sie an.

„Reiten wir jetzt?", fragte sie, weil ich wie angewurzelt stehenblieb.

„Ja, natürlich."

Ich fasste in die Zügel, um Lilly unter Kontrolle zu halten, und führte sie in den Wald. Mittlerweile kannte ich das Gebiet sehr gut und würde problemlos auch von hier zum McKay-Anwesen finden.

Immer wieder drehte ich mich unauffällig um, damit ich einen Blick auf Emily werfen konnte. Sie schien völlig verzückt zu sein und glücklicherweise blieb Lilly ruhig, als spürte sie, wie wichtig mir das Mädchen auf ihrem Rücken war.

Ich fand einen schmalen Pfad, der uns erst einmal fortführte – wir mussten Abstand zu Sullivan Manor bekommen.

„Wie hast du es eigentlich geschafft, unbemerkt zu fliehen?", hakte ich neugierig nach.

„Meine Eltern sind zwei Tage nicht vor Ort und unsere Angestellten haben von meiner Flucht nichts bemerkt, nur meine Zofe weiß Bescheid. Sie hat mir auch die Kleidung besorgt."

„Wird sie dich nicht an deine Mutter verraten?"

Emily schüttelte entschieden den Kopf. „Daphne würde sich lieber die Zunge abbeißen, als mich an meine Eltern zu verraten."

„Ihr versteht euch also gut?"

„Ich kenne Daphne erst seit dem Tag, an dem ich aus der Schule gekommen bin, aber ich würde ihr mein Leben anvertrauen. Sie steht loyal zu mir."

Ich warf ihr wieder einen Blick zu. „Das erleichtert mich."

„Woher weißt du hier im Wald überhaupt, wo du hin musst? Ich würde mich hoffnungslos verirren."

Ich lachte leise. „Vor ein paar Jahren habe ich mich genau hier verirrt. Erinnerst du dich an den Tag, als ich dich heimlich besuchen war und deine Eltern früher zurückkamen als gedacht? Ich musste in den Wald flüchten."

„Da hast du dich *hier* verirrt?"

„Ich musste durch das hintere Tor fliehen und fand nicht mehr nach Hause. Mein Vater hat mich schließlich in der Nacht gefunden. Aber dann hat sich Lilly vor meinem Hund erschreckt und ist weggerannt. Wir haben sie erst am nächsten Tag bei den Fahrenden gefunden.“

„Das hast du mir nie erzählt!“

„Es war mir ein bisschen peinlich.“

„Wir waren doch noch Kinder.“

Ich zuckte mit den Schultern und führte Lilly über einen unebenen Erdhügel. Dann schwiegen wir, denn ich spürte, dass Emily jede Sekunde dieses Ausrittes auskosten wollte. Sie wagte sogar schon die Augen zu schließen, um das Gesicht in die Sonne zu halten.

Das Nachmittagslicht stahl sich durch die Bäume und beleuchtete uns den Weg. Der Geruch von Blüten lag in der Luft und ein milder Wind bewegte die Zweige der hohen Laubbäume.

Wir kamen schließlich an den Rand des Waldes und blickten auf die Hügel von Westmorland, die an Wiesen und Felder grenzten.

„Werden wir auch die Fahrenden sehen?“

„Möchtest du sie denn sehen?“

Sie nickte und ich sah Begeisterung in ihrem Gesicht. Ich hingegen war nicht sicher, ob ich ihr Elissa vorstellen sollte, weil ich an Vaters Worte denken musste.

„Erst einmal reiten wir zum Anwesen, ja?“

„In Ordnung.“

Die tief stehende Sonne tauchte die Umgebung in warmes Licht, schenkte uns Wärme – für mich ein wenig zu viel, denn ich begann zu schwitzen, was mir sehr unangenehm war. Ich zog mein Jackett aus und atmete erleichtert auf, als der Wind durch mein weißes Hemd strich und mich abkühlte.

„Soll ich deine Jacke nehmen?"

Ich zögerte, nickte aber dann und reichte sie ihr. Emily legte sie vor sich ab und lächelte mir zu. „Das ist für mich wirklich der schönste Tag seit Jahren. Ich danke dir dafür, James."

Ahnte sie, wie gerne ich ihr jeden Wunsch erfüllen würde?

Das McKay-Anwesen lugte nun hinter einigen Bäumen hervor. Aus dieser Entfernung wirkte es gar nicht so heruntergekommen.

„Da ist es!", rief Emily und richtete sich im Sattel auf.

Es wunderte mich, dass Lilly absolut friedlich blieb. Manchmal scheute sie bei ruckartigen Bewegungen. Vielleicht gab meine direkte Nähe ihr Sicherheit. Ich streichelte ihr über den Hals und lenkte sie auf den alten Weg, der uns zu dem Herrenhaus brachte.

Die Natur holte sich das Haus bereits zurück. Ranken wuchsen an der Fassade empor. An einigen Stellen waren die Mauern rissig geworden. Die Gartenanlage kam mir völlig verwildert vor. Vor dem Eingang lagen vertrocknete Herbstblätter, die eine Brise zur Seite wirbelte.

Ich wollte mich gerade für den Zustand entschuldigen, als Emily sagte: „Es ist wunderschön, James!"

Verdutzt sah ich sie an. „Wunderschön? Ähm ..." Ich blickte zu dem Anwesen und versuchte, es durch ihre Augen zu sehen. Doch ich wusste noch, wie es früher von außen ausgesehen hatte und konnte die Erinnerung daran nicht abschütteln. Das Haus wirkte nach den tragischen Ereignissen der Vergangenheit so leblos und ich konnte dieses Gefühl nicht abstreifen.

„Hilfst du mir herunter?"

Ich riss mich von dem Anblick des alten Hauses los und wandte mich ihr zu, half ihr vom Pferd. Für einen Moment hielt ich Emily im Arm. Für mich fühlte sich diese Nähe sehr besonders an, sie löste sich jedoch, um sich dem Haus zu nähern. Ich sattelte Lilly ab und entfernte auch das Zaumzeug, brachte sie auf die nahegelegene Weide. Ich wusste, dass sie es nicht mochte, allein zu sein, aber ich konnte sie schließlich nicht mit ins Haus nehmen.

Ich stellte mich neben Emily, die nun alles genau betrachtete.

„Und das gehört wirklich dir?"

„Es gehört zu meiner Familie, aber meine Mutter sagte, es wäre mein Erbe."

„Können wir hineingehen?"

„Natürlich, es ist dort allerdings sehr staubig."

„Das macht mir nichts. Heute trage ich ja keines von den Kleidern."

Für sie musste es eine außergewöhnliche Freiheit sein, diese Kleidung zu tragen. Sie hakte sich bei mir unter und ich führte sie die Stufen zum Eingang hinauf. Den Schlüssel hatte mein Vater in einer Mauerritze verborgen, die man nur sah, wenn man wusste, wonach man suchte.

Wir gingen hinein und uns schlug ein feuchter Geruch entgegen. Dicker Staub lag auf dem Boden und allen Oberflächen, auf den Möbeln ruhten weiße Tücher. Obwohl Emily prunkvoll aufgewachsen war, ließ sie sich nicht abschrecken und schaute sich um.

Ich war viele Jahre nicht mehr im Inneren gewesen und konnte meine Empfindungen nicht recht fassen, sie durchströmten mich einfach. Durch Johns Tagebücher entstanden Gedankenbilder, wie es früher hier ausgesehen hatte, denn mir selbst war die Erinnerung entglitten. Ich stellte mir vor, wie er hier mit meiner Mutter die teppichüberzogenen Stufen hochlief, wie sein dunkles Lachen durchs Haus hallte. Für einen Augenblick hörte ich sein Klavierspiel und die Melodie von Frère Jacques ertönte ...

„James?"

Ich blinzelte, als Emily mich am Arm berührte.

„Ist alles in Ordnung?"

Ich atmete tief durch. „Ja."

„Du hast Tränen in den Augen."

„Entschuldige", murmelte ich und wischte mir rasch über die Lider.

Sie strich mir in einer zärtlichen Geste durchs Haar und ich blieb wie erstarrt stehen. Ihre Berührung löste etwas in mir aus. Am liebsten hätte ich sie in meine Arme gezogen und ich musste mich zwingen, den Anstand zu wahren.

„Zeigst du mir das obere Stockwerk?", fragte sie leise.

„Hier habe ich mich schon umgesehen."

Wie lange hatte ich dort im Foyer verharrt?

„Natürlich."

Viele Räume waren leer geräumt, doch dem persönlichen Zimmer von John fehlte nur der Sekretär, der nun mir gehörte. Das große Bett, in dem er Jake O'Malley einst gesundgepflegt hatte, wirkte auf mich wie ein Mahnmal.

„Du bist so still", raunte Emily.

„Es fühlt sich nur so seltsam an, jetzt, wo ich die Bücher meines leiblichen Vaters kenne."

„Du hast mir nie erzählt, was damals geschehen ist."

Ich durfte nicht, dachte ich. Doch ich fragte mich, ob ich Emily nicht doch vertrauen konnte. Ihr traute ich zu, dass sie verstand, was vorgefallen war. „Weil es wirklich kompliziert ist", antwortete ich und kämpfte mit mir.

Emily setzte sich wie selbstverständlich auf das mit einem Laken geschützte Bett. „Ich kann mir nicht vorstellen, dass der Mann, der *dich* gezeugt hat, ein Mörder gewesen sein soll."

„Das war er auch nicht. Aber … wie meinst du das?"

Emily lächelte fast ein wenig verlegen. „Du bist einfach der wunderbarste Mensch, den ich kenne."

Sie ließ mein Herz vor Liebe fast überfließen und ich verzweifelte, denn ich wusste kaum, wohin mit meinen Gefühlen. Mein Herz raste förmlich und ich fühlte mich schwindelig. Ich trat einen Schritt näher, fiel vor ihr auf die Knie.

„Ahnst du, wie viel mir deine Worte bedeuten?", flüsterte ich.

„Ja … komm hoch, James, setz dich neben mich."

Ich folgte ihrer Bitte und als ich den Platz neben ihr einnahm, ergriff sie meine Hand.

„Hier liegen viele Erinnerungen", erkannte Emily.

„Dies war das Zimmer meines Vaters."

„Von Jonathan McKay."

„Er war kein Mörder, Emily. Er hat jemanden über alles geliebt und ihn verloren. Das hat ihn gebrochen."

„Aber jemand ist getötet worden, sagen meine Eltern."

Ich schöpfte Atem. „Mein Vater hatte einen Geliebten. Jake, von den Fahrenden. Er wurde unschuldig gelyncht, weil ein Bäckermeister aus Kendal nicht den Mut hatte, ihm zu helfen. Mein Vater wollte von dem Mann die Wahrheit erfahren, aber der fühlte sich so schuldig, dass er sich selbst erschoss, während mein Vater die Waffe noch hielt."

„Ich verstehe nicht."

„Duncan, der Bäcker, drückte meinem Vater die Waffe in die Hand, richtete sie auf sich und betätigte den Abzug."

„Oh …"

„Emily, du darfst darüber nicht reden. Ich weiß nicht, ob man damals die Zusammenhänge aufgedeckt hat."

„Weil dein Vater einen Mann geliebt hat."

Sie war davon überhaupt nicht geschockt, was mich tief verwunderte. Ich sah ihr an, dass sie darüber nachdachte. Zuerst hatte ich befürchtet, dass sie vielleicht sogar meine Hand loslassen würde, aber sie umklammerte sie nur fester.

„Ich glaube, meine Eltern wissen davon. Sie haben ihn manchmal als – nein, ich spreche es nicht aus. Sie haben deinem Vater eine gewisse Bezeichnung gegeben, die mir Abigail später erklärt hat."

„Er hat auch meine Mutter geliebt, das weiß ich, aber Jake O'Malley … er muss für ihn … ich weiß nicht, wie ich ausdrücken könnte, was er empfunden hat."

Emily begegnete meinem Blick. „Wie ein Teil seiner Seele gewesen sein?"

„Ja …" brachte ich nur hervor.

Völlig unerwartet beugte sie sich vor und hauchte mir einen Kuss auf die Wange. Ich bewegte mich nicht, konnte sie einfach nur ansehen. Sie ließ meine Hand los und stand auf.

„Vielleicht sollten wir besser zurückgehen."

In mir klang noch ihr unschuldiger Kuss nach und ich brauchte einen Augenblick, um zu reagieren.

„Möchtest du nach Hause?", wollte ich leise wissen.

Sie schüttelte den Kopf und ein keckes Lächeln umspielte ihre Lippen. „Nein, ich möchte schaukeln."

„Du möchtest ...? Aber wo?"

„Ich hatte mir gedacht, du baust etwas für mich. Männer können so etwas doch, oder? Ich meine, mein Vater würde niemals so etwas tun. Aber ich glaube, du bist da gänzlich anders."

Ich bot ihr meinen Arm an und sie hakte sich bei mir ein. „Ich werde sehen, was ich in der alten Scheune finden kann. Mein Vater hat auch eine Schaukel für meine Schwester gefertigt."

„Vielleicht könnte sie an den alten Kirschbaum? Würde er das aushalten?"

„Das werden wir herausfinden."

Da ich meinem Vater oft half, wenn er handwerkliche Arbeiten erledigte, besaß ich ein gewisses Geschick in solchen Dingen.

In der alten Scheune fand ich ein passendes Brett und auch einen verrosteten Handbohrer. Emily schaute mir fasziniert zu, wie ich das Holz bearbeitete.

Ein Seil zu finden, erwies sich als schwieriger. Schließlich fand ich im ehemaligen Pferdestall etwas Passendes. Da das Holzgebäude nach all den Jahren ziemlich verdreckt und heruntergekommen war, kam ich schmutzig und zerzaust wieder hervor. Ich schüttelte mir den Staub aus dem Haar und band es wieder ordentlich zu einem Zopf. Als ich mir auch den Schmutz aus der Kleidung klopfte, umwehte mich eine graue Wolke.

Emily lachte laut auf. Ich schaute sie mit einem Lächeln an. Ich hatte sie noch nie zuvor so befreit lachen gehört.

Ich kletterte schließlich für sie in die alte Kirsche und prüfte einige der höheren Äste. Der Obstbaum schien noch erstaunlich stabil zu sein, also wagte ich es, die Schaukel zu befestigen.

Wieder unten sah mich Emily berührt an und strich sachte über das Schaukelbrett.

„Die zerbrochene Schaukel damals, das war bei unserem ersten Kennenlernen. Erinnerst du dich?"

„Ja, natürlich."

Emily setzte sich vorsichtig und stieß sich ab. Ein Lächeln huschte über ihr schönes Gesicht. Sie wurde mutiger, schaukelte nun höher.

Skeptisch schaute ich auf den Ast, doch er hielt, und Emily konnte endlich das tun, von dem sie schon so lange träumte. Ich sah ihr dabei zu. Sie wirkte so glücklich wie nie zuvor, was mich regelrecht in Hochstimmung versetzte.

An diesem Tag blieben wir bis zur Dämmerung, dann brachte ich Emily wieder zum hinteren Tor. Mit angespanntem Gesichtsausdruck betrachtete sie das herrschaftliche Anwesen, das ihrer Familie gehörte.

„Ich würde am liebsten einfach mit dir fortlaufen", murmelte sie und schenkte mir ein trauriges Lächeln.

Wie so oft fehlten mir die Worte.

Sie berührte mich am Arm. „James, ich danke dir für diesen wunderbaren Tag, und ich danke dir für die Bücher.“

„Du hast sie schon gelesen?“

„Ja, manche sogar schon zweimal. Es ist ...“ Sie schaute hoch in die Baumwipfel, die sich sacht in einer Brise bewegten. „Es ist, als würdest du mich mit in dein Leben nehmen. Ich kann davon träumen, so frei wie du zu sein.“ Unsere Blicke begegneten sich. „Ich weiß nicht, wann wir uns das nächste Mal sehen können. Darf ich dir heimlich schreiben und wirst du mir antworten?“

Ich nickte zustimmend, sprechen konnte ich gerade nicht, denn mir wurde der Hals eng, als mir klar wurde, dass ich sie vielleicht Wochen nicht würde sehen können.

„Philip kennst du ja bereits“, sagte sie schelmisch. „Er ist der Sohn unseres Kutschers. Und die Familie Morris ist wirklich sehr vertrauensvoll. Philips Vater kenne ich schon seit meinen Kindertagen. Ich werde versuchen, dir durch ihn meine Briefe zu überbringen, ja?“

Mich erfasste ein ungutes Gefühl. Waren die Morris' wirklich loyal zu Emily? Oder zu den Sullivans?

„Wäre es nicht sicherer, es über den Pavillon zu machen? Ich möchte nicht, dass du Schwierigkeiten bekommst.“

„Das geht nicht mehr. Mutter besteht mittlerweile darauf, sich im Pavillon zu mir zu gesellen. Sie traut mir nicht.“

„Oh ... dann also Philip.“

„Ich muss jetzt gehen“, sagte sie leise.

„Sei bitte vorsichtig.“

„Das werde ich sein.“

Emily setzte sich ihre Kapuze auf und verbarg das lange Haar darunter. Sie riss sich von mir los, schlüpfte durch das Tor und verschmolz mit der Dämmerung.

Lilly, die neben mir stand, wieherte leise, als wolle auch sie nicht, dass Emily fortging.

10

Über ein Jahr blieb Emily für mich unerreichbar. Durch den Kutscherjungen tauschten wir heimlich Briefe aus, aber manchmal fraß mich die Sehnsucht regelrecht auf. Ich sprach nicht darüber, verfluchte nur innerlich immer wieder Emilys Eltern, die anscheinend darauf erpicht waren, sie möglichst gut in die Gesellschaft einzuführen, um sie an einen reichen Adligen zu verschachern. In ihren Briefen klang das an und es wühlte immer mehr Wut in mir auf.

Ich saß an meinem Schreibtisch, starrte auf Emilys Worte und fragte mich, ob sie nach all den Bällen und gesellschaftlichen Einladungen immer noch dieselbe würde sein können. Ich spürte, dass sich ihre Nachrichten veränderten. Ihre Briefe wurden düsterer und spiegelten Traurigkeit wider.

Meine Eltern rieten mir, sie loszulassen. Versuch, sie zu vergessen, sagten sie zu mir.

Aber ich konnte nicht.

Mein Hund spürte, wie aufgewühlt ich war und drückte sich gegen mein Knie. Ich streichelte ihn ausgiebig und beugte mich zu ihm, um ihm einen Kuss zu geben. Er erwischte mein Gesicht mit der Zunge, was mich auflachen ließ.

„Weißt du was, Less? Morgen Abend wird Emily auf einen offenen Empfang gehen. Und ich werde dort sein!"

Mein Herz begann zu rasen und ich stand abrupt auf. Less bellte aufgeregt. Ich legte Emilys Brief auf den Tisch und rannte die Treppen mit dem Hund hinunter. Mein Vater brütete in seinem Büro über geschäftlichen Unterlagen, als ich um ein Gespräch bat. Er sah zu mir auf und nickte mir zu, um mir zu sagen, dass ich stören durfte. Less legte sich in die Nähe des Kamins.

„Vater, ich möchte morgen Abend zu dem Empfang in Kendal gehen."

Verdutzt schaute er auf. „Was denn für ein Empfang?"

„Es ist eine offene Veranstaltung, von den Ridgebacks ausgerichtet."

„Um Himmels Willen, bei den Ridgebacks?" Er schnaufte auf. „Das ist ein Heiratsmarkt!"

„Emily wird da sein", gab ich leise zu.

„Ach, James."

Ich näherte mich seinem Schreibtisch und klammerte mich an das Dekor der abgerundeten Holzkante. „Vater, ich muss versuchen, mit ihren Eltern zu sprechen!"

Er schüttelte bedauernd den Kopf. „Sie werden dich nicht anhören."

„Vielleicht doch. Wissen sie überhaupt, dass ich Großvaters Titel trage?"

„Das weiß ich nicht."

Ich straffte mich und tat einen tiefen Atemzug. „Dann werde ich es ihnen sagen!"

Mein Vater sah mich skeptisch an. „Um was zu tun?"

„Ich möchte offiziell um Emily werben."

„Ihr seid noch viel zu jung", widersprach er nun in eindringlichem Ton.

„Aha, und deshalb schleppen ihre Eltern sie zu wirklich jedem *Heiratsmarkt,* wie du so schön sagst?"

Erneut schnaufte mein Vater auf und lehnte sich in seinem Ledersessel zurück. „James, das wird mittlerweile zu einer Besessenheit."

Ich starrte ihn wütend an. „Nein, ich liebe sie!"

„Das sind große Worte, Junge."

„Und ich weiß, was sie bedeuten."

„Ihr habt euch doch nur ein paarmal heimlich gesehen und Briefe ausgetauscht."

Am liebsten hätte ich ihm gesagt, dass er meine Mutter vor Johns Tod auch nicht oft gesehen hatte und er trotzdem in sie verliebt war, doch ich schwieg. Es wäre taktlos und ich wusste, dass er nicht gern darüber redete.

Ich hielt seinem Blick stand.

„Dir ist das wirklich ernst, hm?"

„Ja", antwortete ich mit fester Stimme.

„Du hast nicht einmal was Passendes zum Anziehen."

Mir huschte ein Lächeln übers Gesicht. „Ich könnte mir etwas von dir leihen, wenn du erlaubst, wir haben mittlerweile die gleiche Größe."

Ihm entschlüpfte ein Lachen. „Du hast an alles gedacht."

„Habe ich. Doch Vater, ich möchte, dass du mich begleitest."

Er raufte sich das Haar und stöhnte ergeben auf. „Ich hasse solche Empfänge", murrte er. „Aber ... ich werde dich nicht allein in die Löwengrube gehen lassen."

Mit klopfendem Herzen stand ich am nächsten Tag mit meinem Vater vor dem beleuchteten Gebäude, betrachtete die aufgetakelten Menschen, die durch das große Eingangsfoyer eintraten.

Ich biss nervös auf meiner Unterlippe herum. Dies war mein erster Empfang und ich wusste schon jetzt, dass dies nicht meine Welt werden würde.

„Willst du dich immer noch unter dieses versnobte Volk mischen?", murmelte mein Vater. „Wir können auch einfach wieder nach Hause fahren."

Ich dachte an Emily. „Nein, wir gehen hinein."

„Eines muss man dir lassen, James. Du bist ausgesprochen zielstrebig."

Ich warf ihm einen Blick zu.

„Und du siehst heute Abend wirklich gut aus. Die Mädchen werden dich umschwärmen wie Bienen ihre Blumen."

„Ich möchte nur Emily."

Mein Vater seufzte. „Ja, das hast du mir sehr deutlich klar gemacht." Er lachte verhalten. „Mein Gott, du bist so verbissen."

Ich grinste ihn schief an, zupfte meinen Rüschenkragen zurecht und fasste meinen Vater am Arm, um ihn in Richtung Haus zu ziehen. „Komm, sie schauen schon zu uns und denken, wir trauen uns nicht hinein."

„Nun, ich würde auch am liebsten draußen warten", murrte er, was mich nun meinerseits zum Lachen brachte.

Was diese Leute von mir dachten, war mir egal. Hoch erhobenen Hauptes trat ich mit meinem Vater in das herrschaftliche Haus und meldete mich zum Empfang an.

Das, was mich dann erwartete, überforderte mich. Noch nie zuvor hatte ich solchen Prunk gesehen. Die riesige Halle der Ridgebacks war mit Kronleuchtern erhellt. Schimmernde Seidentapeten schmückten die Wände, die überall goldene Verzierungen besaßen. Jede Dekoration wirkte unglaublich kostbar, selbst das Parkett glänzte so sehr, dass sich die Lichter darin spiegelten. Im hinteren Bereich spielte ein kleines Orchester.

Als ich eintrat, begann man zu tuscheln, sehr wahrscheinlich, weil man mich das erste Mal auf so einem Ball sah. Die Mädchen auf dem Empfang waren teilweise in so pompöse Kleider gehüllt, das es mich regelrecht abschreckte. Ich fühlte mich begutachtet, als wäre ich ein zu verkaufendes Pferd auf einem Markt. Der Gedanke ließ mich schmunzeln, denn Emily hatte etwas in der Art einmal geschrieben und sie hatte völlig recht.

Suchend schaute ich mich um, mein Blick schweifte über all die Menschen, um die eine Person zu finden, zu der es mich so sehr hinzog.

Mein Vater beugte sich zu mir. „Es sind heute Abend wirklich außergewöhnliche Schönheiten hier, alle ziemlich heiratswillig, wie mir scheint“, raunte er.

„Hmm“, antwortete ich nur, denn die anderen Mädchen interessierten mich nicht.

Er schien zu begreifen, dass ich mich von meinem Vorhaben nicht würde abbringen lassen würde. „Da vorne, James.“

Mein Kopf ruckte herum. Dann sah ich sie.

Emily stand auf der linken Seite nahe der Wand, als wolle sie zumindest hinter sich eine gewisse Sicherheit haben, denn sie wurde von mehreren jungen Männern umringt. Ihre Mutter stand in der Nähe, hatte sie im Blick und achtete darauf, dass ihr niemand zu nah kam.

„Sie ist wirklich eines der schönsten Mädchen hier, ich hätte sie fast nicht erkannt, sie ist so erwachsen geworden“, flüsterte mein Vater mir zu. „Aber da Angelina sie nicht aus den Augen lässt, habe ich mir gedacht, es kann nur sie sein.“

Emily trug ein dunkelgrünes Seidenkleid, das ab der Taille in einem weiten Rock auslief. Ihr Gewand war mit silbernen Stickereien versehen und am Dekolleté mit feinen Rüschen abgesetzt. Ihr schwarzes Haar war hoch aufgesteckt und mit Perlen verziert.

„Was wirst du jetzt tun?“, wisperte Vater.

Ich straffte mich. „Mich dazustellen, damit sie mich sieht.“

„Hoffen wir, dass Angelina dich nicht sofort erkennt“, grummelte Vater.

Ich schenkte ihm ein unwiderstehliches Lächeln. „Vielleicht lenkst du sie ein bisschen ab?“

Er schnaufte auf. „Ich hatte mir schon gedacht, dass mir diese Rolle zufallen würde.“

Ohne zu zögern ging ich auf den Pulk zu, der Emily umgab, während mein Vater ihre Mutter begrüßte und ablenkte. Ich konnte meinen Blick nicht von ihr abwenden. Sie unterhielt sich gerade mit einem jungen Gecken und Eifersucht quoll in mir hervor. Doch sie setzte zu meiner Erleichterung nur ein falsches Lächeln auf – ich erkannte sofort, dass es gespielt war. Also stellte ich mich ungeniert dazu und erntete als Erstes einen Blick von Emily, der ausdrückte, wie ermüdet sie von noch einem Bewerber war. Sie brauchte einen Moment, um mich in meinem eleganten Aufzug hier an diesem Ort zu erkennen. Ihre Augen weiteten sich, sie unterbrach ihr Gespräch und starrte mich an. Plötzlich nahm ihr Gesicht einen völlig anderen Ausdruck an. Ich hatte das Gefühl, sie strahlte auf einmal.

Sie sah zu ihrer Mutter, die kurz abgelenkt war, und ging zwei Schritte auf mich zu. Unauffällig zupfte sie mich am Ärmel und schenkte mir ein Lächeln. Wir stahlen uns davon und ließen die anderen verdutzt zurück.

Emily ging zielstrebig voran, offenbar kannte sie sich aus. Ich folgte ihr ohne zu fragen.

Wir verbargen uns hinter einigen älteren Gästen, die eng beisammen standen und uns nicht beachteten. Emily lugte zu ihrer Mutter, die sich nun suchend umschaute.

„Rasch, komm mit!", raunte sie und öffnete eine Tür direkt vor uns.

Wir schlüpften hindurch und befanden uns nun auf einer weitläufigen Terrasse, die nicht einmal beleuchtet war. Emily presste sich an die Hauswand und kicherte. Ich warf einen vorsichtigen Blick durch die gläsernen Einlassungen, ihre Mutter stand noch bei meinem Vater, wirkte aber hochnervös.

„Du bist hier", flüsterte sie und als ich ihrem Blick begegnete war jedes Lachen verblasst. „Du bist wirklich hier ... und du siehst ..." Sie blinzelte. „... wie ein Adliger aus."

„Ich *bin* ein Adliger, auch wenn du mich die meiste Zeit in einfacher Kleidung gesehen hast", sagte ich in schelmischem Tonfall.

„Warum bist du hier? Will dein Vater, dass du dir ein Mädchen aussuchst?“

„Ich bin nur wegen dir hier.“

Völlig unerwartet stieß sie sich von der Wand ab und schlang die Arme um mich. „Oh, James ...“

Ich umarmte sie und schloss die Augen. Sie duftete nach Rosen und ich liebte das Gefühl, sie so nah bei mir zu wissen.

„Es ist so schrecklich hier.“ Emily sah zu mir auf. „Diese Gecken führen sich wie liebestolle Hunde auf.“

„Ja, das ist mir aufgefallen. Du siehst aber auch wunderschön aus.“

Sie schüttelte den Kopf. „Ich sehe aus wie eine ausstaffierte Porzellanpuppe.“ Unwillig zupfte sie an ihrem Gewand. „Ist es wirklich über ein Jahr her, dass wir uns gesehen haben?“

Ihr sehnsuchtsvoller Blick ließ mich mutig werden und ich strich ihr sachte über die Wange. „Ich fürchte, ja.“

Sie hielt meine Hand fest, um die Berührung nicht zu verlieren. „Vater würde nie akzeptieren, dass seine einzige Tochter nicht nach seinen Regeln spielt und am liebsten würde ich mit dir weglaufen.“ Sie lehnte ihren Kopf an meine Schulter.

„Sag nur ein Wort und ich bringe dich fort von hier.“

Berührt schaute sie mich an. „Das würdest du wirklich tun“, erkannte sie.

„Ich würde nicht zögern, Emily.“

Sie seufzte tief auf. „Aber wo sollten wir hin?“

Ich hatte noch keine Antwort auf ihre Frage, denn bei uns würde sie den Bediensteten rasch auffallen. Es könnte sich herumsprechen. „Ich muss darüber nachdenken."

Kühle Abendluft umwehte uns, am gedämpften Licht sah ich, dass der Mond aufgegangen war, denn sein Schein ließ ihre Augen aufleuchten. Um uns zirpten Grillen, die Musik des Orchesters drang leise zu uns durch.

Emily hielt meinen Blick gefangen. Plötzlich umfing sie mit ihren Händen mein Gesicht und küsste mich. Und ich wagte nicht, mich zu bewegen. Ihre Lippen berührten das erste Mal die meinen. Noch nie zuvor hatte ich mich so betört gefühlt.

Als sie sich von mir löste, mich unsicher anschaute, brach in mir jede Zurückhaltung. Ich umfasste ihre Taille und zog sie zurück auf meine Lippen. Sie schlang ihre Arme um meinen Hals und erwiderte den Kuss, was mich für den Moment vergessen ließ, wo wir uns eigentlich befanden.

Emily wich etwas zurück, sah mich mit geöffnetem Mund an. Ihr Atem kam viel rascher, so wie meiner.

„Das dürfen wir nicht", flüsterte sie.

Ich nickte nur benommen, rührte mich nicht. Emily schaute wie ich zuvor durch die kleinen Fenster in der Terrassentür. Dann war sie mit einem Schritt bei mir, schob mich in die dunkelste Ecke und presste erneut ihren Mund auf meinen. Ich keuchte überrascht auf, doch ich musste dies beenden.

Wenn man uns erwischen würde!

Ich fasste sie an beide Arme, hielt sie etwas auf Abstand. „Emily ..."

„Ich weiß." Sie senkte den Kopf und krallte ihre Hand in meinen Ärmel. „Aber ... ich möchte nur dich. Keinen von diesen Lackaffen."

Ich strich ihr mit den Fingerspitzen sachte über die Lippen. „Ich bin hier, weil ich offiziell um dich werben möchte. Ich weiß, dass wir noch zu jung sind, aber ... das ist mir egal."

Überrascht blinzelte sie. „Ich weiß nicht, ob meine Eltern das zulassen, James. Ihre Vorstellungen von meiner Zukunft sind hoch und beinhalten jemanden vom Adel mit sehr viel Geld. So viel habe ich mittlerweile begriffen."

„Ich werde es dennoch versuchen. Aber wir müssen wieder hinein. Man hat sicher gesehen, wie wir nach draußen verschwunden sind."

Emily knabberte auf ihrer Unterlippe, zog die Augenbrauen zusammen, als wäre ihr die Vorstellung, sich dem wieder auszusetzen, absolut zuwider. Dennoch nickte sie zustimmend. „Wir können nicht zusammen durch die Terrassentür gehen."

„Geh du einfach wieder hinein und sag, dass dir ein wenig übel gewesen ist und du frische Luft brauchtest. Ich nehme einfach noch einmal den Vordereingang."

„Ja, gut."

Es fiel uns beiden schwer, sich zu lösen. Emily schluckte schwer. Sie streckte die Rechte aus, nahm noch einmal meine Hand. „Bitte hör nicht auf, mir zu schreiben. Was auch immer geschehen wird."

„Ich verspreche es dir, Emily."

Sie atmete durch, straffte sich und huschte zurück in den Ballsaal. Ich riss mich los und sprang über die niedrige Terrassenmauer, um zurück zum Eingang zu gehen.

Mein erneutes Eintreffen schien niemanden zu verwundern, deshalb ging ich zurück in den Saal und suchte nach meinem Vater. Er stand mit einem Glas Brandy etwas abseits. Emily stand bei ihrer Mutter und wirkte sehr eingeschüchtert, denn Angelina redete auf sie ein. Ich wusste nicht recht, was ich tun sollte. In mir hallten noch unsere Küsse nach und mir fiel es schwer, den Blick abzuwenden. Ich gesellte mich zu meinem Vater. Der schien mit einem Blick zu erkennen, was in mir vorging und reichte mir seinen Brandy.

„Du siehst aus, als ob du es nötiger hast als ich."

„Ich darf ...?"

„Du bist auf einem verdammten Ball und willst um ein Mädchen werben. Da kannst du auch ein Glas Brandy trinken."

Ich nickte zustimmend und trank einen viel zu großen Schluck, was ich sofort bereute, denn ich musste husten und meine Kehle brannte wie Feuer.

Mein Vater schmunzelte und klopfte mir aufmunternd auf den Rücken. „Man gewöhnt sich dran."

Ich schaute das Glas wie einen Feind an und runzelte die Stirn. War es wirklich erstrebenswert, sich *daran* zu gewöhnen? Angenehm fühlte sich die Wärme an, die meinen Magen nun füllte. Dennoch gab ich meinem Vater den Brandy zurück.

Mein Gemüt beruhigte sich langsam.

Mir fiel Emilys Vater auf, der angestrengt zu uns herübersah. Nervosität packte mich. Würde ich wagen, ihn wegen Emily zu fragen? Er kam näher, starrte mich regelrecht an, was mir wirklich unangenehm war. Hatte Emily offenbart, dass ...?

Mit geweiteten Augen blieb er vor mir stehen. „Mein Gott, für einen Moment dachte ich, dass ich einen Geist sehe!", platzte er heraus.

„Ich verstehe nicht", erwiderte ich leise.

„Du kannst nur James sein."

Ich nickte.

Er wandte sich von mir ab und sah meinen Vater an, der den Brandy in einem Zug leerte, als ahne er, was kommen würde.

„Wie könnt Ihr jeden Tag mit diesem Jungen leben, Lester? Er ist John wie aus dem Gesicht geschnitten. Ich habe schon gedacht, er wäre von den Toten erwacht und würde uns heimsuchen."

Mir blieb wirklich der Mund offen stehen.

„Gerard!", sagte mein Vater entrüstet, ihm fehlten die Worte.

Wut wallte in mir auf. Seine unförmliche Anrede war schon eine Beleidigung an sich, denn ich war kein kleiner Junge mehr. Aber diese Aussage ... Da er mir den Rücken zugewandt hatte, ging ich um ihn herum, um ihm in die Augen sehen zu können.

„Ich mag John McKay ähnlich sehen, aber dennoch bin ich eine eigenständige Person, unabhängig davon, was in der Vergangenheit geschehen ist."

Gerard warf mir einen herablassenden Blick zu und antwortete mir nicht einmal.

Mein Vater zeigte an, dass Gerad und ich ihm folgen sollten. Wir standen nun in einer verschwiegenen

Ecke, in der ich trotzdem noch den Saal überblicken konnte.

„Gerard, diese Vorkommnisse sind jetzt vierzehn Jahre her“, mischte sich mein Vater ein. „Ihr solltet die Erinnerung endlich begraben. James ist fast erwachsen und trägt nun den Titel seines Großvaters. Ihm gehört das McKay Anwesen und er ist bei meinen Geschäften eine große Hilfe. Er hat es nicht verdient, so respektlos behandelt zu werden.“

Ich warf meinem Vater einen vorsichtigen Blick zu. Wollte er mir bei meinem Vorhaben wegen Emily helfen?

„Soll es mich beeindrucken, dass er eine Ruine besitzt?“, fragte Gerard mit hochgezogener Augenbraue.

„Vielleicht sollte es das, denn ich werde ihm in ein paar Jahren auch mein Haus und das Gestüt überschreiben. James gehört nicht zum *verarmten* Landadel, im Gegenteil.“

Ich starrte meinen Vater verblüfft an, denn mir war nicht bewusst gewesen, dass er die Absicht hatte, sich zur Ruhe zu setzen.

„Dann frage ich mich, warum ich Eure Familie nie auf gesellschaftlichen Anlässen sehe und Ihr wie ein Landwirt Eure Pferde versorgt, denn genau das ist mir zu Ohren gekommen.“

„Sind wir hier nicht auf einem Ball? Außerdem liebe ich meine Pferde, das wisst Ihr, und manchmal ist körperliche Arbeit sehr wohl von Vorteil.“ Nun grinste mein Vater schalkhaft. „Das würde Euch auch gut tun.“ Er linste zu Gerards Wohlstandsbauch.

Der verengte die Augen, denn er verstand die Anspielung sehr wohl. „Warum zählt Ihr mir die Vorzüge Eures Ziehsohnes auf?"

Mein Vater lachte gekünstelt auf. „Sind wir hier nicht bei den Ridgebacks? Wir wissen doch beide, was das bedeutet."

Erst jetzt begriff ich, dass mein Vater gerade versuchte, ihm eine Verbindung vorzuschlagen. Er bot mich als potenziellen Heiratskandidaten für Emily an!

Gerard wandte sich mir zu und schaute mich prüfend an. Ich konnte ihn nicht anlächeln, sondern erwiderte eher ausdruckslos seinen Blick, weil er mich wie eine Ware begutachtete.

Völlig unerwartet lachte er laut auf und dieser Laut drang mir wie ein Messer ins Herz.

„Lester, Ihr seid wirklich ein schlauer Fuchs. Deshalb seid Ihr plötzlich auf einem Empfang. Ihr strebt eine Verbindung zwischen unseren Kindern an."

„Nun, Kinder sind sie schon lange nicht mehr."

Gerards Ausdruck wurde finster. „Ich sagte es schon einmal. Euer Ziehsohn ist kein Umgang für Emily und ganz sicher ist er kein Kandidat für eine Verehelichung. Wir streben für sie weitaus höhere Ziele an. Und nun entschuldigt mich."

Gerard entfernte sich ohne ein weiteres Wort und ging zu seiner Familie.

Noch nie zuvor hatte ich mich derart gedemütigt gefühlt. Ich war wie erstarrt, konnte ihm nur hinterhersehen. Er musste unser Angebot sofort weitertragen, denn seine Frau und auch einige Umstehende begannen zu kichern, weil er mich wohl der Lächerlichkeit preisgab. Ich sah, wie Emily regelrecht erbleichte und jede Regung aus ihrem Gesicht verschwand.

Ich spürte eine sanfte Berührung am Arm. „James, lass uns gehen."

Antworten konnte ich nicht, denn nun brach ein Disput zwischen Emily und Gerard aus. Ihre Worte konnte ich nicht verstehen, aber ihre Mutter zerrte sie schließlich aus dem Saal. Alle Blicke richteten sich zuerst auf ihr Fortgehen, dann auf mich. Getuschel begann.

„James ..."

Ich musste regelrecht nach Atem ringen. „Nein", zischte ich. „Wir werden bleiben. Ich werde nicht vor ihnen davonlaufen. Sollen sie doch über mich lästern."

Bewegt schaute mich mein Vater an. „Du bist mutiger als ich", murmelte er.

„Dann hol dir noch einen Brandy."

Er räusperte sich und atmete tief durch, kam meinem Vorschlag aber nach.

Ich hingegen konnte meine Wut nur schwer zügeln. Am liebsten wäre ich zu Gerard Sullivan gegangen und hätte ihm mit einem Fausthieb sein hämisches Grinsen ausgetrieben.

Mein Vater kam zurück und reichte mir ebenfalls ein Glas, das ich ergriff. Dieses Mal nippte ich nur an dem Getränk.

Tatsächlich wurden wir nach einer Weile uninteressant. Emily und ihre Eltern mussten gegangen sein, denn ich konnte keinen mehr von ihnen ausmachen. Ich klammerte mich an mein Glas und versuchte, unbeteiligt zu wirken, sah den tanzenden Gästen zu.

„Es tut mir so leid, James", raunte mein Vater.

Mehr als ein zustimmendes Nicken brachte ich nicht zustande.

11

Auf der späteren Heimfahrt sprachen wir in der Kutsche kein Wort miteinander. Ich kämpfte darum, meine Fassung zu wahren und mein Vater verstand, das ich Abstand brauchte.

Zuhause gingen wir gemeinsam zum Eingang, vor dem ich ihn kurz zurückhielt. „Vater, ich danke dir für deine Hilfe. Danke, dass du versuchst hast, zu vermitteln."

Zärtlich strich er mir übers Haar. „Ich wünschte, deine Emily hätte andere Eltern."

„Ich auch …"

Ich sagte meiner Mutter kurz Gute Nacht, wich ihrem fragenden Blick aber aus. Jetzt darüber zu reden, erschien mir unmöglich.

In meinem Zimmer wartete Less bereits auf mich. Er lag am Kamin und wedelte mit dem Schwanz, als ich eintrat. Da er nicht mehr aufs Bett springen konnte, half ich ihm hoch, zerrte mir die elegante Kleidung vom Leib und legte mich zu meinem Hund. Seine Nähe, seine Körperwärme tröstete mich und ich schmiegte mein Gesicht in sein Fell.

Ein Schluchzen brach aus mir hervor, ich konnte es nicht aufhalten. In der Kutsche hatte ich mir solch eine Gefühlsregung verboten, aber sie ließ sich nicht aufhalten. Emily würde einem anderen versprochen werden und ich würde nichts dagegen tun können.

Niemand behelligte mich, wofür ich ausgesprochen dankbar war. Nur Less kroch näher und legte sich in meinen Arm. Früher hätte ich ihm erzählt, was geschehen war, aber meine Kehle fühlte sich wie zugeschnürt an, also lag ich mit ihm schlaflos im Mondschein, streichelte ihn und lauschte seinen Atemzügen – bis diese plötzlich verebbten.

„Less?"

Erschrocken fuhr ich auf. „Less!"

Panik stürzte auf mich ein. Ich legte den Hund vorsichtig aus meinem Arm und zündete mit zitternden Händen die Öllampe am Bett an. Warmes Licht erhellte mein Zimmer.

Less atmete nicht mehr. Ich rüttelte ihn sachte. „Less, komm schon!"

Doch er rührte sich nicht mehr.

„Bitte nicht", wisperte ich. „Noch nicht. Wach auf!"

Ich konnte es nicht fassen, zog seinen noch warmen, erschlafften Körper in meine Arme, hielt ihn einfach nur fest. Er war siebzehn Jahre mein treuster Freund gewesen und in diesem Augenblick fühlte ich mich wie ein kleiner Junge. Ich weinte so sehr, dass jemand darauf aufmerksam wurde. Es klopfte und meine Mutter wagte, die Tür zu öffnen.

„James?", fragte sie leise.

Sie brauchte einen Moment, um zu begreifen, was geschehen war. Ich sah, wie sie taumelte, sich am Türrahmen festhielt. „Lester!", rief sie mit heiserer Stimme. Mein Vater musste in der Nähe gewesen sein, denn er kam sofort an ihre Seite.

„Less ist gestorben", sagte sie mit einem Schluchzen.

Am nächsten Morgen begruben wir Less auf dem kleinen Friedhof, den mein Vater extra für seine Hunde auf seinem Land eingerichtet hatte, da die Tiere für ihn schon immer zur Familie gehört hatten. Meine Mutter und meine Schwester weinten, während mein Vater und ich wie versteinert vor dem kleinen Erdhügel standen. Für meine Eltern war Less die letzte Verbindung zu meinem leiblichen Vater, da sie keinen Bezug zu Lilly fanden. Ich spürte, wie sehr vor allem meine Mutter litt, denn sie hatte den Hund ins Herz geschlossen.

Ich fühlte mich leergeweint, wollte auch vor meiner Familie nicht die Fassung verlieren, also riss ich mich, wie mein Vater, zusammen. Im Innersten blutete mir das Herz und ich fühlte nur den kalten Wind, der über der kleinen Ebene wehte. Feiner Nieselregen begann. Elizabeth legte mit einem Schluchzen einen Strauß Blumen auf das Grab und wandte sich dann mit meiner Mutter ab, um zurück ins Haus zu gehen.

Mein Vater und ich blieben noch.

„Wie ist er gestorben, James?", fragte er leise.

Ich schluckte schwer. „In meinen Armen, während … ich ihn gestreichelt habe."

„Dann hatte Less den besten Tod, den sich ein Hund wünschen kann." Er legte einen Arm um meine Schultern. „Wie geht es dir?"

Das erste Mal entzog ich mich ihm, denn in diesem Augenblick konnte ich keine Nähe zulassen. „Ich weiß es nicht", flüsterte ich nur und wandte mich ab.

Ich brauchte Zeit, um nachzudenken, um über den gestrigen Abend hinwegzukommen. Less war fort und Emily für mich verloren. Der feine Regen störte mich nicht, deshalb lief ich über die Felder, durchquerte das

Wäldchen und kam beim McKay-Anwesen heraus. Unbewusst hatte ich den Weg zur Ruhestätte meines Vaters genommen. Moos überwucherte den Grabstein und alles wirkte still, nicht einmal Vogelgesang hörte ich. Sachte berührte ich den kalten Stein.

„Ich hoffe, dass Less den Weg zu dir gefunden hat", raunte ich. „Vielleicht hast du mit Jake sogar schon auf ihn gewartet?"

Diese Vorstellung erfüllte mich mit ein wenig Frieden. Im Augenwinkel sah ich eine Bewegung und schaute mich um. Es war Emilys Schaukel, die sich im Wind bewegte. Ich ging dorthin, setzte mich betrübt auf den Holzsitz.

Rasche Schritte ließen mich aufmerksam werden. Ich wandte mich um und traute meinen Augen kaum. Emily rannte mit gerafften Röcken auf mich zu.

„James!"

Ich hastete auf, kam ihr entgegen. Wir umklammerten uns wie Ertrinkende und ich fürchtete schon, sie wäre eine Einbildung. Aber Emily war wirklich hier!

„Oh, James, es tut mir so leid, wegen Less. Deine Mutter hat es mir erzählt. Sie wusste nicht, wohin du gegangen bist, aber ich hatte das Gefühl, dass du hier bist."

Ich hielt sie an beiden Armen und schob sie so weit von mir, dass ich sie ansehen konnte. „Emily, wie kannst du hier sein?"

„Ich habe nicht viel Zeit, denn ich stahl mich davon. Ich flehte unseren Kutscher an, mich zu dir zu bringen. Weil Vater vorhin heimkam, war noch alles aufgezäumt und Mr Morris ist das Risiko eingegangen und erfüllte mir den Wunsch. Wenn meine Eltern es herausfinden, lassen sie mich wahrscheinlich nie mehr das Haus verlassen, aber ich musste kommen! James, es tut mir so leid, was mein Vater zu dir gesagt hat. Ich habe versucht, mit ihm darüber zu reden, ohne zu offenbaren, wie tief unsere Verbindung ist, doch er lachte mich aus. Ich glaube, sie haben sich längst für einen Mann entschieden und wollen es mir noch nicht sagen, weil ich zu jung bin."

„Sie haben dich jemandem versprochen?"

„Ich weiß es nicht mit Sicherheit, aber Mutter machte gewisse Andeutungen."

Sie schmiegte sich wieder an mich und ich hielt sie fest umschlungen.

„Dann geh nicht mehr zurück, Emily. Bleib einfach bei uns."

„Mein Vater würde das niemals zulassen, er würde einen Krieg gegen euch anzetteln."

„Dann verheimlichen wir dein Hiersein."

Sie löste sich, um mir in die Augen zu blicken. „Du meinst, ich verberge mich bei euch, so lange, bis wir alt genug sind, um zu heiraten?"

Ich nickte und Aufregung überspülte mich. Wäre das möglich? Würden meine Eltern dieses waghalsige Vorhaben erlauben?

Emilys Gesicht hellte sich für einen Moment auf, dann verzog sie das Gesicht. „Das kann ich dem Kutscher nicht antun. Die Morris' haben neben dem Stall für die Kutschpferde ein kleines Haus für sich. Findet Vater heraus, dass er mir geholfen hat, setzt er die Familie vor die Tür und zerrt Mr Morris vor Gericht. Das kann ich nicht zulassen. Zwei ihrer Kinder sind noch so klein."

Jegliche Zuversicht meinerseits schwand.

Emily jedoch schien angestrengt nachzudenken. „Ich werde nach Hause fahren und Vater sagen, dass ich Mr Morris um eine Spazierfahrt gebeten habe. Ihm wurde nicht verboten, mich herumzufahren. Es mag sein, dass ich Ärger bekomme, aber das ist nicht schlimm. In der Nacht werde ich fliehen und zu dir kommen.“

„Ich lasse dich nicht mitten in der Nacht allein durch Wald und Feld laufen. Ich werde kommen, wenn der Mond am höchsten steht und dich am hinteren Tor abholen.“

„Aber wir müssen aufeinander warten, denn ich weiß nicht, wann ich mich davonstehlen kann.“

Um ihr meine Zustimmung zu geben, küsste ich sie und in diesem Kuss lag all unsere Hoffnung, zusammen sein zu können.

„Ich muss jetzt wieder fort, James. Bis heute Nacht!“

„Lass mich dich zurück zu unserem Haus begleiten.“

„Nein, es ist besser, wir werden nicht zusammen gesehen. Ich kenne den Weg.“

Ich akzeptierte ihren Wunsch und sah ihr mit Sorge nach. Ich musste mit meinen Eltern sprechen!

Jemand tippte mir plötzlich auf die Schulter und ich fuhr erschrocken herum. Elissa stand vor mir.

„Das ist also Emily“, sagte sie mit einem verschmitzten Lächeln. „Es sah ein bisschen so aus, als würdet ihr etwas aushecken.“

„Das kann man sagen.“

„Ich war auf dem Weg zu euch. Nicht, dass du denkst, ich wollte euch nur beobachten.“

„Du bist spät. Maggie wird dich wieder ausschimpfen.“

Sie warf lachend ihr dunkles Haar zurück. „Dieses Mal nicht, sie weiß Bescheid. Ich musste Noirin bei der Zubereitung einiger Arzneien helfen. Dafür bringe ich Maggie Honig mit, den Brian auf dem Markt getauscht hat." Sie hob den Beutel an, den sie mit sich trug.

Mir huschte ein Lächeln übers Gesicht, denn das bedeutete, dass es Honigkuchen geben würde.

„Etwas stimmt nicht", erkannte Elissa. „Hast du geweint? Was ist gestern auf dem Ball geschehen?"

Ich wollte mit ihr nicht über den verdammten Empfang reden, deshalb sagte ich nur leise: „Less ist gestorben."

Betroffen senkte sie den Blick. „Dann ist er jetzt vielleicht bei unseren Vätern", wisperte sie.

„Den Gedanken hatte ich auch, als ich vorhin an Johns Grab stand."

„Du nennst ihn beim Vornamen?"

„Lester ist mein Vater."

Sie nickte und Traurigkeit überschattete ihre Züge. „Sei froh darum. Ich hatte nur Jake und das mussten wir immer verheimlichen und jetzt habe ich gar keinen Vater, nur Onkel Brian, der mich herumkommandiert."

„Na, komm, gehen wir nach Hause." Ich bot ihr meinen Arm an und sie hakte sich vertraulich bei mir ein.

„Hoffentlich wird Emily nicht eifersüchtig, falls sie uns mal zusammen sieht."

Ich runzelte die Stirn. „Du bist meine Freundin, sicher wird sie das verstehen."

Elissa lachte mit heller Stimme. „Oh James, über Frauen musst du noch viel lernen. Sie wird mir die Augen auskratzen wollen."

„Mit Augen mag ich dich lieber“, erwiderte ich schelmisch.

Spielerisch boxte sie mir gegen die Schulter. „Wenigstens hast du jetzt deinen Humor wieder.“

Zuhause huschte Elissa in die Küche zu Maggie. Ich wappnete mich für das Gespräch mit meinen Eltern.

Als ich ihnen in unserem kleinen Salon Emilys und mein Vorhaben verkündete, starrten mich meine Eltern fassungslos an. Ich knabberte verlegen auf meiner Unterlippe.

Sie tauschten einen Blick aus, schienen sich ohne Worte zu verständigen.

„James“, begann mein Vater. „Das ist Irrsinn. Wir können das nicht erlauben. Die Sullivans sind nicht dumm, sie würden herausfinden, wo sich Emily aufhält. Wir würden eine Familienfehde heraufbeschwören.“

„Deshalb müssen wir Emily vor allen verbergen, bis wir alt genug sind, um zu heiraten.“

„Du willst Emily fünf Jahre hier im Haus, womöglich in einem Zimmer, einsperren? Das kannst du nicht von ihr verlangen!“

„Aber ... warum denn fünf Jahre, ich dachte ...?“

„Weil der *Clandestine Marriages Act* eine Ehe unter einundzwanzig Jahren nur mit Zustimmung der Eltern erlaubt. Das ist Gesetz, James!“

Geschockt starrte ich ihn an. Das war mir nicht bewusst gewesen. „Ihre Eltern hingegen dürfen sie zwingen, in naher Zukunft einen anderen zu heiraten?“

„Ich fürchte, ja.“

„Gibt es denn keine Möglichkeit für uns, eher zu heiraten?“

„Ihr müsstet das Land verlassen“, mischte sich meine Mutter ein. „Dann wirkt das Gesetz nicht.“

„Aber ob sie dann hier wirklich eine gültige Heiratslizenz haben werden?“

Mein Vater wandte sich mir zu. „James, das alles ist Wahnsinn. Selbst wenn ihr heimlich in Schottland heiratet, würdest du dir mit den Sullivans einen Feind machen, dem wir nicht gewachsen sind. Ihr würdet nie in Frieden leben können.“

„Es sei denn, wir kommen nie wieder zurück“, wisperte ich.

Meine Mutter schaute mich angstvoll an. Sie hastete auf, fasste mich an beide Arme. „James, bitte, tu uns das nicht an.“

Betroffen senkte ich den Kopf. „Ich muss darüber nachdenken und mit Emily sprechen.“

Sie suchte meinen Blick. „Wie willst du mit ihr sprechen?“

„Wir haben geplant, uns heute Nacht zu treffen“, gab ich leise zu.

Mein Vater erhob die Stimme, was sehr selten vorkam. „Junge, du reitest dich in Teufels Küche. Mach nicht den gleichen Fehler wie dein Vater!“

Ich begegnete seinem Blick. „*Du* bist mein Vater!“

„Du weißt, wie ich es meine“, sagte er mit rauer Stimme.

Ich konnte nur nicken.

„James, wir ...“

„Nein, bitte, Vater, ich ... ich möchte jetzt allein sein.“

Ich unterbrach die Diskussion und lief auf mein Zimmer, stellte mich ans Fenster und starrte auf unsere Ländereien.

Was sollte ich bloß tun?

Trotz aller Warnungen sattelte ich in der Nacht mein Pferd und ritt zum Anwesen der Sullivans. Meine Eltern ließen mich ziehen, blieben in ihrem Schlafgemach. Ich hatte sie noch leise reden gehört. Aber wahrscheinlich wussten sie nicht, wie sie mich aufhalten sollten.

Am hinteren Tor band ich Lilly an einen Baum, setzte mich wie das letzte Mal an den Stamm der Eiche und wartete.

Nach einiger Zeit begann es zu regnen, immer stärker, und ich suchte Schutz unter den Baumkronen. Das Anwesen blieb dunkel, auch in Emilys Zimmer brannte kein Licht. Sicher wollte sie nicht auffallen und vermied es, eine Lampe zu entzünden.

Die Zeit verging, ich fror in dem Regenguss und verwünschte den plötzlichen Wetterumschwung, doch ich blieb, wo ich war und wartete.

Als die Dämmerung hereinbrach, zweifelte ich das erste Mal. Emily hätte längst bei mir sein müssen!

Der Himmel blieb zwar düster, dennoch graute kurze Zeit später der Morgen. Immer noch verharrte ich völlig durchnässt und starrte auf Sullivan Manor.

Irgendetwas stimmte nicht. Um diese Uhrzeit müsste auf dem Anwesen das Leben erwachen, die Bediensteten würden ihre Arbeit aufnehmen, in der Küche müsste gearbeitet werden. Stattdessen blieb alles totenstill, kein Licht brannte.

Dies änderte sich auch in der nächsten Stunde nicht.

Ich wusste, ich sollte nach Hause reiten, aber mich hatte starke Unruhe gepackt. Mein Herz raste vor Sorge und ich zitterte vor Kälte oder vielleicht auch vor Aufregung, denn mir wurde eines klar.

Die Sullivans waren fort.

Emily war fort.

Ich streichelte über Lillys Hals, küsste sie auf die Nüstern. „Ich bin gleich zurück", raunte ich ihr zu.

Wie ein Dieb schlich ich auf das Anwesen, pirschte mich von Strauch zu Strauch, weil ich nicht sicher sein konnte, ob nicht doch jemand vor Ort war. Ich kam in Stallnähe und fand das kleine Haus der Kutscherfamilie. Dort sah ich Licht im Fenster. Konnte ich wagen, sie anzusprechen?

Ich blieb wie gelähmt stehen, wägte mein Vorhaben genau ab, dann straffte ich mich und klopfte verhalten an die Holztür des kleinen Hauses.

Im Inneren weinte ein Kleinkind und ich hörte rumpelnde Geräusche. Mr Morris öffnete mir und schaute mich überrascht an. „Sir James", sagte er leise.

„Es ... es tut mir leid, dass ich störe, ich ..."

„Kommt herein. Es ist sonst niemand mehr hier, nur meine Familie."

Meine Befürchtungen bestätigten sich und ich senkte den Blick. „Ich kann nicht, mein Pferd ..."

„Dann holt es her. Sicher ist es ebenso durchnässt wie Ihr."

„Ich möchte nur wissen, ob ..."

„Sir, ich weiß, worum es geht. Aber Ihr holt Euch den Tod. Bringt Euer Pferd in den Stall und kommt einen Moment an unseren Kamin, so lange wir ihn noch haben."

Ein letztes Mal warf ich einen Blick zu Emilys Fenster, dann gab ich nach, holte Lilly und brachte sie in den

Stall. Philip, unser Botenjunge, kümmerte sich um meine Stute und ich war unglaublich erleichtert, dass auch der Stalljunge fort war, mit dem ich damals aneinander geraten war.

Drinnen half man mir aus meiner nassen Jacke und legte eine Decke um meine Schultern. Mrs Morris gab mir eine Schale Suppe und führte mich in die Nähe des Kamins. Widerworte ließ sie nicht gelten.

Ich sah mich um. Ein Kind von etwa fünf Jahren saß in einer Ecke und spielte mit einem Holzpferd, ein anderes, das in dem Alter war, dass es gerade sitzen gelernt hatte, krabbelte umher und weinte. Mrs Morris hob es auf den Arm. Mir fiel auf, dass die Familie offensichtlich ihre Habseligkeiten packte.

Der Kutscher setzte sich zu mir. „Als ich gestern nach Hause fuhr, veränderte sich alles“, begann er. „Ich weiß nicht, ob die Herrschaften ahnten, dass sich die junge Miss Sullivan mit jemandem trifft, aber mir kam es so vor. Denn es brach ein Tumult im Haus los.“

„Ein Tumult?“

„Ja. Sie kündigten unserer Familie und zerrten Miss Sullivan zu einer gemieteten Kutsche. Sie hatte der Kraft ihres Vaters nichts entgegenzusetzen. Die ganze Dienerschaft fuhr nach und nach fort und ich denke, sie sind in einem ihrer Sommerhäuser untergekommen, um ihre Tochter weit fort zu bringen.“

Ich brauchte einen Moment, um diese Nachricht zu verarbeiten. „Wo befinden sich diese Häuser?“

„Sir James, bitte fragt mich das nicht. Ich weiß, wie sehr Euch die junge Miss Sullivan zugetan ist und ich sehe, dass dies auf Gegenseitigkeit beruht. Aber diese Familie geht hart ins Gericht mit jedem, der sich gegen sie stellt. Sie werden ihrer Tochter vorerst keine Möglichkeit geben, zu entkommen, das könnt Ihr mir glauben. Sie sehen eine große Zukunft für sie."

„Mit einem reichen Adligen, der ebenso viele Sommerhäuser besitzt?", erwiderte ich düster.

„Ich weiß zumindest, dass es Kandidaten gibt, die Miss Sullivan in den höheren Adel bringen können." Er legte eine Hand auf meinen Unterarm. „Ich beschwöre Euch, vergesst die junge Lady. Sonst ladet Ihr Unheil auf euch. Und noch mehr Leid hat Eure Familie nicht verdient." Er atmete tief durch. „Wisst Ihr, ich kannte einst Euren leiblichen Vater, nur flüchtig, aber er ist mir in Erinnerung geblieben. Ein Mann, der alle freundlich behandelte, egal welchen Standes er war. Man hat Eurer Familie genug Unrecht angetan, deshalb bitte ich Euch, lasst ab von Miss Emily Sullivan."

Ich nickte, um ihn milde zu stimmen, denn ich hatte nicht vor, mit einem Fremden dieses Problem zu erörtern, deshalb wechselte ich das Thema.

„Was werdet ihr nun tun? Wohin werdet ihr gehen?"

Mr Morris fuhr sich über das Gesicht. „Das wissen wir noch nicht. Mr Sullivan hat gesagt, dass wir fort sein müssen, wenn er zurückkehrt. Da wir nicht wissen, wann das sein wird, gehen wir schnellstmöglich."

„Um auf der Straße zu leben?"

Hilflos zuckte er mit den Schultern.

„Das lasse ich nicht zu! Bitte kommt zu uns. Wir haben ein Nebenhaus, das zurzeit nicht genutzt wird, weil wir nicht so viele Bedienstete benötigen. Ich weiß, dass meine Eltern nichts dagegen haben werden. Ich kann keine Anstellung versprechen, das muss mein Vater entscheiden, aber ich kann zumindest vorerst ein Dach über dem Kopf anbieten."

Mr Morris wechselte einen Blick mit seiner Frau. Sie schaute ihn flehend an und ich hoffte, er würde nicht zu stolz sein, um Hilfe anzunehmen.

Das Kleinkind wollte nun vom Arm seiner Mutter herunter und sie setzte es ab. Es kam auf mich zu, hangelte sich an meinem Stuhl hoch und ich schenkte dem Kleinen ein Lächeln, streichelte ihm über den blonden Schopf.

Dies schien das Eis zu brechen, denn Mr Morris erhob sich und sah mich aufmerksam an. „In Ordnung, wir werden Euer Angebot annehmen. Jedoch erbitte ich ein Gespräch mit Eurem Vater."

„Das werde ich gerne vermitteln."

Als ich später zu Hause ankam, erzählte ich meinem Vater mit knappen Worten was geschehen war und er stimmte zu, die Familie aufzunehmen. Er wollte mich trösten, aber ich ließ keine Nähe zu, wehrte ihn ab und verließ das Haus. Ich irrte weiter im Regen herum, rang um meine Fassung, kämpfte mit unbändiger Wut.

Ich begann Angelina und Gerard Sullivan wirklich zu hassen, denn ich hatte Emily verloren.

Sie war fort.

Wochenlang fühlte ich mich wie gelähmt und die Sullivans blieben auch nach Monaten spurlos verschwunden. Wahrscheinlich war genau das von ihnen beabsichtigt worden.

An einem Nachmittag ging ich zum McKay-Haus, setzte mich am Fuße des Kirschbaumes hin und lehnte mich an den knorrigen Stamm, schaute der Schaukel zu, wie sie vom Wind bewegt wurde.

Ich wünschte, Less würde jetzt hier mit mir in der Sonne sitzen. Ich vermisste seine Gegenwart so sehr, dass es mir im Herzen zog. Er hatte mich immer aufmuntern können.

Jemand näherte sich mir, noch konnte ich die Gestalt nicht erkennen, weil mich das Licht blendete. Aber ich hörte den leisen Klang von Glöckchen und dachte zuerst, es wäre Noirin. Als sie vor mir stehenblieb, erkannte ich Elissa.

„Darf ich mich auf Emilys Schaukel setzen?"

„Emily ist fort", sagte ich nur und lud sie mit einer Geste ein.

Sie nahm auf dem Brett Platz und holte Schwung. Wie ein Kind schaukelte sie und ließ sich weit nach hinten fallen, um in den Himmel zu sehen.

Wieder hörte ich diesen Klang. Trug sie nun wie Noirin kleine Glocken an ihrem Rock?

Sie schien meine Irritation zu bemerken. Elissa hielt im Schaukeln inne und hob eine Kette hervor.

„Brian hat sie mir gemacht." Sie lachte gelöst. „Und er hat zwei von Noirins Glöckchen eingearbeitet, weil ich mich immer so anschleiche, so sagte er."

Ich schaute auf den kunstvollen Anhänger. „Er sieht wunderschön aus."

„Danke." Sie nahm eine ihrer Locken und drehte sie um ihren Zeigefinger herum. „James?"

„Hm?"

„Wie lange wirst du um sie trauern?"

Verdutzt begegnete ich ihrem Blick. Sie glitt von der Schaukel und ließ sich in einer geschmeidigen Bewegung neben mir nieder.

„Was soll ich darauf antworten?", murmelte ich.

Elissa seufzte. Dann strich sie mir durchs Haar. „James, darf ich dich trösten?"

Ich begriff zuerst nicht, was sie damit meinte und nickte spontan. Sie legte beide Hände um mein Gesicht und küsste mich auf einmal. Zuerst sträubte sich alles in mir, doch dann gab ich nach, denn ihr Kuss fühlte sich so gut an. Und ich konnte mir vorstellen, es wäre Emily …

Sie löste sich von mir, nahm mich an die Hand, zog mich auf. „James, komm mit mir."

„Wohin?", fragte ich heiser.

„Ist das wichtig?"

Ich zögerte kurz. „Nein."

Erneut stahl sie mir einen Kuss und ich ließ mich von ihr fortführen …

Verzweifelte Liebe

Mittlerweile schmerzt meine Hand vom Schreiben, jedoch gehe ich jede Pause nur widerwillig ein, da es mich treibt, mir vor allem den letzten Teil von der Seele zu schreiben. Dennoch lehne ich mich in meinem Stuhl zurück und blicke erneut auf den Fluss, den ich vom Fenster aus sehen kann. Eines der englischen Narrowboats fährt auf dem Gewässer und transportiert seine Waren. Diese schmalen Boote erregen jedes Mal meine Aufmerksamkeit, denn sie erinnern mich ein wenig an die Pferdewagen der Fahrenden. Unten in der Küche beginnt Geschirr zu klappern, ich höre eine Kinderstimme. Ein Lächeln huscht mir über die Lippen.

Wo setze ich nun an? Ein wenig fürchte ich mich vor dem nächsten Abschnitt, denn diese Zeit ist sowohl wundervoll als auch tragisch gewesen. Und der letzte Teil dieses Buches veränderte mein gesamtes Leben.

In den nächsten Jahren lernte ich, mit der Einsamkeit zu leben, denn Emily blieb verschwunden. Dennoch konnte ich sie einfach nicht vergessen. Ich wurde immer mehr zum Einzelgänger, der jeden auf Distanz hielt. Nur Elissa schaffte es, mich aus diesem düsteren Loch zu ziehen. Ich weiß bis heute nicht, was sie an mir so faszinierend fand, denn ich bin trotz allem sieben Jahre jünger als sie. Trotzdem gingen wir eine Verbindung ein, wenn auch nur heimlich. Ich wusste, dass

meine Eltern mir nicht verbieten würden, mit ihr zusammen zu sein. Jedoch wollten weder Elissa noch ich, dass unsere Affäre an die Öffentlichkeit gelang. Doch sie half mir, mit dem Verlust zurechtzukommen. Denn im Jahre 1785 bekamen wir die Nachricht, dass Emily mit neunzehn Jahren mit Alaric Bancroft verheiratet worden war, ein Viscount aus einem angrenzenden Gebiet von Westmorland. Also hatten die Sullivans endlich ihre Adelstochter.
Und mir brach es fast das Herz.

12

September 1786

Emilys Hochzeit war fast ein Jahr her. Ich hatte mich damit abgefunden, sie nie wiederzusehen. Obwohl ich mir wünschte, dass wir uns wenigstens schreiben könnten, aber ich wusste nicht einmal, wo sie jetzt lebte. Meine Erinnerungen und Gefühle versuchte ich tief in mir zu vergraben.

Ich lag mit dem Rücken auf weichem Moos und schaute durch die Baumwipfel dem Zug der Wolken zu. Neben mir raschelte es, aber ich wollte noch ein wenig vor mich hinträumen und schloss die Augen.

„James, bist du eingeschlafen? Wenn ja, wach auf. So lasse ich dich ungerne im Wald zurück."

Trotz der geschlossenen Lider nahm ich wahr, dass sich Elissa über mich beugte, weil das Sonnenlicht, das ich auf der Haut gespürt hatte, plötzlich verschwand.

„Was heißt denn *so*?", murmelte ich und öffne blinzelnd ein Auge.

„Splitternackt", erwiderte sie keck.

Ich schaute zu ihr auf. Ihr langes Haar war mit einem Tuch zurückgebunden und sie hatte sich bereits angekleidet.

„Ich schlafe nicht, keine Sorge."

„Gut, ich muss nämlich zurück zu Maggie, sonst habe ich wieder drei Wochen Spüldienst."

Ich richtete mich auf und zog mir meine Hose über. Elissa zupfte mir einen Zweig aus dem Haar und lächelte mich an. Sie wandte sich ab, um zu gehen, drehte sich jedoch noch einmal zu mir zurück. „Du bist einfach zu hübsch, um einfach zu gehen." Mit diesen Worten stahl sie mir einen stürmischen Kuss.

Nun hielt ich sie an der Hand fest. „Elissa, warte."

Mit ihren großen, dunklen Augen sah sie mich an. Sie wirkte unschuldig, obwohl ich genau wusste, dass sie eher einer Wildkatze glich.

„Wo wird das mit uns hinführen?" Ich musste sie das fragen.

Sie antwortete nicht sofort, wand sich ein wenig. „Mir gefällt es, wie es ist."

„Du weißt, dass meine Eltern nicht gegen unsere Verbindung wären."

Sie neigte den Kopf. „James, ich bin eine Fahrende und eure Angestellte, du ein Adliger."

„Mein Titel als Baronet hat mir bisher nichts gebracht, also vergiss ihn."

„Du willst mich doch wohl nicht etwa fragen, ob ich dich heirate? Tu das bitte nicht."

„Nein, ich ... es ist nur ..." Zögerlich ließ ich ihre Hand los. „Ist schon gut. Geh zu Maggie, sonst bekommst du wirklich Ärger."

Wie ein junges Reh sprang sie davon, als wolle sie vor diesem Gespräch flüchten, und ließ mich mit einem unguten Gefühl zurück. Was wollte ich von ihr? Wirklich von Heirat sprechen?

Mit einem tiefen Seufzen setzte ich mich zurück auf das Moos, zog meine Beine an und umklammerte sie mit beiden Armen. Was geschähe, wenn sie schwanger werden würde?

Elissa war erfahren und hatte mir gesagt, was ich tun sollte, um dies tunlichst zu verhindern. Außerdem vermutete ich, dass Noirin ihr Kräuter gab. Doch selbst mir war klar, dass dies keine wirkliche Sicherheit bot.

Mich fröstelte es und ich raffte mich auf, um mich vollständig anzuziehen. Ich nahm einen anderen Weg als Elissa und kam von der Nordseite auf das Haus zu.

Meine Schwester stürmte mir entgegen. Sie war mittlerweile vierzehn Jahre alt und raubte unserer Mutter manches Mal jeden Nerv, weil sie ein echter Wildfang war. Sie trug zwar Kleid und Haube, rannte aber mit gerafften Röcken auf mich zu und ignorierte den schlammigen Boden, was mich zum Schmunzeln brachte.

„James!", rief sie, bevor sie mich atemlos erreichte.

„Warum hast du es denn so eilig, Schwesterchen?"

„Ich werde auf meinen ersten Ball gehen! Mama hat es erlaubt!"

Ihre Augen leuchteten und sie schenkte mir ein aufgeregtes Lächeln.

„So? Hoffentlich nicht bei den Ridgebacks?"

„Nein! Doch nicht bei denen. Dafür bin ich noch viel zu jung", empörte sie sich. „Es wird einen Empfang bei Lord und Lady Edgcumbe aus Carlisle geben!"

Ich zog die Augenbrauen hoch, denn von dieser Familie hatte ich noch nie etwas gehört. Die Erinnerung an meinen letzten Empfang verdrängte ich rasch und zwang mich zu einem Lächeln. „Ich freue mich für dich, Liz, ich weiß ja, dass du davon träumtest, auf einem richtigen Ball eingeladen zu werden."

Sie hakte sich bei mir unter und wir gingen zum Haus. „Natürlich muss ich zumeist an Mamas Seite bleiben, weil ich erst vierzehn bin, aber ich darf mir alles ansehen." Sie blieb stehen und sah mich aufgeregt an. Ihr leuchtender Gesichtsausdruck wirkte, als sei ihr plötzlich eine fantastische Idee eingefallen. „Oh, James, meinst du, Mama und Papa erlauben es, dass du mit mir tanzt?"

„Mit mir?", krächzte ich und verschluckte mich fast. „Aber Liebes, ich werde nicht mitgehen."

„Natürlich wirst du dabei sein! Mama sagte, wir würden auch deshalb hingehen, damit du ein Mädchen kennenlernst."

„Ach, hat sie das", erwiderte ich säuerlich. Darüber war das letzte Wort noch nicht gesprochen.

Meine Schwester sprang die Stufen zum Eingang rauf und fiel fast Mrs Morris in die Arme. Sie hatte Bettys Aufgaben übernommen, weil die Freundin meiner Mutter in ein gutes Haus eingeheiratet und mittlerweile ein kleines Kind hatte. Da sie nun nicht mehr unsere Angestellte war, konnten meine Mutter und Betty ihre Freundschaft ganz offiziell pflegen. Mr Morris fuhr bei besonderen Anlässen unsere Kutsche, arbeitete aber eigentlich in der Stadt als Kutscher bei den Mietdroschken. Die Familie war bei uns geblieben und hatte sich gut eingelebt. Vor allem Elizabeth profitierte davon, denn eine der Morris'-Töchter war etwa im gleichen Alter.

„Kind, dein Kleidsaum!", rief Mrs Morris erschrocken. Wir schauten zeitgleich auf die Schlammspritzer, die nun gut sichtbar auf dem Stoff ihres Rockes prangten. Meiner Schwester entfuhr nur ein verlegenes „oh".

Mit einem theatralischen Seufzen winkte sie meine Schwester mit sich. „Mädchen aus gutem Hause müssen vorsichtiger sein, Miss Elizabeth“, hörte ich Mrs Morris sagen. Sie verschwanden in einem Nebenzimmer und ich suchte meine Mutter.

Ich fand meine Eltern in der kleinen Bibliothek, wo mein Vater gerade eine seiner Geschichten erzählte, die er auf Reisen erlebte, wenn er sich neue Zuchtpferde anschaute. Meine Mutter lachte herzlich, während sich mein Vater lächelnd setzte, um einen Brandy zu genießen.

„James“, begrüßte er mich freundlich. „Komm her, deine Mutter möchte dir etwas sagen.“

Mit einem tiefen Atemzug ging ich zu ihnen. „Ich fürchte, mit der Überraschung ist Elizabeth schon herausgeplatzt.“ Ich fixierte meine Mutter mit einem eindringlichen Blick, den sie stur erwiderte. „Aber ich werde nicht zum Empfang mitgehen.“

Sie sahen sich kurz an und wieder überkam mich das Gefühl, dass sie irgendwie auch ohne Worte kommunizieren konnten. Der eine schien immer zu wissen was der andere dachte oder sagen wollte.

Mein Vater erhob sich und legte einen Arm um meine Schultern. „James, es ist an der Zeit, dass du dich umschaust. Du bist nun einundzwanzig. Ich will ja gar nicht sagen, dass du sofort jemanden heiraten sollst. Aber umschauen solltest du dich schon, um … na ja …“

„Emily zu vergessen?“ Ich löste mich aus seiner Umarmung. „Ich bin über sie hinweg“, log ich, weil ich nicht zugeben wollte, dass sie nach wie vor in meinem Kopf herumschwirrte.

Skeptisch sah er mich an. Ob er mir glaubte?

„Dann sollte doch nichts dagegen einzuwenden sein? In Carlisle wird man dich nur als gut aussehenden, jungen Mann mit einem Adelstitel kennenlernen. Niemand weiß dort um die Vergangenheit deines Vaters.“

„Darum geht es nicht. Mich interessieren solche Bälle nicht. Auch bei den Ridgebacks bin ich nur wegen Emily hingegangen.“

„Und nun wirst du dort vielleicht eine andere junge Frau kennenlernen.“

„Ich hege zurzeit keinerlei Interesse an anderen jungen Frauen.“

Ich sah meinem Vater sofort an, wie Sorge in ihm aufblitzte. Ich klopfte ihm beruhigend auf die Schulter. „Denk nicht, dass ich nun auf *anderen* Pfaden wandle“, sagte ich leise, denn ich wusste, dass er an mögliche Folgen dachte. Die Neigung meines leiblichen Vaters könnte einen Mann an den Galgen bringen, würde so eine Beziehung öffentlich werden.

Ich wand mich ein wenig bei der nächsten Offenbarung. „Es ist nur so ... ich habe schon jemanden.“

Verdutzt begegnete er meinem Blick. „Was? Aber wen denn?“

Nun steckte ich in der Klemme, denn Elissa und ich wollten unsere Liaison geheim halten. Deshalb presste ich die Lippen aufeinander und suchte rasch nach Ausflüchten, die mir nicht sogleich einfielen.

„Schau nicht so verdutzt, Lester“, sagte meine Mutter mit einem Schmunzeln. „Es ist Elissa.“

Mein Vater sah sie überrascht an, ich musste völlig ertappt ausschauen. Er packte mich am Arm. „Du entschuldigst uns, Hellen?“

„Aber natürlich", erwiderte sie mit Belustigung in der Stimme.

Er führte mich in ein Nebenzimmer und ich wusste, nun würde ein Gespräch unter Männern folgen, was mich aufseufzen ließ.

„Elissa? Wirklich? Ich dachte, ihr seid nur Freunde. Zumindest hast du mir das immer und immer wieder weismachen wollen."

Ich senkte den Blick und strich mir verlegen über den Nacken. „Wir fanden es angemessener, es geheim zu halten, wegen ihres Standes."

„Wie lange läuft das schon?"

Ich räusperte mich. „Äh, schon lange."

„Himmel, James!" Er dämpfte die Stimme. „Du kannst dich glücklich schätzen, dass du sie noch nicht geschwängert hast."

„Wir sind vorsichtig."

„Weißt du eigentlich, wie viele Eltern das gesagt haben, bis dann plötzlich der Bauch der Frau immer runder wurde?"

„Dann heirate ich sie eben", erwiderte ich trotzig.

„Ich würde Elissa wegen ihrer Herkunft nicht ablehnen. Sie ist eine fleißige, junge Frau und ich schätze ihre Familie." Er suchte meinen Blick. „Aber bist du wirklich sicher, dass Elissa das überhaupt wollen würde?"

Er hatte das Problem an der Wurzel erkannt. „Das ... das weiß ich noch nicht."

„Ja, so was dachte ich mir. Liebst du sie?"

Ich zögerte mit der Antwort. „Ich hab sie gern."

„Das ist nicht das Gleiche."

„Das weiß ich ebenso, Vater!", konterte ich mit viel zu lauter Stimme.

Besänftigend legte er mir eine Hand auf den Arm. „Rege dich nicht auf. Es ist nur so, ich hätte es dir sehr gewünscht, jemanden zu finden, den du wirklich liebst."

Diese Person hatte ich bereits gefunden und wieder verloren. Ich konnte mir einfach nicht vorstellen, noch einmal so zu empfinden wie bei Emily Sullivan. Nein, nun war sie die Viscountess Bancroft. Oh, wie sehr ich diese Vorstellung hasste!

„Was also ist das zwischen Elissa und dir?", hakte mein Vater nach.

Da ich nicht sofort antwortete, sondern nur grimmig vor mich hinstarrte, ergriff er erneut das Wort.

„Ich meine, ich verstehe ja, dass du gewisse ... äh ... Erfahrungen sammeln musst, aber es wäre vielleicht gut, wenn ich dir das ein oder andere dazu ... ähm ... erkläre, damit ...."

Ich unterbrach ihn mit einer harschen Geste, denn dieses Gespräch wendete sich in eine für mich wirklich unangenehme Richtung. Darüber wollte ich nicht reden! Da wäre sogar dieser verdammte Empfang das kleinere Übel.

„Weißt du was, Vater, ich gebe mich geschlagen. Ich komme mit nach Carlisle."

Mr Morris fuhr uns schließlich einige Tage später mit der Kutsche nach Carlisle. Die lange Fahrt erinnerte mich unangenehm an den Ausflug nach Kendal, wo ich von Gerard Sullivan denunziert worden war. Deshalb fühlte ich mich nervös und aufgekratzt. Elizabeths Aufregung milderte meine Stimmung nicht, sie freute sich auf ihren ersten Ball und plapperte unentwegt, bis meine Mutter ihr Einhalt gebot.

Ich starrte aus dem Fenster und ließ die Landschaft an mir vorbeirauschen. Nicht nur das Negative aus Kendal strömte nun auf mich ein. Ich sah mich wieder mit Emily auf der Terrasse stehen, spürte für einen Augenblick wieder ihren Kuss auf meinen Lippen.

Ich schrak auf, als ich eine Berührung am Arm fühlte. Mein Vater sah mich fragend an. Ich wusste, dass er sich um mein Befinden sorgte.

„Es ist alles in Ordnung", versuchte ich ihn zu beruhigen.

Nach über drei Stunden fuhren wir auf dem Hof der Edgcumbes ein. Schon beim Aussteigen gewahrte ich, dass dieser Empfang anders als bei den Ridgebacks sein würde. Natürlich trugen alle edle Kleidung wie wir, doch die Menschen wirkten nicht so auffällig aufgehübscht. Das Herrenhaus kam mir alt und ehrwürdig vor, nicht so prunkvoll.

Wir traten ein, meldeten uns an und ich schaute mich um. Einige Blicke der weiblichen Gäste blieben wohlwollend an mir hängen. Viele redeten leise miteinander, manchmal hörte man sogar ein ungezwungenes Lachen. Die Atmosphäre hier kam mir gänzlich anders vor, was mich erleichtert aufseufzen ließ.

Meine Schwester war nun wie verwandelt. Das plappernde Mädchen verbarg sich in einem hübschen Kleid und hinter einer ernsten Miene. Die Benimmregeln hatte Elizabeth also verinnerlicht. Sie schenkte mir trotzdem ein scheues Lächeln und ich sah, dass in ihren Augen Freude blitzte.

Ich beugte mich zu ihr. „Du musst nicht ganz so ernst schauen", wisperte ich ihr zu.

„Nicht? Oh, dem Himmel sei Dank", murmelte sie und sah sich nun mit halboffenem Mund um.

Ich musste zugeben, die Einrichtung war mehr als geschmackvoll. Jedes Detail schien hochwertig und edel zu sein, die Farben eher gedeckt. Auch hier hingen Kristalllüster an den Decken und Musik tönte durch das große Foyer.

Wir gingen in den Saal und ich stellte mich mit meinem Vater an die Seite, um erst einmal die Lage zu begutachten.

„Es sind ein paar wirklich hübsche junge Frauen hier", flüsterte er mir zu.

„Hmm", erwiderte ich nur.

Meine Mutter nahm Elizabeth zu einer Gruppe von Frauen mit, bei denen ebenfalls ein Mädchen im Alter meiner Schwester stand. Sie begannen eine anregende Unterhaltung.

„Mit wem redet Mutter da?"

„Mit Lady Edgcumbe, das Mädchen ist ihre Tochter."

„Woher kennen sie sich? Ich habe von der Familie noch nie zuvor gehört."

„Bisher haben wir auch noch nichts mit ihnen zu tun gehabt, aber es sind alte Freunde deines Onkels."

Der Bruder meiner Mutter lebte zurückgezogen an der Grenze zu Schottland und wir sahen ihn selten, obwohl er eigentlich eine gute Beziehung zu uns hegte. Ich verstand, dass es für Elizabeth wichtig war, ein gleichaltriges Mädchen ihrer Stellung kennenzulernen. Wir mochten privat sehr einfach leben, weil wir mit Prunk nicht viel anfangen konnten, dennoch nahm vor allem mein Vater einen hohen gesellschaftlichen Stand ein, da er große Ländereien besaß und seine Pferdezucht anerkannt war. Erst vor kurzem weihte er mich in unsere Finanzen ein und ich hatte mir mit großen Augen Dokumente angesehen, die mich endlich begreifen ließen, warum er damals bei Gerard Sullivan betont hatte, dass wir *nicht* zum *verarmten* Landadel gehörten. Denn wir waren alles andere als arm.

Meine Gedankengänge wurden harsch unterbrochen, als meinem Vater ein gezischter Fluch entfuhr. Überrascht sah ich ihn an und runzelte die Stirn. Was hatte ihn veranlasst …?

Ich folgte seinem Blick und erstarrte. Mein Herz stolperte regelrecht und ich spürte, wie mir alles Blut aus dem Gesicht wich. Mein Vater fasste mich am Arm, wollte mich zur Seite ziehen.

„Zu spät", raunte ich ihm zu und löste mich aus seinem Griff.

„James, es tut mir leid, wir wussten nicht, dass …"

„Natürlich, das weiß ich", erwiderte ich heiser.

„Verdammt noch mal, was macht Viscount Bancroft hier in Carlisle?", sagte mein Vater mehr zu sich selbst. „Hätte er nicht einfach in Northumberland bleiben können?"

Emily stand neben ihm, verzog keine Miene. Sie wirkte so blass und kam mir noch schlanker vor als früher. Sie trug ein wunderschönes, smaragdgrünes Kleid nach der neusten Mode. Ihr Haar war hoch aufgesteckt. Doch diese Details verblassten für mich. Ich sah nur, dass sie ein Schatten ihres früheren Selbst war. Emily stand dort wie eine ausstaffierte Porzellanpuppe, ohne jede Regung im Gesicht, als ob ihr Geist gar nicht anwesend wäre. Sorge überflutete mich und mir schmerzte bei ihrem Anblick das Herz.

Das erste Mal sah ich ihren Ehemann. Er musste mindestens zehn Jahre älter sein als sie und ich musste mir selbst eingestehen, dass er ein attraktiver Mann war. Ob sie mir überhaupt einen zweiten Blick gönnen würde, wenn sie mich entdeckte? Alaric Bancroft zeigte sie schließlich stolz herum, als sei sie eine kostbare Trophäe.

„James, lass uns gehen. Deine Mutter kann mit Elizabeth noch hierbleiben, aber ich schlage vor, wir beide…"

„Nein Vater, ich möchte bleiben", unterbrach ich ihn entschieden.

„Ihr Anblick wühlt alles wieder auf", gab er mir zu bedenken.

Ich nahm einen tiefen Atemzug. „Ich habe dich wegen Emily angelogen", sagte ich heiser. „Ich war nie über sie hinweg."

Er schaute mich nun aufmerksam an.

Ich senkte meine Stimme, ließ Emily nicht mehr aus den Augen. „Vater, ich spüre sie von der Spitze meines Fingers bis zum Kern meines Herzens, obwohl ich sie jahrelang nicht gesehen habe. Sie ist immer noch in all meinen Gedanken. Es fühlt sich einfach so an, als sei sie ein Teil meiner selbst, den ich verloren habe." Ich musste mich räuspern, weil mir meine eigene Stimme schmerzte. „Lass uns einfach noch hierbleiben, damit ich sie noch ein wenig anschauen kann, ja? Vielleicht das letzte Mal."

Ich spürte den Blick meines Vaters und begegnete ihm kurz, erkannte Sprachlosigkeit und auch eine gewisse Fassungslosigkeit, denn in seinen Augen schimmerten Tränen, die er rasch wegblinzelte.

„James, ... es tut mir so unendlich leid", raunte er.

Ich nickte abwesend, denn ich beobachtete, wie der Viscount sie besitzergreifend näher zu sich zog, obwohl sie sichtlich Widerwillen zeigte. In mir quoll Eifersucht und Wut hoch, die ich für einen Augenblick nur schwer kontrollieren konnte.

Aber ich wollte sie irgendwie auf mich aufmerksam machen. Als sich einige Tänzer zu einem Country Dance formierten und der Viscount wohl darauf bestand, dass sie mit ihm tanzte, ergriff ich meine Chance.

„James!", versuchte mein Vater mich aufzuhalten.

Doch ich eilte zu Elizabeth und beugte mich zu ihr. „Darf ich um diesen Tanz bitten, kleine Schwester?"

Sie strahlte mich an und ich führte sie zur Tanzfläche.

Dann sah Emily mich.

Für einen Moment wurde sie so bleich, dass ich dachte, sie falle jeden Moment in Ohnmacht. Sie rang kurz nach Atem und fesselte mich mit ihrem Blick.

Die Musik des kleinen Orchesters ertönte und wir begannen zu tanzen. Das erste Mal war ich froh, dass meine Mutter darauf bestanden hatte, dass ich die höfischen Tänze lernte. Oh, wie sehr hatte ich diese Tanzstunden gehasst. Nun fühlte ich Erleichterung, dass ich um jeden der Schritte wusste. Elizabeth kämpfte noch ein wenig mit der Formation, fand sich aber schnell ein. Dieser Tanz beinhaltete mehrere Partnerwechsel und mein Herz raste, als Emily schließlich vor mir stand. In ihren Augen schimmerten Tränen. Viel zu schnell mussten wir uns wegdrehen, um den Tanz fortzuführen, doch wir ließen uns nicht aus den Augen. Als mir klar wurde, dass wir nur noch eine Begegnung haben würden, hätte ich so gerne etwas zu ihr gesagt, aber mein Hals war wie zugeschnürt.

Doch sie flüsterte mir etwas zu. „Alles geschah gegen meinen Willen!"

Nur diesen einen Satz konnte sie sagen, dann mussten wir uns abwenden, ich hatte wieder Elizabeth vor mir und die Musik verklang, der Tanz endete.

Elizabeth nahm aufgeregt meine Hand. „Bitte noch einmal, James!"

Ich tauschte mit Emily einen geheimen Blick aus und sie flüsterte ihrem Mann etwas zu. Der führte sie daraufhin wieder zur Tanzfläche.

So tanzten wir, versanken im Blick des anderen, sobald wir uns näher kamen und vergaßen die Welt um uns herum. Ob den anderen auffiel, dass wir stumm miteinander kommunizierten? Wir sprachen nicht, schauten uns nur in die Augen, die mehr erzählten als jedes Gespräch.

Dem Viscount fiel schlussendlich doch irgendetwas auf, denn er führte Emily nach einem der Tänze fort auf das Außengelände, wo ich durch die Fenster eine Balustrade erkannte.

Ich nahm meine Schwester an der Hand und übergab sie an meine Mutter. Die starrte mich an, schien in höchster Sorge zu sein. Ich hingegen beobachtete, dass zwischen Bancroft und Emily anscheinend ein Disput entfacht war.

Mein Vater fasste mich schließlich am Arm. „Wir gehen jetzt, James!"

Verdutzt ließ ich mich von ihm fortführen. Wir ließen meine Mutter und Elizabeth zurück im Ballsaal und verließen das Haus der Edgcumbes. Als wir draußen am Eingang standen, packte mich mein Vater fester am Arm und zerrte mich regelrecht außer Sichtweite.

„Verdammt!", fluchte er.

„Ich habe nur getanzt! Wohlgemerkt mit meiner Schwester."

„Nein! Du hast Elizabeth als Vorwand genommen, um Emily näherzukommen. Und ihr beide habt euch angesehen, als wolltet ihr im nächsten Alkoven verschwinden!"

„Aber ..."

„Was, aber? Glaubst du, das wäre niemandem aufgefallen?" Mein Vater schnaubte. Ich hatte ihn noch nie zuvor so wütend gesehen. Er kämpfte regelrecht darum, die Contenance zu wahren. „Wärst du nicht schon erwachsen, würde ich dir das erste Mal gerne den Hintern mit dem Gürtel versohlen", grollte er. „Das ist Viscount Bancroft, kein dahergelaufener Bauer! Und du hast seiner Ehefrau vor dem gesamten Publikum schöne Augen gemacht. Willst du, dass dich Bancroft zum Duell herausfordert?"

Mir wurde erst jetzt wirklich klar, was Emily und ich riskiert hatten. „Ich wusste nicht, dass es so auffällig war."

Plötzlich fürchtete ich um Emily, denn ich hatte nicht vergessen, dass der Viscount sie wütend nach draußen gebracht hatte. Unsicherheit und Besorgnis überspülten mich. „Was soll ich tun? Mich entschuldigen und sagen, dass mir nicht bewusst war, dass sie nicht frei ist?“

„Du tust gar nichts!“, brauste mein Vater auf, senkte jedoch schnell wieder seine Stimme, um niemanden auf uns aufmerksam zu machen. „Wenn Emily schlau ist, beschwichtigt sie Bancroft und erfindet irgendetwas, das ihn beruhigt. Und wir beide verschwinden von der Bildfläche.“

Er packte mich abermals am Arm, so hart, dass es wehtat, aber ich hielt den Mund und folgte ihm zu den Kutschen. Mein Vater gab Mr Morris zu verstehen, dass wir auf meine Mutter und Elizabeth warten würden.

Als wir im Innern des Gefährts saßen, begann ich zu frieren. „Es tut mir leid, Vater“, wisperte ich.

Er sagte zunächst nichts, starrte nur aus dem kleinen Fenster. Nach einer Weile atmete er tief durch. „Ich will nicht an einem Grabstein um dich trauern müssen“, sagte er rau und so leise, dass ich ihn kaum verstand. „Du sollst alt werden und glücklich sein und nicht neben deinem Vater begraben werden.“

Er mied meinen Blick, ich sah, dass er um Fassung rang.

Sachte legte ich meine Hand auf seinen Arm. „Das war ein Abschied, weil ich wusste, dass ich Emily nach diesem Abend nie wiedersehen würde. Ich werde Elissa darum bitten, mich zu heiraten, wenn du erlaubst. Ich mag sie nicht so lieben wie Emily ... noch nicht. Aber sie ist meine Vertraute. Und mit ihr kann ich mir vorstellen, eine Familie aufzubauen. Sie mag noch etwas störrisch sein.“ Ich lachte leise und mit einem bitteren Unterton. „Aber ich weiß, dass sie mir zugetan ist. Natürlich werden sie über uns reden, weil ihre Herkunft nicht standesgemäß ist. Das ist mir gleich."

Ich schaute vorsichtig zu ihm rüber. Was würde er dazu sagen?

„Ich erlaube es", antwortete er nur mit heiserer Stimme.

Um kein Aufsehen zu erregen, blieben meine Mutter und Elizabeth noch fast eine Stunde auf dem Fest. Kutschen kamen und gingen. Ob in einer der Abfahrenden Emily und ihr Ehemann saßen, wusste ich nicht.

Auf der Rückfahrt sprach meine Mutter kein Wort mit mir. Zum Glück schien meine Schwester aufgrund ihrer Aufregung nicht viel von all dem mitbekommen zu haben. Sie lächelte zufrieden vor sich hin, träumte wohl noch von den Tänzen und Kronleuchtern.

Mein Vater erzählte meiner Mutter später von unserem Gespräch und ich wartete im Salon mit einem Glas Brandy. Sie kam schließlich zu mir und winkte mich in die Bibliothek, mein Vater hatte sich zu den Hunden zurückgezogen.

„Es ist eine gute Entscheidung", begann sie, „und du solltest Elissa bald fragen, in Anbetracht eures ... Verhältnisses."

Sollte heißen, bevor sie unehelich von mir schwanger werden würde. Ich nickte zustimmend.

Wir setzten uns zusammen vor den Kamin, denn ich spürte, dass ihr noch etwas auf dem Herzen lag. Als wir nebeneinander auf den Ledersesseln saßen, nahm sie meine Hand.

„Als ich deinen Vater, ich meine John McKay, damals geheiratet habe, war ich ähnlich verliebt, wie du in Emily. Für mich war es die Erfüllung eines Traumes und mir war völlig egal, dass er diese andere Neigung hatte." Sie umfasste mit der rechten Hand ihre linke und ich sah, dass sie ein Zittern verbergen wollte. „Ich erzählte dir vor Jahren, dass mir von Anfang an bewusst war, wie John fühlte."

Da meine Kehle wie zugeschnürt war, nickte ich nur niedergeschlagen.

„Ich liebte ihn so sehr, dass ich seine Beziehung zu Jake hinnahm. Ich wollte ihm das Glück der wahren Liebe nicht verwehren, denn genau das empfand er für Jake, ich sah es ihm an. Doch diese Großzügigkeit kostete ihn das Leben. Eine lange Zeit nach seinem Tod wünschte ich, dass ich sofort dagegen vorgegangen wäre, dass ich verlangt hätte, dass er sein Verhältnis beendet. Vielleicht wäre er dann nie so tief mit Jake verbunden gewesen, wäre nie verurteilt worden. Womöglich würde sogar Jake noch leben."

Sie sagte all diese schweren Worte gefasst, während sie ins Feuer des Kamins starrte.

„Mit dieser Liebe zu John, mit meiner Trauer und meinen Vorwürfen gegen mich selbst, heiratete ich deinen Stiefvater. Er wusste sehr genau, wie ich fühlte und nahm mich dennoch zur Frau, wegen seines Versprechens an John, aber auch, weil er mich schon zuvor geliebt hatte. Ich hingegen musste erst lernen, ihn zu lieben. Denn solche Gefühle, wie ich sie zu John gehegt habe, legt man nicht einfach ab. Glaube mir, James, das weiß ich." Sie umfasste meine Hand fester. „Heute ist

Lester die Liebe meines Lebens. Durch ihn durfte ich erfahren, wie es ist, wenn einem das ganze Herz geschenkt wird. Ich will damit nur sagen, dass die Zeit alles verändern kann. Ich habe euch auf dem Ball angesehen, wie ihr füreinander empfindet, aber ihr beide müsst versuchen, euch ein Leben ohne den anderen aufzubauen. Auch wenn es anfangs schwerfällt." Nun suchte sie meinen Blick und legte ihre Hand an meine Wange. „Du kannst dein Glück mit Elissa finden, ich weiß es."

Ich schob meinen Sessel noch näher zu ihr und zog sie in meine Arme. „Ich liebe dich, Mutter."

„Und du ahnst kaum, wie sehr ich *dich* liebe, James."

13

Am nächsten Spätnachmittag suchte ich Elissa auf. Sie stand in der Küche und wusch ab. Noch bemerkte sie mich nicht, also beobachtete ich sie einen Augenblick. Elissas dunkles Haar verbarg sich unter einer Haube, nur vorne kringelten vereinzelte Locken hervor. Sie trug ein ähnliches Gewand wie unsere Köchin Maggie. Die beiden mochten sich sehr. Elissa liebte das Kochen, es schien zu ihrer Berufung geworden zu sein, und Maggie brachte ihr mit viel Freude alles bei, was sie wusste.

Als sie mich entdeckte, stahl sich ein Lächeln auf ihre Lippen. „James, komm her, du musst das probieren!"

Mir klopfte das Herz vor Aufregung, denn ich wusste überhaupt nicht, wie ich diese Sache beginnen sollte. Musste ich offiziell um sie werben, obwohl wir uns seit Jahren heimlich trafen? Sollte ich nicht zuerst ihren Onkel, der ihr Familienoberhaupt war, um ihre Hand bitten?

Nein, entschied ich, zuerst musste ich mit ihr reden.

Sie zog mich an den Küchentisch und stellte einen Teller von Maggies speziellem Apfelgebäck hin. Mit geweiteten Augen setzte sie sich mir gegenüber und sah mich an. Diese Süßigkeit liebte ich, genauso wie mein leiblicher Vater vor mir. Ich wusste um jede Zutat, denn ich hatte unserer Köchin oft dabei zugesehen, wenn sie das Gebäck für mich zubereitete. Was war heute das Besondere daran?

„Nun probiere es schon!"

Ich schnitt mit dem Messer ein Stück ab, schob es mir mit der Gabel in den Mund und genoss den Geschmack. Sie wirkte fast so aufgeregt wie ich. Deshalb aß ich noch ein Stück und sah sie irritiert an. „Es schmeckt fantastisch, wie immer. Ich weiß nicht, warum du ..."

„*Ich* habe es gebacken!"

„Wirklich?" Ich probierte erneut, aß schließlich das ganze Gebäck auf und lächelte. „Es ist sogar ein bisschen besser als Maggies", flüsterte ich ihr zu, „aber verrat ihr das bloß nicht."

„Ich habe ein paar Winzigkeiten verändert und ich glaube, ich habe das Rezept dadurch verbessert. Aber das darfst du ihr ebenso wenig verraten."

„Versprochen!" Nervosität flammte in mir auf, denn ich musste nun mit der Sprache herausrücken. „Elissa, ich muss mit dir reden."

Sie hielt kurz inne, schien meinen Stimmungswechsel zu spüren. „In Ordnung, lass mich nur zu Ende abspülen."

„Soll ich dir helfen? Ich könnte das Geschirr abtrocknen."

„So weit kommt es noch, dass du mir in der Küche hilfst."

Ich zuckte mit den Schultern. „Als Kind habe ich Maggie aus Spaß öfter geholfen."

Elissa schüttelte entschieden den Kopf, also blieb ich sitzen und schaute ihr bei der Arbeit zu. Manchmal störte es mich, dass sie mich oft auf eine Art Sockel hob und sich selbst als eine Person wahrnahm, die mir unterstellt war. Natürlich wusste ich, dass die Gesellschaft es genauso vorschrieb, doch ich empfand nicht so. Ich wollte ihr auf Augenhöhe begegnen, so ungewöhnlich, wie manchen das erscheinen mochte. Vielleicht, weil mein Vater es mir vorlebte.

Elissa beendete ihre Tätigkeit und wir gingen ein wenig spazieren, denn ich wusste, wie sehr sie es liebte, über unsere Ländereien zu wandern.

Vor dem Wäldchen auf einer Blumenwiese, hielt ich sie auf, nahm ihre Hand. „Elissa …“

„Ja?“

Ihr Gesichtsausdruck veränderte sich, wurde sehr ernst, als ahnte sie, was ich fragen wollte. Sie schüttelte den Kopf, doch ich ließ mich nicht aufhalten.

„Elissa, ich möchte, dass du mich heiratest. Mir ist egal, welchen Stand du innehast und meine Eltern sind einverstanden.“

Schweigend sah sie mich an, dann senkte sie den Blick. „James, ich bin nicht die Richtige“, sagte sie leise.

„Warum nicht?“

„Es ist schwer, das zu beschreiben.“

„Versuche es.“

Sie legte ihre Hand an meine Wange, lächelte traurig. „Du liebst Emily immer noch, dessen bin ich mir bewusst. Ich weiß, dass du sie gestern noch einmal gesehen hast.“

„Mr Morris“, sagte ich nur resigniert.

„Ja, er erzählte es seiner Frau, die sagte es Maggie und die plauderte es bei mir aus. Aber ich weiß, dass du mich nicht deswegen fragst. Das wolltest du schon am Nachmittag vor dem Empfang tun, nicht wahr?“

Ich konnte nur nicken.

Sie nahm meine Hand, zog mich ins Gras. „James, ich denke, ich liebe dich. Vielleicht nicht so wie Emily, aber auf gewisse Weise fühle ich schon etwas sehr Besonderes für dich. Und du für mich auch, das spüre ich. Sonst wären wir uns körperlich nie so nah gekommen. Aber ich möchte mich nicht auf diese Art binden.“

Ich schwieg kurz, musste ihre Worte sacken lassen. Solch eine Antwort hatte ich befürchtet. Dass ich mit meiner Vermutung richtig lag, traf mich trotzdem. „Kannst du mir erklären, warum du so fühlst?“, fragte ich leise. „Ich möchte es verstehen.“

„Es hat mit meinem Wesen zu tun. Ich fühle mich so frei und ungebunden wirklich wunderbar. Und würde ich dich heiraten, müsste ich mein ganzes Leben ändern. Außerdem ...“ Sie stockte plötzlich, biss sich auf die Unterlippe. „Ich ... es ist ...“

Sie wandte sich von mir ab und ich sah ihr an, dass sie mit etwas kämpfte. Sachte drehte ich ihr Gesicht wieder zu mir. „Sag mir, was dich bedrückt“, bat ich. „Wir haben uns nie etwas verheimlicht.“

„Ich dir schon.“

Fragend suchte ich ihren Blick und sie wagte zu mir aufzuschauen.

„James, ich glaube, dass ich keine Kinder bekommen kann.“

„Was? Aber das ist doch nur, weil wir aufgepasst haben!“

Elissa lachte leise. „Glaube mir, James, *so* sicher ist diese Methode nicht. Für mich war es nur ein zusätzlicher Schutz, weil ich es nicht genau weiß. Und du warst nicht der erste Mann in meinem Leben. Andere waren nicht so rücksichtsvoll und haben sich zurückgezogen, bevor … na ja, du weißt, was ich meine. Ich habe mit Noirin darüber gesprochen. Sie meinte, dass es mir vielleicht nicht möglich ist, schwanger zu werden. Alles deutet darauf hin."

„Und deshalb soll ich dich nicht heiraten? Ich könnte auf Kinder verzichten und …"

„James, du verstehst es nicht. Das ist nur *ein* Grund, den anderen sagte ich dir zuvor."

Mutlos senkte ich den Kopf. „Dann heirate ich lieber gar nicht. Du bist die Einzige, die ich …" Nun stockte ich.

„Die du dir außer Emily hättest vorstellen können?"

„Ja …"

„Ach, James …" Sie zog mich in ihre Arme. „Ich verfluche die Sullivans, dass sie ihre Tochter an diesen Drecksack verschachert haben, obwohl sie mit dir so glücklich hätte werden können."

Sie schob mich etwas von sich, küsste mich sanft. „Du bist noch so jung! Lass dir Zeit. Suche dir jemanden, den du wirklich liebst. Irgendwann wirst du über Emily hinwegkommen und dann wird dir die Richtige begegnen."

„Magst du es dir nicht doch überlegen? Ich würde dir nicht verbieten zu kochen und du musst auch nicht auf Empfänge gehen. Wir könnten einfach in Ruhe hier leben, wie wir möchten. Und wer weiß. Vielleicht wird uns eines Tages doch ein Kind geschenkt. Man kann nicht wissen, was die Zukunft bringt."

Ich sah, dass ich mit meinen Worten ihr Herz angerührt hatte, Tränen schimmerten in ihren Augen.

„Denk zumindest darüber nach. Sprich mit deiner Familie."

„In Ordnung." Sie hauchte mir einen Kuss auf die Wange. „Ich möchte jetzt nach Hause gehen."

Auf unserem Anwesen fuhr eine Mietdroschke vor, was mir kurz die Aufmerksamkeit nahm. Elissa erhob sich.

„Darf ich dich begleiten?"

Sie schenkte mir ein Lächeln. „Heute nicht. Bis morgen, James."

Ich sah ihr nach, bis sie zwischen den Bäumen im Schatten verschwand.

Seufzend richtete ich mich auf, klopfte mir ein wenig Schmutz von der Hose. Die Droschke hatte nun vor dem Haus angehalten und jemand, ganz in Grau gehüllt, stieg eilig aus und lief zum Eingang. Der Kutscher fuhr davon.

Mich erfasste ein seltsames Gefühl, das ich überhaupt nicht deuten konnte. Ich schlenderte zu Lilly in den Stall, schlüpfte in ihre Box und lehnte mich an sie. Die Stute stupste mich an, als wolle sie sich nach meinem Empfinden erkundigen. Ich streichelte ihr über die Nüstern.

„Ach, warum muss alles so kompliziert sein", sagte ich leise zu ihr.

Sie ignorierte meine Stimmung und zupfte zufrieden an ihrem Heu, während ich ihr über den Hals streichelte. Mein Gemüt beruhigte sich wieder. Doch diese Empfindung, die mich ergriffen hatte, schwand nicht, wühlte mich auf. Wer war die Person, die mit der Droschke gekommen war?

Die Stalltür wurde aufgerissen und zu meinem Erstaunen stand meine Mutter im Eingang. „James?"

Ihr Tonfall wirkte alarmiert.

„Ich bin hier, bei Lilly!“

Sie eilte zu mir. „Du musst mit ins Haus kommen.“

Meine Mutter wirkte viel zu blass, ihr Gesicht war vor Sorge verzerrt. Mein Magen zog sich zusammen und ich rang kurz nach Luft, denn plötzlich begriff ich, wer dort angekommen war.

Es musste ein Bote von Viscount Bancroft sein, um mich zum Duell zu fordern.

Langsam ging ich aus Lillys Box, schloss das Gatter. Angst packte mich. Würde ich noch jünger sterben als mein Vater John McKay? Ich spürte, wie mich ein Zittern erfasste. Meine Mutter verlor die Geduld und packte mich einfach am Arm, zog mich aus dem Stall.

Vor der Eingangstür blieb sie abrupt stehen. „James, ich beschwöre dich. Zu niemandem ein Wort. Zu niemandem!“

Ich schluckte schwer und nickte.

Sie führte mich in den kleinen Salon und ließ mich allein. Im Sessel saß die Person aus der Droschke. Ein dunkelgrauer Mantel umhüllte sie, die Kapuze war tief in die Stirn gezogen, der Kopf gesenkt.

Unsicher schaute ich mich zu meiner Mutter um, die nun die Tür hinter mir schloss. Ich wappnete mich und rechnete mit dem Schlimmsten. Dann schob der Fremde die Kapuze vom Kopf. Schwarzes Haar quoll hervor. Sie drehte sich um.

Es war Emily.

Ich war für einen Moment so geschockt, dass ich sie nur anstarren konnte. Ihr linker Wangenknochen war bis zum Auge blau verfärbt, an ihrer Braue sah ich verkrustetes Blut.

„James“, wisperte sie und erhob sich.

Ich fühlte mich völlig gelähmt, brachte kein Wort hervor, musste kurz nach Atem ringen. Sie hastete in meine Arme und als ich sie fest an meinen Körper presste, begann sie bitterlich zu weinen. Aus mir brach ein Schluchzen hervor, ich konnte es einfach nicht aufhalten.

Ich weiß nicht, wie lange wir dort standen und uns im Arm hielten.

Irgendwann hob sie das Gesicht an, um mich anzusehen. Hauchzart berührte ich ihre blau verfärbte Haut. „Hat *er* dir das angetan?"

Sie nickte unmerklich.

„James, ich werde nicht zu ihm zurückgehen, ich bin geflohen. Aber ich weiß nicht, ob du …"

Zur Antwort küsste ich sie. Als ich mich zurückzog, nur ein wenig, umfasste ich vorsichtig ihr Gesicht mit beiden Händen. „Sag mir, was ich tun kann."

Sie senkte die Lider. „Ich weiß es nicht."

„Du musst mir erzählen, was geschehen ist."

Emily lehnte ihren Kopf an meine Brust. „Alaric sind unsere Blicke auf dem Empfang nicht entgangen. Doch ich sagte ihm nicht, dass ich dich von früher kenne, versuchte ihm einzureden, dass er es sich eingebildet hat."

„Aber er hat dir nicht geglaubt."

Ihr Atem beschleunigte sich, ihre Hand krallte sich in mein Hemd, sie verbarg ihr Gesicht, indem sie sich nah an mich schmiegte.

„Nein, er glaubte mir nicht. Er dachte, ich würde anderen, jüngeren Männern schöne Augen machen. In der Nacht wollte er seinen Besitzanspruch auf mich geltend machen."

Ich spürte ihr Zittern und umarmte sie noch ein wenig fester, ohne sie einzuengen.

„Jedes Mal habe ich es hingenommen, weil er mein Ehemann ist. Ich habe nie geklagt und ließ es über mich ergehen. Aber gestern, nachdem ich dich wiedergesehen hatte – ich konnte es einfach nicht. Ich habe mich gewehrt. Deshalb hat er mich geschlagen."

In diesem Moment hasste ich Bancroft so sehr, dass es mir den Atem raubte.

„Alaric war darüber sehr wütend und ließ mich in Ruhe. Er ging in den Salon, um sich zu betrinken und ich habe gewartet, bis er auf seinem Sessel eingeschlafen ist. Ich habe mir das Gewand und den Mantel einer Bediensteten gestohlen und ... und bin einfach fortgelaufen, habe einen Kutscher gesucht. Für mich gab es nur einen Weg. Zu dir."

„Ich muss dich in Sicherheit bringen", sagte ich leise. „Wir können nicht hier im Haus bleiben. Falls der Viscount die Zusammenhänge begreift ..."

Es klopfte leise. Ohne uns zu lösen, schauten wir auf die Tür, die mein Vater nun öffnete. Ich wollte es ihm erklären, aber er hob die Hand und ich schwieg.

„Du brauchst es nicht aufklären, James", erwiderte er sanft. „Ich sehe Emilys verletztes Gesicht, habe in ihre Augen geschaut. Und sie ist hier." Er kam näher, berührte mich an der Schulter. „Ich werde nicht zulassen, dass euch etwas geschieht." Er schluckte schwer. „Ich gehe davon aus, dass ihr euch nicht noch einmal trennen werdet?"

Emily und ich stimmten seinen Worten zu, ohne zu zögern.

Mein Vater blickte mich ernst an. „Ich habe mit deiner Mutter gesprochen. Wir werden versuchen, euch außer Landes zu bringen. Durch meine Geschäftsreisen habe ich gute Kontakte, doch es wird Zeit brauchen, dies zu planen. Und ihr könnt nicht hierbleiben."

„Ich werde mit Emily zum McKay-Haus gehen. Wir werden uns nicht blicken lassen."

Meine Mutter gab uns Proviant mit. Keiner der Angestellten und auch nicht meine Schwester Elizabeth wussten um Emilys Hiersein und dass wir uns vorerst im alten Anwesen meiner Familie verbergen würden.

Emily hüllte sich wieder in ihren Mantel und wir stahlen uns aus dem Haus. Draußen hatte leichter Regen eingesetzt. Ich warf einen Blick zum Stall.

Lilly!

Was würde aus ihr werden? Ich würde sie verlassen müssen ...

Der Gedanke zerriss mir das Herz.

Emily nahm schließlich meine Hand und zog mich fort von meinem Zuhause.

Vor dem McKay-Anwesen löste ich meine Hand aus ihrer. „Geh schon hinein, ich hole noch Holz für den Kamin."

Sie nickte, warf mir noch einen Blick zu und verschwand dann im Gebäude.

Hastig lief ich zum Schuppen, wo noch immer altes Kaminholz lagerte. Innen lehnte ich mich an die Wand, atmete tief durch, denn mein Innerstes fühlte sich aufgewühlt an, als tobte ein Sturm in mir. Das kam so unerwartet, ich fühlte mich überfordert. Nicht eine Sekunde bereute ich unser Vorhaben. Aber ich musste die Geschehnisse kurz sacken lassen.

„James, bist du das da drin?“

Oh Gott, das war Elissa!

„Ja, ich bin hier“, krächzte ich heiser.

Sie kam zu mir in den Schuppen.

„Was tust du denn hier?“, fragte ich sie und musste wohl sehr verstört aussehen.

„Du weißt, dass ich gern hier bin, um nachzudenken.“ Sie kam näher. „Was ist geschehen? Du siehst aus, als hättest du einen Geist gesehen.“

Wie sollte ich es ihr erklären? Und wie konnte ich mein Versprechen halten, Emilys Hiersein niemandem zu verraten?

„Elissa, ich ...“

„Nein, lass mich reden, ja? Es ist gut, dass du plötzlich hier bist. Das ist wie ein Zeichen.“

Ich starrte sie bestürzt an. Sie würde doch nicht gerade jetzt meinen Heiratsantrag annehmen?

Sie schien zu spüren, was in mir vorging.

„Irgendetwas ist geschehen“, erkannte sie.

„Ja ...“, brachte ich nur hervor und presste die Lippen aufeinander.

Elissa trat noch einen Schritt näher. „Und du darfst nicht darüber sprechen.“ Ihre Stimme war kaum mehr als ein Raunen. „Das bestätigt nur meine Entscheidung, denn wenn ich dich so ansehe, ahne ich es.“

„Welche Entscheidung hast du getroffen?“

„James, ich kann dich nicht heiraten." Sie küsste mich sachte auf den Mund. „Und ich glaube, *sie* ist zu dir gekommen. *Sie* war die Person in der Droschke. Nicht wahr?"

Ich nickte unmerklich.

„Dann wird das nun ein Abschied. Denn mir ist klar, was ihr tun müsst, weil ich weiß, wer sie ist."

Tränen füllten ihre Augen, doch sie lächelte. Sie stahl sich einen letzten, sanften Kuss und flüsterte an meinen Lippen: „Vergiss mich nicht, James. Und wenn es dir möglich ist, vielleicht schreibst du mir, damit ich weiß, dass es dir gut geht."

Sie wollte rasch davonlaufen, ich hielt sie am Handgelenk fest. „Elissa, ich danke dir, für alles, was du mir geschenkt hast. Ich wünsche mir, dass du genau das Leben bekommst, was du dir im tiefsten Innern immer gewünscht hast."

„Oh, aber das habe ich bereits. Ich werde im Winter nicht mehr fortziehen. Ich habe bei deiner Familie endlich ein wirkliches Zuhause gefunden. Hier fühle ich mich meinem Vater nah. Es ist, als ob er und John über uns wachen. Und vielleicht sehen wir uns eines Tages wieder?"

„Ja, bis wir uns wiedersehen."

Sie lief aus dem Schuppen und ich blieb zurück, versuchte, meiner Gefühle Herr zu werden.

Schließlich suchte ich mir geeignete Holzstücke und brachte sie ins Haus.

Das alte Anwesen war zugig und feucht geworden. Das Dach war nicht mehr dicht, deshalb verschloss ich den Speicher. Das Zimmer meines Vaters ließ ich unangetastet. Wir quartierten uns im ehemaligen Schlafgemach meiner Eltern ein. Dort waren noch alle Fenster heil und die noch vorhandenen Möbel schienen unter den Schutztüchern brauchbar zu sein. Ich fachte für uns den Kamin an und Emily legte den Mantel ab. In dem einfachen Gewand wirkte sie schmal und zerbrechlich, das lange, schwarze Haar fiel ihr lose und zerzaust über die Schultern.

Meine Mutter hatte uns auch einen Eimer mit Wasser mitgegeben, da der hiesige Brunnen ausgetrocknet war. Ich tauchte mein Taschentuch in das kalte Wasser und setzte mich neben Emily aufs Bett. „Lass mich das Blut abwischen, ja?"

Vorsichtig tupfte ich mit dem Tuch die kleine Wunde ab, säuberte ihr Gesicht.

„James?"

„Ja?"

„Könntest du kurz hinausgehen? Ich möchte mich ein wenig waschen."

„Natürlich."

Ich wartete vor der Tür, hörte es plätschern, als sie einiges von dem Wasser in die alte Porzellanschüssel füllte. Mir war klar, dass sie *ihn* abwaschen wollte, als streife sie damit ihr altes Leben ab.

Ich wollte nicht an Bancroft denken und ging durchs Haus, schaute mich in den Zimmern um. Nicht jeden der Räume hatte ich in den letzten Jahren erforscht. Einen hatte ich immer gemieden, das Zimmer meines Großvaters. Nun zog es mich in den dunklen Bereich, in dem immer die Vorhänge zugezogen waren. Meine verstorbene Tante hatte ihn tot im Bett vorgefunden.

Hatte nach der Bestattung überhaupt jemand dieses Zimmer betreten?

Ich trat nun ein, brauchte einen Moment, um mich in dem dämmrigen Licht zurechtzufinden. Zielstrebig ging ich zu einem gläsernen Schrank, öffnete die Vitrine. Mein Großvater hatte hier seine Degen aufbewahrt. Ich strich sachte über das Metall und nahm einen heraus. Die Klinge war ein wenig rostig, aber immer noch scharf.

Was geschähe, wenn Alaric Bancroft dahinterkommen würde, zu wem Emily geflüchtet war?

Ich packte den Degen fester und beschloss, ihn mit aufs Zimmer zu nehmen. Was auch immer kommen mochte, ich würde nicht unbewaffnet darauf warten.

Wie ein Wächter wartete ich schließlich vor dem alten Gemach meiner Eltern. Als sich die Tür öffnete, schaute Emily verschreckt auf die Waffe. Ich ging ins Zimmer, legte den Degen auf die Kommode. Ich spürte eine sanfte Berührung an der Schulter.

„Ich habe Angst", flüsterte sie. „Wäre ich doch nur an diesem einen Tag nie zu meinen Eltern zurückgegangen."

„Was ist damals geschehen, als du nach Hause gekommen bist?"

„Als Vater dich auf dem Empfang der Ridgebacks so harsch abgewiesen hat, konnte ich nicht mehr verheimlichen, dass ich dir zugetan bin. Meine Eltern ahnten, dass wir uns heimlich getroffen haben. Ich leugnete es, um dich nicht in Schwierigkeiten zu bringen, aber sie glaubten mir nicht. Als ich mit der Kutsche zu dir floh, drohte er den Bediensteten und einer der Stalljungen hat geplaudert."

Ich konnte mir vorstellen, wer geredet hatte, dachte ich grimmig.

„Als ich mit Mr Morris heimkehrte, sprachen sie kein Wort mit mir. Meine Koffer waren bereits gepackt und Vater zwang mich in die Kutsche. Die Familie Morris hat er einfach auf die Straße gesetzt." Sie schlug die Hände vors Gesicht und schluchzte leise auf. „Ich weiß nicht, was aus ihnen und den Kindern wurde", sagte sie gedämpft, weil sie die Hände immer noch schützend vor sich hielt.

Ich zog sie in meine Arme. Mir kam es so vor, als ob all ihre Gefühle in diesem Augenblick aus ihr herausbrachen. Emily musste über Jahre eine Fassade aufrechterhalten haben, die nun völlig in sich einstürzte. Ich konnte sie kaum beruhigen.

„Die Kinder ... ich weiß nicht, ob sie überhaupt noch leben. Auf der Straße ..."

„Emily, die Morris' leben bei uns."

Ein Zittern durchlief ihren Körper. Langsam schaute sie auf und ich konnte in ihr tränenüberströmtes Gesicht sehen. Sachte wischte ich ihr die Feuchtigkeit von den Wangen.

„Sie sind hier?"

„Ich ritt wie ausgemacht in der Nacht zu eurem Anwesen, wartete auf dich bis zur Morgendämmerung. Als du nicht kamst, wusste ich, dass etwas geschehen sein musste. Ich wagte, zu den Morris' zu gehen und sie erzählten mir, was sie wussten. Ich bot ihnen an, mit zu uns zu kommen und sie willigten ein. Vater war einverstanden und anfangs sollte es eine Übergangslösung sein. Aber Mrs Morris ist nun fest bei uns angestellt, ihr Mann arbeitet als Kutscher und fährt mit der Droschke oft die Strecke von Keswick nach Kendal, hilft aber auch bei uns aus. Ihren Kindern geht es gut. Sie leben mittlerweile in einem Cottage nahe unseres Landgutes. Es ist sogar komfortabler als die Kaschemme neben dem Stall deiner Eltern."

Fassungslos sah sie mich an. „Obwohl ich fort war, hast du sie aufgenommen?"

Ich streichelte ihr über die Wange. „Wir wollen die Familie nicht mehr missen", sagte ich lächelnd. „Eine der Töchter ist die beste Freundin meiner Schwester und Philip, unser Botenjunge von damals, hilft Vincent und Troy im Stall."

Sie schlang die Arme um mich, klammerte sich förmlich an mich.

Als draußen starker Regen gegen die Scheibe prasselte, lösten wir uns. Emily ging zur Kommode, betrachtete den rostigen Degen.

„Er wird mich finden", sagte sie rau.

„Ja, das befürchte ich auch. Er gehört zu den Peers und der Hochadel hat seine Finger überall im Spiel. Dein Mann wird schlussendlich herausfinden, wohin du geflüchtet bist." Ich stellte mich neben sie, strich über den Griff der Waffe. „Entweder Vater schafft uns frühzeitig außer Landes oder ich muss mich ihm stellen. Und ich hoffe sehr, dass er mich nicht einfach hinterrücks erschießt, sondern wenigstens so viel Ehre besitzt und mich zu einem Duell herausfordert, damit ich eine Chance habe."

Emily begann zu zittern. Sie packte den Degen fester, setzte die Spitze auf den Holzboden, stützte sich leicht darauf. Sie mied meinen Blick.

„Alaric ist nicht böse. Es war nicht alles schlecht. Manchmal gab er sich sogar Mühe, meine Gunst zu gewinnen. Schlussendlich war ich aber für ihn nur ein wertvoller Besitz, den er nach Belieben benutzen konnte." Nun hob sie das Gesicht an, fixierte mich regelrecht. „Ich hasse ihn dafür, dass er mich wie ein Stück Vieh gekauft hat. Er wusste, dass ich ihn nicht heiraten will, dass man mich dazu zwang. Und es war ihm egal. James, ich werde nicht zulassen, dass er dir etwas antut."

Ich antwortete nicht darauf, nahm ihr nur die Waffe aus der Hand und legte sie zurück auf den Schrank. „Denken wir jetzt nicht daran. Wir haben noch Zeit." Zumindest hoffte ich das.

Ich sah an ihrem Blick, dass sie genauso wie ich daran dachte, dass Alaric unsere Blicke bei dem Tanz auf dem Empfang der Edgcumbes gesehen hatte. Er würde eins und eins zusammenzählen und Nachforschungen anstellen.

„Ich möchte jetzt nicht an Alaric denken", flüsterte sie und zog mich auf ihre Lippen.

Ein Gewitter zog auf, das Zimmer verdunkelte sich.

Ich schob sie ein wenig von mir, hielt sie an beiden Oberarmen fest. Ihre rechte Hand lag auf meiner Brust, mit der anderen befreite sie sich und wollte mich zu einem erneuten Kuss zu sich ziehen. Ich hielt sie auf. Sie hatte dunkle Ringe unter den Augen, wirkte erschöpft. Wie lange hatte sie nicht geschlafen?

Ich begriff, dass sie diese neue Verbindung ... festigen wollte. Doch nach allem was geschehen war, sollte sie erst zu sich finden.

„Du solltest etwas essen und dich ausruhen."

„Aber ...“

„Emily, ich laufe nicht fort. Das hat Zeit.“

„Ich möchte ihn vergessen“, wisperte sie. „Ich wollte *das* immer nur mit dir erleben.“

Ich umfasste ihr Gesicht. „Das werden wir. Aber nicht, wenn du verletzt, todmüde und von allem so sehr aufgewühlt bist.“

„Bitte bleib dennoch bei mir, ja?“

„Ich werde nirgendwohin gehen.“

14

Sie schlief völlig erschöpft in meinen Armen ein. Wir trugen nur unsere Unterwäsche und zuerst kam es mir seltsam vor, sie so nah bei mir zu wissen. Wie oft hatte ich mir gewünscht, sie auf diese Art festzuhalten? Ich konnte es gar nicht zählen. Nun trübte die Gefahr, entdeckt zu werden, die Erfüllung dieses Traumes. In dieser geheimen Vorstellung hatte sie *mir* gehört, war meine Ehefrau. In meiner Gedankenwelt hatte ich verdrängt, dass sie gezwungen worden war, in Bancrofts Bett zu kommen. Dies konnte ich nun nicht mehr beiseiteschieben.

Sie lag halb auf mir, mit dem Kopf auf meine Brust gelehnt. Ich war dankbar, dass sie vor meiner Nähe nicht zurückschreckte.

In dieser Nacht döste ich nur hin und wieder ein. Zu sehr lauschte ich auf jedes Geräusch. Angst ließ mich schlaflos sein. Die Angst, von Bancroft entdeckt zu werden, Emily wieder zu verlieren, vielleicht zu sterben ...

Doch draußen tobte nur ein Gewitter, das alte Haus knarzte und ich hörte den Wind durch undichte Ritzen pfeifen. Niemand behelligte uns.

Irgendwann in der Morgendämmerung schlummerte ich ein ... und erwachte, weil ich eine Berührung spürte. Ich öffnete die Augen. Emily war auf einem Unterarm aufgestützt und betrachtete mich. Ihr Zeigefinger strich über meinen Ausschnitt. Das Licht fiel auf ihre

Prellung an der Wange und ich hob die Hand, um ihr eine dunkle Strähne zur Seite zu streichen.

Emily lächelte mich an. „Als ich aufwachte, habe ich zuerst gedacht, es ist nur ein Traum gewesen."

„Kein Traum, ich bin hier", antwortete ich, noch ein wenig verschlafen.

„Ich habe mir so oft vorgestellt, dir nahe zu sein", raunte sie.

Ihr plötzlicher Kuss entflammte mich, ohne, dass ich etwas dagegen hätte tun können. Ihr langes Haar fiel wie ein Schleier über mich und ich fühlte mich völlig von der Welt abgeschottet. Während ich spürte, wie sie die Schnüre meines langen Unterhemdes öffnete und ihre Hand über meine Haut glitt, vergaß ich jegliche Vorsätze vom gestrigen Abend.

Wir küssten uns, als gäbe es für uns nur diesen einen Tag. Alles trat in den Hintergrund. In diesen Augenblicken nahm ich nur sie wahr, ihren Atem, die weichen Lippen, ihre warme Haut. Emilys Scheu verschwand immer mehr, ich sah wirkliche Sehnsucht in ihrem Blick. Sie wurde mutiger, berührte mich, und ich begriff, dass sie mir völlig vertraute.

An diesem Morgen liebten wir uns und egal was noch geschehen würde: Das konnte uns niemand mehr nehmen.

Ich beobachtete einen kleinen Vogel, der vor dem Fenster auf einem Zweig herumhüpfte. Er zwitscherte lautstark, was mich schmunzeln ließ. Emily lag in meinem Arm und spielte mit einer zerzausten Haarsträhne von mir.

„Er singt für uns“, bemerkte sie und beobachtete ebenso das Rotkehlchen.

Mich plagte ein wenig das schlechte Gewissen, denn ich hatte mich dieses Mal nicht an Elissas Regel halten können, auch weil Emily es nicht zugelassen hatte, da sie sich an mich geklammert hatte. Der Gedanke entfachte erneut Begehren in mir und ich verdrängte das Bild rasch. Allerdings spürte Emily das recht schnell und nutzte meine Schwäche gnadenlos aus. Ich keuchte erstickt auf, als ihre Hand fordernd unter dem Laken verschwand.

Wir konnten nicht aufhören, uns zu küssen. Es fühlte sich wie eine Sucht an. Und wir liebten uns noch einmal.

Schließlich lagen wir atemlos auf dem Bett und sahen uns ein wenig überwältigt an. Sie schmiegte sich an mich und ich zog die Decke über uns.

„Wir sollten etwas ... vorsichtiger sein“, gab ich zu bedenken. „Ich meine, damit du nicht sofort ...“

Sie richtete sich auf, fasste nach meiner Hand und ich verstummte. Zu meiner Überraschung schüttelte sie den Kopf und löste sich von mir.

„James, eines habe ich dir noch nicht gesagt, weil ich Angst hatte, dass du mich zurückschickst.“ Sie senkte den Kopf, verbarg ihre Blöße mit der Decke. „Aber ich wollte nur einmal bei dir liegen.“

Ich begab mich in eine sitzende Position, berührte sie an der Schulter. „Erwartest du ein Kind von ihm?“

„Ich ... ich weiß es nicht. Es gibt ein paar Anzeichen. Es ist ähnlich wie anfangs bei unserer Magd. Ich dachte zuerst an eine Magenverstimmung, doch der ... der Blutfluss müsste längst da sein. Und mir ist nach wie vor manchmal etwas übel." Ihre Augen füllten sich mit Tränen. „Ich würde es verstehen, wenn du mich nun fortschickst." Sie schluchzte leise auf. „Es tut mir leid, dass ich es nicht sofort gesagt habe."

Ich nahm sie in den Arm. „Wie kannst du nur denken, ich würde dich deshalb fortschicken."

Emily schaute zu mir auf. „Ich darf trotzdem bei dir bleiben?"

Zur Antwort küsste ich sie sanft und nickte. „Weiß er es?"

„Nein, ich habe Alaric kein Sterbenswort verraten. Niemand ahnt etwas. Ich weiß es ja selbst nicht genau."

Ich nahm diese Nachricht vorerst gelassen auf, denn mir war von Anfang an völlig klar, auf was ich mich eingelassen hatte. Emily war schließlich eine verheiratete Frau.

Sie verbarg ihr Gesicht an meiner Schulter. „Nach dem Empfang bei den Edgcumbes, als Alaric betrunken eingeschlafen war, wurde mir bewusst, dass ich nur diese eine Chance bekommen würde, um zu dir zu gelangen. Nach dem Tanz und dem anschließenden Streit hätte Alaric mich erstmal nicht aus den Augen gelassen. Und sollte ich wirklich ein Kind tragen, wäre es jeden weiteren Tag schwieriger geworden, zu fliehen.

„Ja, ich weiß."

„Aber was wirst du tun, wenn es sich bewahrheitet?", fragte sie ängstlich.

Ich hauchte ihr einen Kuss auf die Stirn. „Ein Vater sein."

Emily saß vor dem Fenster und schaute auf das kleine Wäldchen in der Nähe. Sie war den Tag über still geworden, doch sie lächelte und warf mir immer wieder verliebte Blicke zu. Mir fiel es schwer, meine Augen von ihr zu nehmen, ich musste sie einfach ständig betrachten, mir immer wieder sagen, dass ihr Hiersein der Wirklichkeit entsprach.

Am Nachmittag saßen wir eng beieinander und sprachen über alles, was uns auf der Seele lag. Ich wagte sogar, ihr von Elissa zu erzählen, denn ich wollte, dass nichts zwischen uns stand. Wir überlegten, wohin es uns wohl verschlagen würde, träumten von einem gemeinsamen Leben. Selbst Armut schreckte uns nicht, denn ich konnte nicht ermessen, was noch geschehen würde. Wir sprachen über Lilly und über meinen verstorbenen Hund Less. Mit Emily zu reden, fühlte sich einfach wunderbar an.

Schließlich legten wir uns schlafen, genossen die Nähe des anderen. Ich spürte ihre Wärme durch das Untergewand und in dieser Nacht genügten uns Küsse und Umarmungen. Ich schlief tief und traumlos in dem Wissen, dass Emily bei mir weilte.

Etwas schmerzte mich am Hals. Ich öffnete im Halbdunkeln blinzelnd die Augen. Zuerst sah ich nur verschwommen, dann erkannte ich eine Gestalt. Instinktiv griff ich an meinen Hals und fühlte kaltes Metall.

Geschockt realisierte ich, dass Viscount Bancroft vor unserem Bett stand. Ich dachte zuerst an einen üblen Traum, dann hörte ich Emily schreien. Bancroft hatte die Spitze seines Degens an meinen Hals gesetzt und starrte mich mit wutverzerrtem Gesicht an.

Da Emily ihn unentwegt anflehte, die Waffe fortzunehmen, zögerte er. Ich sah ihm an, dass er kein Mann war, der einen Wehrlosen einfach erstach, seine Hand zitterte. Emily packte plötzlich die Schneide, um sie von mir fortzuschieben, was eine Auseinandersetzung zwischen den Eheleuten zur Folge hatte. Bancroft packte Emily und zerrte sie aus dem Bett, seine Waffe bedrohte mich nicht mehr unmittelbar. Ich hastete zur Kommode und bevor er etwas dagegen unternehmen konnte, hatte ich Großvaters Degen in der Hand.

Er sagte nichts, ihm fehlten anscheinend vor lauter Zorn die Worte.

Ich hielt die Waffe schützend vor mich, konnte aber nur Emily ansehen, die Bancroft mit eisernem Griff am Handgelenk festhielt.

„Wir haben uns schon geliebt, da kannte sie nicht einmal Euren Namen", sagte ich mit dunkler Stimme. „Ihr habt sie gekauft, als wäre sie ein kostbares Zuchtpferd und es hat Euch nicht gestört, dass sie Euch niemals gewollt hat."

Er antwortete mir nicht, sondern stieß Emily zur Seite, sodass sie hart am Boden aufschlug. Ich konnte ihr nicht helfen, denn Bancroft hob seine Waffe und schlug auf mich ein. Seine wütenden Hiebe parierte ich so gut ich konnte, aber ich erkannte mit Erschrecken, dass ich ihm nicht lange würde standhalten können. Seine Kunst, einen Degen zu führen, war meiner weit überlegen. Ich wich in den Flur zurück, um besser ausweichen zu können. Dort traf mich sein Degen am linken Oberarm. Ein scharfer Schmerz fuhr durch meinen Körper und ich fühlte warmes Blut, das an meiner Haut herunterrann und in den dünnen Stoff meines Hemdes sickerte.

„Ich erwog wirklich, Euch einfach zu erschießen“, sagte Bancroft mit heiserer Stimme. „Aber ich wollte nicht zum Mörder werden wie Euer Vater.“

Seine Worte ließen mich kurz erstarren. Er wusste um die Geschehnisse von damals? Emily hätte niemals mit ihm darüber gesprochen, er konnte es nur von den Sullivans wissen. In Anbetracht seines Könnens kam es allerdings dennoch einem Mord gleich. Ich hatte in diesem Duell keine Chance gegen ihn. Ohne Gnade schlug er weiter auf mich ein. Ich versuchte, mich zu konzentrieren, besann mich auf die Lektionen meines Vaters, aber jeder Vorstoß meinerseits wurde mühelos von Bancroft abgeblockt.

Wir kamen näher an die Treppe heran und ich versuchte intuitiv, den Kampf ins Foyer zu verlegen. Ich wusste, er würde mir folgen, wohin ich auch fliehen würde. Doch er ließ mich nicht. Ich kam den Stufen nicht einmal nahe, denn er attackierte mich so hart, dass ich den Degen kaum noch halten konnte.

Er reagierte so schnell! Ich konnte nicht einen Angriff ausführen. Emilys Weinen hallte durch das Haus und mein Arm schmerzte unangenehm. Ich spürte, wie mir der Griff des Degens etwas wegrutschte, weil meine Handinnenfläche schwitzte. Das gab Bancroft einen weiteren Vorteil. Er durchstieß meine Deckung und traf mich in die Seite. Für einen Moment wurde mir schwarz vor Augen und ich spürte, dass ich stolperte.

Ein Schrei gellte mir in den Ohren. Ich fiel zu Boden, hielt den Degen schützend vor mich, obwohl dunkle

Flecken meine Sicht versperrten. In meinen Ohren rauschte es. Ich verlor die Kontrolle.

Ich geriet in Panik, kämpfte um meine Körperbeherrschung, robbte zurück, bis ich mit dem Rücken ans Geländer stieß. Vor mir hob der Viscount seine Waffe, um mir den Todesstoß zu versetzen und ich konnte ihn nur mit schreckgeweiteten Augen anstarren.

Plötzlich erschien Emily hinter ihm und schlug ihm etwas gegen den Kopf. Bancroft stolperte zurück, die Hand mit seinem Degen senkte sich. Überrascht drehte er sich um.

„Ich habe dich immer gut behandelt", sprach er heiser. „Warum?"

„Weil es genau so war, wie James gesagt hat", erwiderte Emily leise und wich zurück, als er nach ihr greifen wollte.

Er schien von dem Schlag benommen zu sein, hielt sich nun den Kopf. Er warf mir einen Blick zu und fasste seinen Degen wieder fester. „Mir ist egal, ob du sie liebst, oder ob sie dich liebt. Emily ist *meine* Ehefrau." Seine Hand zitterte und er schwankte leicht, sah mich trotzdem mit hoch erhobenen Haupt an. „Und ich weiß alles über dich, James O'Brian." Er spie meinen Namen regelrecht aus. „Denn ich habe deine verdammten Bücher gelesen." Er schaute zu Emily. „Du hättest sie besser mitgenommen, so haben sie mir gesagt, wo du bist. Es war einfach zu offensichtlich. Jetzt sind sie nur noch verbrannte Asche."

Emily schluchzte auf.

Ich schaffte es, aufzustehen, der heiße Schmerz in meiner Seite ließ jedoch nicht zu, dass ich mich gerade aufrichtete. Mit einem Ächzen hob ich meinen Degen.

Ich würde mich nicht einfach töten lassen. Deshalb versuchte ich einen Vorstoß, den er mühelos abwehrte. Dennoch schien er, genau wie ich, Schwierigkeiten zu haben. Ich sah, wie ihm Blut in den Kragen sickerte. Hatte Emily ihn so hart getroffen? Und mit was hatte sie ihn geschlagen?

Wir tauschten ein paar Schläge mit den Degen aus, doch dieses Mal wirkte es wahrlich lachhaft, weil wir wie die Tölpel miteinander kämpften. Ich keuchte, musste mir die Seite halten und er blinzelte ein paar Mal und fasste sich an den Hinterkopf.

Ich versuchte erneut, zur Treppe zu gelangen. Nur unten im weitläufigen Foyer, wo er mich nicht sofort an die Wand drängen konnte, hätte ich überhaupt eine Chance. Wieder versperrte er mir den Weg, griff mich an. Nur haarscharf verfehlte mich die Klinge, die mir wohl die Wange aufgeschlitzt hätte.

Der Hieb brachte ihn ins Taumeln. Er senkte die Waffe, versuchte sich mit der linken Hand am Geländer festzuhalten, doch er rutschte ab. Bancroft verlor den Halt und rutschte auf den polierten Holzstufen aus, denn der Teppich darauf war längst von der Feuchtigkeit verrottet. Der Viscount fiel hintenüber und stürzte die Treppe des McKay-Hauses herunter. Im Erdgeschoss blieb er leblos liegen.

Ich sackte geschockt auf die Knie, ein Zittern durchfuhr mich, mir wurde eisig kalt. Dann fiel eine schwarze Wand vor mein Blickfeld und ich wurde kurz ohnmächtig.

„James ... bitte wach auf.“

Emilys Stimme drang durch meine vernebelten Gedanken und ich rang darum, die Lider zu heben.

„James?" Sie schluchzte leise.

„Ich lebe noch", nuschelte ich, um sie zu beruhigen. Es fiel mir schwer, die Augen zu öffnen, aber ich zwang sie auf, um sie anzuschauen. Meine linke Seite brannte wie Feuer. Ich konnte nicht einmal genau sagen, wo der Schmerz herkam. Er verstärkte sich, als sich etwas genau auf meine Wunde drückte. Ich keuchte auf.

„Es tut mir so leid. Es blutet und ich weiß nicht ..." Sie strich mir mit einer Hand das Haar zurück. „Du lebst", wisperte sie.

„Was ist mit deinem Mann?"

Sie zuckte regelrecht zusammen. „Nenn ihn nicht so."

„Was ist mit ihm?"

„Er liegt immer noch unten und bewegt sich nicht."

Ich schöpfte Luft. „Wir müssen nach ihm sehen." Stoisch richtete ich mich in eine sitzende Position auf, schob ihre Hand beiseite und presste selbst meine Linke auf die Blutung. Emily half mir auf und ich konnte ein Stöhnen nicht unterdrücken. Sie schaffte es, mir die Stufen herunterzuhelfen, doch sie schien außer sich zu sein. Ihr Körper erschauderte immer wieder und sie war so bleich, dass ich Sorge hatte, sie würde in Ohnmacht fallen. Ihr Atem kam viel zu flach und zu schnell.

„Emily, sieh mich an." Sie begegnete meinem Blick, Fassungslosigkeit lag darinnen. Ich trotzte dem Schmerz und richtete mich aus meiner gebeugten Haltung auf, um ihr mit der freien Hand über die Wange zu streichen. „Alles wird gut, hörst du?"

Sie nickte zögerlich. Ich spürte, wie mein Körper erneut seinen Dienst versagen wollte und musste mich auf den Boden setzen. Sie fiel vor mir auf die Knie. Ich hingegen betrachtete Bancrofts leblose Gestalt. Er lag auf dem Bauch und der Boden um seinen Kopf tränkte sich mit Blut.

„Emily, du musst nachsehen, ob er noch lebt."

Sie schaute mit angstvollem Gesicht zu ihrem Ehemann. Dann riss sie sich zusammen und näherte sich ihm.

„Alaric?", fragte sie gedämpft.

„Dreh ihn vorsichtig um."

Sie zögerte kurz und fasste dann an seine Schulter, um ihn auf den Rücken zu drehen. Ich konnte sein Gesicht nicht sehen, aber Emily schrie auf und wich vor ihm zurück. Sie begann zu weinen.

Ich kroch zu dem Viscount und sah in seine gebrochenen Augen, die nun zur Decke starrten.

„Das hat er nicht verdient", sagte sie mit zitternder Stimme. „Aber als er dich töten wollte ... Ich habe ihn aufhalten müssen. James, ich ..."

Mein Hemd und meine Hose war mittlerweile voller Blut und ich spürte, dass ich nicht mehr lange würde wachbleiben können. „Emily, hol bitte meinen Vater." Ich sackte zusammen, konnte es nicht verhindern. „Hol ... meinen ... Vater ..."

Meine Sicht wurde unscharf, dann verlor ich vollends das Bewusstsein.

Ich geriet in eine Art Traumzustand, sah, dass sich mein Vater über mich beugte und mit mir sprach, aber ich konnte ihn nicht verstehen. Man hob mich hoch und ich erkannte auf einmal Brian von den Fahrenden. Half er meinem Vater, mich ins Bett zu tragen?

Oh Gott, ich wollte nicht sterben.

Zwischen Emilys Weinen und den besorgten Blicken meines Vaters flößte mir jemand eine Flüssigkeit ein. Trotz meiner leicht verschwommenen Sicht erkannte ich Noirin. Wenig später glitt ich in tiefe Schwärze.

Das Erste, was ich nach diesem Debakel wahrnahm, war das Rotkehlchen, das wieder vor meinem Fenster sang. Ich fror, mein Körper zitterte, obwohl ich den Kamin prasseln hörte. Leise Stimmen bildeten ein angenehmes Hintergrundgeräusch. Ich atmete tief durch, nahm den Schmerz hin, war erleichtert, noch am Leben zu sein. Jemand bemerkte, dass ich erwachte und näherte sich – Noirin.

Sie setzte sich auf die Bettkante. „Wie fühlst du dich, James?"

„Wie von einer Pferdeherde überrannt", murmelte ich verwaschen. Das Sprechen fiel mir seltsam schwer.

„Du hast verdammt viel Glück gehabt, James. Der Stich in die Seite hat deine Organe verfehlt und dem Himmel sei Dank keine wichtige Ader verletzt."

„Woher weißt du das?", fragte ich verwirrt.

„Weil ich deine Wunde gesäubert und genäht habe. Ich musste sie allerdings etwas vergrößern, um mir ein Bild der inneren Verletzung zu machen."

„So was kannst du?"

„Hast du gedacht, ich hantiere nur mit Heiltränken herum?"

„Ja, so was in der Art."

Sie lachte leise und zog meine Bettdecke etwas höher, da ihr wohl mein Zittern auffiel. „In den vergangenen Jahren habe ich sehr viel gelernt, von eurem Dr Campbell. Er brachte mir das Lesen bei und hat mir seine medizinischen Bücher zur Verfügung gestellt."

„Und was war der Preis dafür?", krächzte ich.

Sie schüttelte den Kopf. „Dr Campbel ist ein guter Mann, er verlangte keinen besonderen Preis. Aber er fand die Heilerfolge mit meinen Tränken sehr vielversprechend. So haben wir uns über die Jahre im Geheimen ausgetauscht. – Und in diese Sache sollte er wirklich nicht hineingezogen werden."

Nein, wahrlich nicht.

„Ist der Viscount wirklich tot?"

Ihr Ausdruck wurde ernst. „Ja, ich konnte nichts mehr für ihn tun. Dein Vater sollte dir besser alles weitere erklären."

„Alles weitere?"

„Du hast fast zwei Tage geschlafen."

Diese Erkenntnis erschreckte mich. Was war in der Zwischenzeit geschehen? Und wo war Emily?

Bevor ich weitere Fragen stellen konnte, verließ sie mein Zimmer. Ich richtete mich stöhnend auf. Mein Vater kam in den Raum, seine Miene war nahezu ausdruckslos.

„Vater, ich ..."

„James, spare deine Kraft. Emily hat uns alles erzählt."

„Geht es ihr gut?"

Er nickte. „Sie hat nur eine Wunde an der Hand, dort, wo sie den Degen beiseitegeschoben hat."

„Ich habe ihn nicht getötet", flüsterte ich trotzdem, weil ich plötzlich an meinen leiblichen Vater denken musste, den man hingerichtet hatte, weil man ihm nicht geglaubt hatte.

„Ich weiß.“

„Was wird jetzt geschehen, Vater?“

Auf einmal fühlte ich mich wie ein kleiner Junge. Tränen verschleierten meine Sicht und ich konnte einfach nicht aufhören zu zittern. Er legte mir schließlich eine zusätzliche Decke um die Schultern und schob mein Kissen zurecht, damit ich mich anlehnen konnte.

Mein Vater atmete tief durch. „Viscount Bancroft erlitt einen Reitunfall, in der Nähe von Kendal. Auf der Suche nach seiner verschollenen Frau fiel er vom Pferd und verstarb noch vor Ort. Mr Morris fand ihn auf einer seiner Droschkenfahrten und holte sofort Hilfe, aber leider konnte man ihm nicht mehr helfen. Sein gesatteltes Pferd fand man unweit vom Unglücksort. Die Viscountess Bancroft bleibt verschwunden, ist nun als vermisst gemeldet.“

Ich starrte ihn bestürzt an. „Aber wie …?“

Er nahm meine Hand in seine. „Mit Hilfe der Fahrenden und Mr Morris haben wir genau diese Situation fingiert, denn es passt zu den Verletzungen von Bancroft. Brian O’Malley hat seinen Leichnam und das Pferd noch in der Nacht bis vor Kendal gebracht. Mr Morris fuhr dann seine übliche Strecke und *fand* den Viscount.“ Er räusperte sich. „Ich weiß, dass es Notwehr und schlussendlich ein Unfall war. Aber angesichts der prekären Situation, in der ihr euch befindet … Wir wollten kein Risiko eingehen.“

„Wir wollten ihm nichts antun“, beteuerte ich.

„Er griff euch an, ich weiß.“

„Wo ist Emily?“

Mein Vater senkte den Blick.

„Wo ist sie?“

„Sie ist jetzt bei Hellen, nachdem sie weder essen noch schlafen wollte, weil sie an deinem Bett gewacht hat. Dieser Vorfall hat sie tief geschockt. Ihr geht es nicht gut, ehrlich gesagt. Sie spricht nicht und starrt nur aus dem Fenster.“

„Ich möchte sie sehen!“

„Wahrscheinlich ist das wohl die einzige Möglichkeit, dass sie wieder zu sich findet. Ich werde sie zu dir bringen, denn sie hatte furchtbare Angst, dass du nicht erwachst.“

Als mein Vater das Zimmer verließ, lehnte ich keuchend den Kopf zurück und kämpfte mit dem Schmerz in der Seite. Ich schob vorsichtig mein Hemd hoch – jemand hatte mir etwas Frisches angezogen – und betrachtete den Verband, der um meine Taille gewickelt war. Elissas Worte kamen mir wieder in den Sinn.

Hier fühle ich mich meinem Vater nah. Es ist, als ob er und John über uns wachen.

War es so? Wachte mein Vater über mich? Die Vorstellung tröstete mich. Erschöpft schloss ich die Augen. Erst als die Tür geöffnet wurde, hob ich die Lider. Meine Mutter führte Emily herein. Die schwankte sichtlich, sackte vor mein Bett und verbarg ihr Gesicht in meinem Schoß. Meine Mutter strich mir übers Haar, küsste mich auf die Stirn und ließ uns vorerst allein.

Ich legte meine Hand auf ihren Hinterkopf. „Emily ...“

Sie reagierte nicht, also versuchte ich es noch einmal. „Emily, sieh mich an.“

Endlich hob sie den Blick und schaute mich mit tränenüberströmtem Gesicht an. „Ich bin so froh, dass du lebst." Immer wieder brach ihre Stimme. Sie schien nicht Herr über ihre Gefühle. „Ich wollte nicht, dass Alaric stirbt, aber er durfte dich nicht töten." Sie rang nach Atem. „Ich fühle mich wie eine Mörderin."

„Aber er ist gestürzt."

„Weil ich ihn geschlagen habe!"

„Du hast mich gerettet, Emily. Versuch, nur daran zu denken. Du weißt, was Vater mit den O'Malleys und Mr Morris getan hat?"

Sie nickte und schniefte leise. Emily kniete noch immer auf dem Boden und senkte nun den Kopf. „Die Heilerin der Fahrenden meint auch, das ich sehr wahrscheinlich ein Kind erwarte", wisperte sie.

Ich strich ihr zärtlich übers Haar. „Dann soll es so sein. Und ich werde ihm ein Vater sein, so wie Lester es für mich gewesen ist und immer sein wird."

15

Zwei Tage später flog die Tür auf und mein Vater kam gehetzt ins Zimmer. Er war außer Atem und wir blickten ihn alarmiert an.

„Emily, du musst mit Hellen gehen. Wir müssen dich verstecken. Und du, James, musst dich jetzt zusammenreißen, dich anziehen und mit zum Haus kommen."

„Was ist geschehen?"

Meine Mutter erschien an der offenen Tür. „Emily, komm, rasch!"

Verwirrt sah sie erst zu meiner Mutter, dann zu mir. Zögerlich ging sie zum Ausgang und verschwand aus meinem Sichtfeld.

„James, es tut mir leid, aber du musst dir etwas anziehen." Er reichte mir frische Kleidung. „Hier trink das. Es ist von Noirin, gegen die Schmerzen."

Ich stemmte mich mühsam auf, nahm die Feldflasche an und trank den Inhalt ohne zu zögern. „Vater, was …?"

Er gab mir zu verstehen, dass ich nicht trödeln durfte, also biss ich die Zähne zusammen und tat, was er sagte.

„Der Viscount hat anscheinend mit Emilys Eltern korrespondiert und ist so auf eure Spur gekommen", begann er, während er mir half, mich anzuziehen. „Der Konstabler ist derselben Spur gefolgt. Es kommen wahrscheinlich Wachen, die uns befragen wollen."

Ich starrte ihn geschockt an. „Woher weißt du das?"

„Mr Morris hat sie in Keswick gesehen. Die Wache befragt bereits die Dorfleute. Es ist nur eine Frage der Zeit, bis sie zu uns kommen.“

„Es ist wegen dem Empfang bei den Edgcumbes“, sagte ich rau und rieb mir übers Gesicht.

„Mag sein. Aber dort ist nichts weiter geschehen außer Blicke. Und ihr wart seit Kindertagen befreundet und habt euch nach Jahren wiedergesehen. Trotzdem gehen wir kein Risiko ein. Elissa ist eingeweiht und wir stellen sie als deine Verlobte vor.“

Jetzt konnte ich nur hoffen, dass meine Bücher für Emily wirklich komplett zu Asche verbrannt waren, wie Bancroft gesagt hatte.

Um mir den Weg zu unserem Haus zu ersparen, wartete Mr Morris mit einem offenen Einspänner auf uns. Mein Vater half mir auf die Sitzbank und wir fuhren im Eiltempo zu unserem Landgut. Ich riss mich zusammen, konnte aber meine Schmerzen bei der unebene Strecke nicht verbergen. Ich presste die Lippen aufeinander und hoffte, dass Noirins Trank meine Beschwerden lindern würde. Mein Vater stützte mich auf dem Weg ins Haus, da ich kaum gerade gehen konnte. Wie sollte ich meinen Zustand vor den Wachen vertuschen?

Drinnen herrschte geschäftiges Treiben. Mittlerweile hatte man wohl auch Maggie eingeweiht, denn sie schien Elissa neu eingekleidet zu haben. Sie trug ein Kleid meiner Mutter und hatte das Haar ähnlich wie meine Schwester aufgesteckt. Ich starrte sie mit offenem Mund an. Elissa sah wie eine völlig andere Frau aus. Sie lächelte mich scheu an.

Wir setzten uns auf die Chaiselongue im kleinen Salon und sahen meinen Vater fragend an.

„Wenn sie kommen, tut, was ihr … nun ja, sonst auch getan habt“, antwortete er und erntete irritierte Blicke. „Natürlich nicht *das*!“ Er wedelte mit der Hand herum, weil wir ihn wohl verständnislos ansahen. „Turtelt einfach herum!“

Elissa kicherte. „Ich hätte gerne das Gesicht des Konstablers gesehen, wenn er uns in flagranti erwischt hätte.“

Mir gelang kein Lächeln, zu gefährlich war die Situation. Außerdem plagte mich Übelkeit und es fiel mir schwer, aufrecht zu sitzen.

„Komm, leg dich hin. Wer weiß schon, wann sie auftauchen. Oder ob sie auftauchen.“

Ich wehrte mich nicht dagegen, als sie mir in eine Liegeposition half, in der mein Kopf in ihrem Schoß lag. „Sie werden kommen“, flüsterte ich und schloss kurz die Augen. Plötzlich drängten sich mir bruchstückhafte Erinnerungen auf, in dem ich sah, wie mein leiblicher Vater John McKay verhaftet wurde. Dies ließ Panik in mir aufsteigen. Schweiß brach mir aus und ich musste tief Luft holen.

„Erzähl mir irgendetwas“, bat ich.

„Ich habe mit Emily gesprochen, weil ich ihre Hand verbunden habe. Sie hat kaum ein Wort gesprochen, hat mich nur gemustert. Hast du ihr von uns erzählt?“

„Ja, hab ich.“

„Das dachte ich mir.“ Sie strich mir das Haar zurück. „Du bist ganz zerzaust. So kann deine Frisur nicht bleiben.“

Ich murmelte meine Zustimmung und spürte, dass Elissas Hand noch immer an meiner Wange ruhte. Sie summte mir leise etwas vor. Ihre Stimme und ihre Nähe beruhigten mich, meine Gedanken drifteten in eine andere Richtung, fort, von den erschreckenden Bildern der Vergangenheit. Ich fühlte mich auf einmal sehr schläfrig. Ob Noirins Arznei nun seine Wirkung zeigte? Der Schmerz verblasste ein wenig.

Wie lange wir so warteten, vermochte ich nicht zu sagen. Die Zeit verlor an Bedeutung. Das änderte sich, als wir hörten, wie Reiter eintrafen. Elissa half mir, mich aufzurichten und rannte zum Fenster.

„Sie sind da!"

Mein Puls begann zu rasen. Elissa ordnete rasch mein Haar und band es zusammen, mit einer Zierschleife, die sie aus ihrem Kleid zog.

„Wie fühlst du dich?", fragte sie leise.

„Ich weiß nicht. Ich glaube, der Trank deiner Tante hilft. Es ist nicht mehr so schlimm."

„In Ordnung, dann sollten wir jetzt wohl ein bisschen … turteln."

„Ja …"

Doch wir starrten beide zur Tür und rührten uns nicht. Sie nahm schließlich meine Hand und wir klammerten uns förmlich aneinander. Es klopfte und ich beugte mich spontan zu Elissa und küsste sie. In dem Moment ging die Tür auf. Wir taten so, als bemerkten wir den Besuch nicht. Erst, als sich jemand räusperte, taten wir überrascht und lösten uns.

Ich sah dem Konstabler direkt in die Augen. Er entschuldigte sich knapp bei uns und kam näher. War es womöglich der gleiche Mann, der meinen Vater hatte verhaften lassen? Ich konnte es nicht sagen.

Einfach sitzenzubleiben galt als unhöflich, das wusste ich, jedoch wäre ich im Augenblick nicht im Stande normal aufzustehen. Mein Vater kam hinzu und bot dem Mann rasch einen Sitzplatz an. Wir tauschten höfliche Floskeln aus und ich schaute argwöhnisch auf die zwei Männer der Wache, die im Flur warteten.

„Ist etwas geschehen?", fragte ich und gab mich arglos.

„Sicher sagt Euch der Name Emily Bancroft etwas, vormals Sullivan?", begann der Konstabler und lehnte ein Tee-Angebot seitens meines Vaters mit einer Geste ab.

„Ja, natürlich. Emily ist eine Freundin aus Kindertagen. Sie hat Viscount Bancroft geheiratet, soviel ich weiß."

Mir klopfte nun das Herz bis zum Hals.

„Wann habt Ihr sie das letzte Mal gesehen, Sir?"

„Auf einem Empfang in Carlisle. Wir trafen uns überraschend nach Jahren wieder."

„Ihr wart ohne Eure Verlobte dort?"

„Ja."

„Ich hasse jegliche Empfänge", sagte Elissa und lächelte den Konstabler an.

„Und ich habe meine Eltern begleitet, weil mich meine jüngere Schwester darum gebeten hat", erklärte ich. „Für sie war es der erste Ball."

Er schaute Elissa kurz mit einem abschätzigen Blick an. „Ich weiß, was Ihr seid."

Ich fühlte, wie mir das Blut aus dem Gesicht wich.

„Ach ja?", konterte Elissa. „Und was bin ich?"

„Eine Zigeunerin“, erwiderte er in abwertendem Tonfall.

Er durfte auf keinen Fall das Gefühl bekommen, dass dies nur ein Schauspiel war!

„Und das stört Euch, Konstabler?“, mischte ich mich nun ein.

„Ihr wollt *diese* Frau heiraten?“

Nun wallte tatsächlich Wut in mir auf. „*Diese* Frau? Ich verbitte mir diesen Ton.“

„Sir James, wenn ich richtig informiert bin, seid Ihr Baronet. Eine Zigeunerin ist keine passende Partie, möchte ich meinen. Und ich frage mich ...“

Ich unterbrach ihn einfach. „Wisst Ihr was? Mir ist völlig egal, ob Elissa für Euch eine passende Partie ist. Ich habe seit Jahren ein geheimes Verhältnis mit ihr und damit ist jetzt Schluss! Ich *werde* sie heiraten. Ob es Euch passt oder nicht. Und es geht Euch gar nichts an!“

Ich muss so überzeugend gewesen sein, dass er mich mit großen Augen ansah und dann unmerklich nickte.

„Worum geht es hier überhaupt?“, mischte sich nun mein Vater ein.

„Die Viscountess ist spurlos verschwunden und ihr Ehemann ist in der Nähe von Kendal verunglückt, wohl auf der Suche nach ihr.“

„Verunglückt? Und die Viscountess ist verschwunden?“, hakte ich bewusst nach und versuchte das Zittern meiner Hände zu verbergen.

Der Konstabler schaute mich prüfend an. „Ja, nach dem Empfang.“

„Ich habe an dem Abend nur gesehen, dass sich Viscount Bancroft mit Emily gestritten hat, draußen auf der Terrasse."

Dies schien ihm neu zu sein. „Ihr wisst nicht zufällig, worum es ging?"

„Nein, natürlich nicht. Ich ging sicher nicht hin, um zu lauschen. Ich tanzte zuvor mit meiner Schwester und freute mich, Emily einmal wiederzusehen. Die Viscountess tanzte mit ihrem Ehemann und ich traf immer nur kurz beim Partnerwechsel mit ihr zusammen. Ich hätte ihr gerne von meiner Verlobung erzählt, aber da sie dann mit ihrem Mann in Streit geriet, bekam ich keine Gelegenheit mehr dazu."

„Mir kam zu Ohren, dass auch Ihr den Ball vorzeitig verlassen habt."

Bevor ich antworten konnte, mischte sich mein Vater ein. „Das lag an mir, Konstabler. Ich hatte zu viel Brandy getrunken und mir war übel geworden. Mein Sohn ist so gütig gewesen und begleitete mich zur Kutsche."

Der Mann atmete tief durch, gab seinen Wachen ein Zeichen und erhob sich. Mein Vater tat es ihm gleich und auch ich hätte mich erheben müssen. Elissa reagierte schnell und flüsterte mir etwas Unverständliches ins Ohr, um mir einen Vorwand zu geben, sitzenzubleiben. Sie kicherte und wir taten so, als tauschten wir erneut geheime Liebesworte aus. Im Augenwinkel sah ich, wie der Konstabler peinlich berührt den Kopf schüttelte.

„Eine Frage noch. Wo ist Eure Frau?" Er blickte nun meinen Vater an, der den Konstabler alarmiert anblickte.

„Meine Frau hat sich etwas hingelegt, weil sie von leichten Kopfschmerzen geplagt ist. Sicher verlangt Ihr nicht, dass ich sie extra wecke. Wir haben Euch alles beantwortet. Mehr wissen wir nicht."

„Man sagte mir nur, dass Eure Frau länger auf dem Empfang weilte und ich frage mich, ob sie etwas gesehen hat."

Dies stellte uns vor ein Problem, denn meine Mutter verbarg sich mit Emily im McKay-Haus! Ich hörte auf einmal die Stimme meiner Schwester. Sie schien verwundert über unsere *Gäste*.

„Vielleicht kann meine Schwester Elizabeth aushelfen?", sagte ich spontan.

Mein Vater reagierte sofort und holte das sichtlich verstörte Mädchen ins Zimmer. Sie warf einen Blick auf Elissa und runzelte die Stirn.

Oh Gott, sag jetzt nichts Falsches, kleine Schwester!

„Miss, erinnert Ihr Euch an den Empfang der Edgecumbe?", fragte der Konstabler höflich.

„Ja, natürlich, es war mein erster Ball."

„Und sagt Euch der Name Emily Bancroft etwas?"

Sie blinzelte und nickte. Gott sei Dank konnten wir dieses ganze Schlamassel vor ihr geheim halten. Oder wusste sie um die Geschehnisse?

„Was ist denn mit ihr?", fragte sie völlig arglos.

Der Mann winkte ab, als wolle er meine Schwester nicht mit unnützen Details belasten. „Ist Euch auf dem Empfang etwas aufgefallen? Ein Streit zwischen der Viscountess und ihrem Mann vielleicht?"

„Ich habe nur gesehen, dass sie sehr früh den Ball verließen. Ich achtete aber nicht weiter darauf." Nun lächelte sie tatsächlich unschuldig. „Denn mich forderte jemand zum Tanz auf! Leider durfte ich nicht mit dem fremden Jungen tanzen, weil ich noch zu jung bin. Mutter erlaubte es nicht."

Er sah von einem zum anderen, schien kurz nachzudenken, dann nickte er meiner Schwester zu und wandte sich an meinen Vater. „Vielen Dank für Eure Hilfe, Sir."

„Stets zu Diensten, Konstabler."

Wir alle blieben bewegungslos und starrten den Männern hinterher. Erst als wir hörten, dass die Reiter fortritten, atmete Elissa erleichtert auf. Mein Vater ließ sich schwer in einen Sessel sinken und ich sackte förmlich in mich zusammen. Die Anspannung fiel von mir ab, der Schmerz, der von der ganzen Aufregung schier verdrängt worden war, kehrte mit Macht zurück und ich musste mich kurz zurücklegen, weil mir schwarz vor Augen wurde. Glücklicherweise verlor ich nicht schon wieder das Bewusstsein.

„Ich wusste gar nicht, was für ein fantastischer Lügner du bist", sagte Elissa und lachte erleichtert auf.

„Es tut mir leid, dass du in diese Sache hineingezogen wurdest", erwiderte ich leise. Ich drehte mich in eine etwas bequemere Position und presste meine Hand auf die Wunde in der Seite. Die Fleischwunde am Oberarm brannte nur unangenehm.

„Schon gut, James."

Elizabeth baute sich vor unserem Vater auf, stemmte die Hände in die Hüften. „Willst du mir jetzt wohl endlich sagen, was hier im Gange ist?"

„Nein, Liebes, es ist besser, wenn du nichts davon weißt." Er küsste sie auf die Wange und führte sie in den Flur.

„Was machen wir, wenn ich mit Emily fort bin, du aber als meine angebliche Verlobte immer noch hier bist?", fragte ich Elissa leise.

„Wir lassen uns was einfallen. Die meisten nennen mich nur Lissy. Und ich kann mich verbergen, falls der Konstabler noch einmal kommen sollte. Ich werde dann eben nur Lissy, die Magd, sein und nicht mehr Elissa O'Malley von den Fahrenden. Im Endeffekt ist es genau das, was ich in Zukunft sein werde, denn ich sagte dir ja, dass ich nicht mehr mitreisen werde, wenn meine Familie aufbricht."

„Was sagen sie dazu?"

„James, mir ist egal, was sie dazu sagen werden. Mein Vater würde vielleicht noch leben, wenn er seinem Herzen gefolgt und bei John geblieben wäre. Ich tue, was ich will, das habe ich immer getan, und Brian weiß das."

Ich legte meine Hand an ihre Wange. „Ich werde dich vermissen, Elissa."

„Das wird mir ebenso gehen. Aber ich verspreche, dass ich mich um Lilly kümmern werde. Sie wird nicht allein sein."

„Ich danke dir."

Sie hauchte mir einen Kuss auf die Lippen und ich wusste, dies war nun wirklich unser Abschied.

Emily und ich verbargen uns von nun an in meinem Zimmer. Meine Mutter wollte mich wegen meiner Verletzungen nicht noch einmal in das alte, zugige Haus bringen lassen und mein Vater wollte uns nach Bancrofts Angriff in Sicherheit wissen. Er hatte für uns eigentlich eine viel frühere Flucht geplant, doch besonders die Stichwunde ließ es nicht zu, dass ich reiste. Also verbargen wir uns, bis sich mein Zustand besserte.

Das erste Mal durften Emily und ich länger als ein paar Stunden zusammen sein. Zuerst herrschte in manchen Situationen eine gewisse Unsicherheit, weil wir uns erst wirklich kennenlernen mussten. Zudem nagten die Geschehnisse an uns und vor allem Emily konnte das nicht einfach abstreifen. Meine Verletzung erschwerte unsere Lage zudem noch zusätzlich, weil wir wussten, dass wir nicht einfach würden fliehen können, sollte man die Wahrheit herausfinden.

Dennoch fanden wir auf besondere Weise zusammen und ich hatte mich noch nie jemandem so nah gefühlt wie ihr.

An einem Nachmittag, als es mir endlich besser ging, klopfte es leise. Wir lagen zusammen auf dem Bett und redeten leise miteinander. Bei dem Geräusch richteten wir uns auf und ich signalisierte, dass der Anklopfende hereinkommen konnte.

Mein Vater, der einige Tage verreist gewesen war, um eine Lösung für unsere Flucht zu finden, trat ein und setzte sich mit ernster Miene auf den Stuhl an meinem Schreibtisch. „Ich habe eine Möglichkeit für euch gefunden."

Wir starrten ihn an.

„Durch meine geschäftlichen Kontakte kann ich euch auf einem Schiff nach Frankreich einschleusen, wo ihr als geheime Passagiere reisen würdet. Captain Higgins hat eingewilligt, euch aufzunehmen und Stillschweigen zu bewahren."

„Und er lässt es sich gut bezahlen", warf ich ein.

„Ja, natürlich. Allerdings muss ich euch nach Plymouth bringen. Von dort wird die *White Dolphin* nach Saint-Pol-de-Léon segeln.“

„Saint-Pol-de-Léon ... Das hört sich gut an“, sagte ich nachdenklich. „Von dort könnten wir weiter nach Süden.“

Emily griff nach meiner Hand. „Wann müssen wir abreisen?“

Mein Vater wand sich etwas, unsere Blicke trafen sich. „Am besten heute bei Einbruch der Dunkelheit. Das Schiff wird in etwa drei Tagen auslaufen.“

Ich schluckte schwer. Natürlich hatten wir genau darauf tagelang gewartet. Nun die Gewissheit zu haben, ließ Nervosität in mir aufflammen.

Mein Vater stand auf und winkte mich zu sich. Ich kam seiner Bitte sofort nach.

„Ich möchte kurz allein mit dir reden, James.“

Wir verließen das Zimmer und er führte mich den Flur entlang.

„Wie fühlst du dich? Geht es dir wirklich besser?“

„Ja, die Verletzungen heilen gut und ich habe auch keinen Wundbrand. Sicher schmerzt es noch etwas, aber Noirin sagt, das wäre normal.“

„Wir werden euch Schmuck mitgeben, den ihr in Frankreich eintauschen müsst. Deine Mutter wird ihn dir in die Innentasche deiner Jacke einnähen. Davon werdet ihr hoffentlich eine Weile leben können. Und du musst uns schreiben, so schnell es geht, unter anderem Namen, damit wir wissen, wo ihr euch befindet. Versprich mir das.“

„Ich verspreche es, Vater.“

Er legte beide Hände um mein Gesicht. „Wir werden dich unglaublich vermissen", raunte er und ich sah Tränen in seinen Augen.

Ich fiel ihm in die Arme und brachte kein Wort heraus, hielt meinen Vater einfach nur fest und verbarg mein Gesicht an seiner Schulter.

„Geh jetzt zu deiner Mutter", flüsterte er.

Mit schwerem Herzen ging ich in das kleine Nähzimmer, denn ich vermutete, dass sie dort sein würde. Als ich ohne anzuklopfen eintrat, legte sie gerade meine Jacke auf die Lehne. Sie hastete auf, die Nähutensilien, die auf ihrem Schoß gelegen hatten, fielen zu Boden. Ich nahm sie in den Arm und kämpfte um meine Fassung, denn sie schluchzte leise.

„Uns wird es gut gehen", flüsterte ich. „Und ich weiß, wir werden uns wiedersehen."

Sie konnte nicht sprechen, weinte leise, und ich hielt sie fest umfangen.

„Ich danke dir für alles, Mutter. Du ahnst kaum, wie sehr ich euch liebe."

Sie nickte und schaute mich an. „Versprich mir, dass ihr auf euch achtet. Bitte, versprich mir das", sagte sie unter Tränen.

Ich küsste sie auf die Stirn. „Ich verspreche es dir. Und ich werde euch schreiben, ihr werdet an unserem Leben teilhaben."

Sie rang darum, sich zu beruhigen, atmete tief durch. „Du musst Emily beistehen, ja? Noirin ist sich ziemlich sicher, dass sie ein Kind erwartet. Ich habe mit Emily darüber geredet, habe ihr erklärt, was geschehen wird, worauf sie sich einstellen muss. Aber ihre Eltern haben sie auf ein Leben im Adel vorbereitet, in dem die Kinder Gouvernanten haben. Sie ist schon jetzt überfordert.“

„Ich werde ihr beistehen und es wird *mein* Kind sein.“

Sie strich mir über die Wange und lächelte. „Du wunderbarer Sohn“, wisperte sie.

Ich zog sie in meine Arme und wir lösten uns wenig später nur widerstrebend, aber die Zeit drängte und ich wollte nicht gehen, ohne mit Elizabeth gesprochen zu haben. Meine Schwester musste mittlerweile einigermaßen begriffen haben, was im Gange war, denn Emily war ihr in einer Nacht im Badezimmer begegnet.

Sie wartete bereits in ihrem Zimmer und blickte auf, als ich eintrat. Impulsiv rannte sie in meine Arme, was mir ein leises Keuchen entlockte, denn meine Stichwunde meldete sich unangenehm.

„Entschuldige“, murmelte sie.

„Schon gut.“

Ihr Haar sah zerzaust und ihr Kleid verknittert aus. Sie knabberte auf ihrer Unterlippe und versuchte mit einer fahrigen Geste, den Stoff ihres Gewandes glattzustreichen.

„Du gehst mit Emily fort, nicht wahr?“

„Ja, das muss ich.“

„Mutter hat es mir schon erklärt. Sie wollen mir zwar nicht sagen, warum du verletzt worden bist, aber ich weiß, dass ihr fliehen müsst und ich Stillschweigen bewahren muss.“

Wir setzten uns aufs Bett und sie knetete ihre Finger, was ihre Anspannung verriet. „Wenn du uns schreibst, könntest du wieder in die Rolle der Janet schlüpfen, wie damals bei den Briefen an Emily. Zumindest auf dem Briefkopf könnte es stehen.“

Ich schmunzelte. „Also wieder Janet, das ist eine gute Idee."

„Janet McKay", sagte sie leise.

Verwundert suchte ich ihren Blick, den sie auf ihre Hände gerichtete hatte. Ich legte meinen Arm um sie. Ihr Vorschlag klang in mir nach. Sie hatte recht. So oder so wäre es besser, ich würde den Namen O'Brian ablegen, um gänzlich abzutauchen. Ich dachte an meinen leiblichen Vater und lächelte, denn ihm hätte es gefallen, dass sein Familienname schlussendlich doch weitergetragen werden würde.

„James McKay ... und auf dem Briefkopf dann Janet", murmelte ich.

„Wenn Emily ein Mädchen bekommt, dann könntet ihr es ja auch Janet nennen."

„Ja, Janet Elizabeth McKay."

„Wirklich? Du würdest ihr meinen Namen geben?"

Ich küsste sie auf die Wange. „Unbedingt. Woher weißt du eigentlich so viel?"

„Weil ich gelauscht habe, so wie du früher."

Ich lachte amüsiert. „Also war ich wohl ein guter Lehrmeister."

Sie nickte mit ernster Miene. „Du musst dich auch von Lilly verabschieden. Du musst ihr sagen, warum du fortgehst."

„Ja ..." Mich durchströmte bei dem Gedanken pure Traurigkeit. „Wirst du sie trösten, wenn ich fort bin?", bat ich leise.

„Das werde ich, versprochen. Zusammen mit Elissa. Nein, Lissy muss ich ja jetzt sagen. Sie sagt, ihr Vater hat sie früher auch immer so genannt."

Beim Abschied kam sie mir sehr tapfer vor. Sie kämpfte darum, keine Träne zu weinen, nur ihre Unterlippe zitterte leicht. Wir umarmten uns und ein leises Schluchzen konnte sie dann doch nicht mehr zurückhalten.

„Bis wir uns wiedersehen, kleine Schwester."

Ich ließ sie in ihrem Zimmer zurück und schloss die Tür, lehnte mich dagegen. Mit zusammengepressten Lippen kämpfte ich darum, meine Gefühle zu unterdrücken. Die ganze Zeit konnte ich verdrängen, dass ich mein Zuhause wirklich verlassen musste, dass ich es *jetzt* verlassen musste. Diese Erkenntnis riss ein Loch in mein Herz. Die Empfindung packte mich unerwartet und ließ mich nach Atem ringen. Würde ich meine Familie überhaupt je wiedersehen?

Ich raufte mir das Haar, presste meinen Handrücken gegen den Mund, nahm mir ein paar Minuten, bis ich schließlich das Haus verließ und mich zu den Ställen begab.

In Lillys Box lehnte ich mich gegen mein Pferd und umarmte es.

„Lilly, ich muss fortgehen. Es tut mir so leid, ich wollte für immer bei dir bleiben, aber es ist nicht möglich."

Sie schnaubte leise und zupfte an ihrem Heu.

Ich stellte mich vor sie, nahm ihren Kopf in meine Hände, um ihre Aufmerksamkeit zu erregen. Sie hörte auf zu kauen und sah mir direkt in die Augen. „Lilly, ich muss fort", sagte ich leise zu ihr, obwohl ich wusste, dass sie es nicht begriff. Sanft streichelte ich ihr über die Nüstern, ordnete ihre Mähne und zupfte Strohhalme heraus.

„Es tut mir so leid", wisperte ich.

Sie beugte sich zu mir herunter und ich küsste sie auf die Stirn.

„Elissa und Elizabeth werden für dich da sein. Bitte sei nett zu ihnen, ja?"

Sie schien unbeteiligt zu sein. Als ich jedoch mit schwerem Herzen den Stall verließ, wieherte sie mir hinterher. Doch ich schaute mich nicht mehr um. Täte ich es, würde ich jegliche Fassung verlieren.

Als Emily und ich bei Einbruch der Dunkelheit in die Kutsche stiegen, fühlte ich mich wie erstarrt. Meine Mutter und Elizabeth standen draußen und hielten sich an den Händen. Mein Vater schloss leise die Tür unseres Gefährts, denn er würde uns nach Plymouth bringen, nicht Mr Morris.

Er schaute noch einmal zu uns rein, nickte mir zu, dann stieg er auf den Kutschbock und trieb die Pferde an. Emily griff nach meiner Hand und ich wagte nicht, nach draußen zu schauen, wollte nicht sehen, wie ich diesen vertrauten Ort für immer hinter mir zurückließ.

Ich wollte mich zusammenreißen, so fest hatte ich es mir vorgenommen, aber mich durchfuhr ein Zittern und meine Tränen ließen sich nicht aufhalten. Rasch wandte ich das Gesicht ab, wischte mir über die Augen und murmelte eine Entschuldigung. Emily sollte mich so nicht sehen.

Sie ließ sich jedoch nicht abweisen, sondern zog mich in ihre Arme. „James, es tut mir so leid, dass du wegen mir alles verlierst", sagte sie leise. „Das habe ich nie gewollt."

Ich konnte noch nicht aufsehen, wollte erst meine Fassung zurückgewinnen.

Als es draußen immer dunkler wurde, richtete ich mich mit einem tiefen Atemzug auf. Sie strich mir zärtlich übers Haar.

„Emily, du bist nicht schuld daran, dass wir fortgehen müssen."

Sie senkte den Blick. „Doch. Ich hätte mich wehren müssen, hätte viel eher fortlaufen müssen. Irgendwie hätte ich zurück nach Keswick gefunden und …"

„Ich glaube nicht, dass es so einfach gewesen wäre. Und das weißt du auch."

Ich setzte mich etwas um, wandte mich ihr zu, damit ich sie direkt ansehen konnte. „Emily, du bist alles, was ich jemals wollte. Das weißt du, oder?"

Sie schluckte schwer und nickte. „James?"

„Ja?"

„Ich liebe dich."

Zur Antwort küsste ich sie und in diesem Augenblick wusste ich: Ja, es tat weh, alles zurückzulassen. Aber ich beging keinen Fehler. Ich wollte dieses Leben mit E-mily.

16

Drei Tage fuhr mein Vater uns mit der Kutsche in den Süden nach Plymouth, wo die *White Dolphin* im Hafen lag. Ich war zuvor noch nie am Meer gewesen und Emily ebenso wenig. Nun standen wir Hand in Hand vor diesem gewaltigen Gewässer und hörten den Möwenrufen zu.

Mein Vater ging kurz fort, um uns bei Captain Higgins anzumelden und um ihn für unsere Überfahrt zu bezahlen.

„Es sieht so düster über dem Meer aus“, sagte Emily besorgt.

„Ja, das Wetter scheint es nicht gut mit uns zu meinen.“

Sie rückte näher, klammerte sich an meinen Arm. „Ich will nicht bei einem Unwetter auf See sein.“

„Ich fürchte, wir haben keine Wahl.“

Mein Vater kehrte zu uns zurück. „Higgins will noch nicht absegeln. Er sagt, ein Sturm zieht auf. Den will er abwarten.“

Ich schaute zu dem Handelsschiff, das gerade beladen wurde. Schon jetzt schaukelte es im Wellengang. „Das erleichtert uns wirklich. Wirst du noch so lange bleiben, bis wir an Bord müssen?“

Er legte mir die Hand auf die Schulter. „Ja, ich bleibe.“

Wir mieteten schließlich ein Zimmer in einem Wirtshaus. Wie der Captain prophezeit hatte, tobte bald ein

Sturm über Plymouth und verdunkelte die Umgebung. Der Wind zerrte an dem Holzgebäude, ließ die Läden klappern und versetzte Emily in Angst und Schrecken. Vom Fenster aus konnte ich sehen, wie sehr das Meer wütete. Die Wellen brandeten bis in das Hafengelände. Allein die Vorstellung, bei so einem Wetter auf See zu sein …

Ein Ast schlug mit voller Wucht gegen die Scheibe und ließ mich erschrocken aufschreien. Entschlossen öffnete ich das Fenster und kämpfte darum, die Läden zu schließen, um den Sturm auszusperren. Der heulte nun wie ein Wolf ums Haus.

Ich wandte mich Emily zu, die auf dem Bett saß. „Wir sind hier und nicht auf dem Meer, also ist Higgins wohl ein erfahrener Seemann", versuchte ich sie zu beruhigen.

„Das möchte ich meinen", mischte sich mein Vater ein, der sich mit uns ein Zimmer teilte. „Er ist ein sehr guter Captain und recht beliebt bei seiner Mannschaft."

„Wo hast du ihn kennen gelernt?" Ich musste etwas lauter sprechen, denn die Böen tobten so laut ums Haus, dass sie uns übertönten.

„In einem Wirtshaus wie diesem. Er wartete wie jetzt auf die Beladung seines Schiffes und ich hatte ein Geschäft abgeschlossen. Wir aßen beide zu Mittag und mussten uns einen Tisch teilen, weil es so voll war. So kamen wir ins Gespräch. Ich kenne ihn jetzt schon ein paar Jahre, durfte sogar einmal mit ihm segeln. In dem Jahr war ich eigentlich mit der Postkutsche gereist, verpasste sie aber auf der Rückreise. Higgins nahm mich mit seinem Schiff Richtung Norden mit, so ging meine Reise viel schneller."

Mein Vater erzählte uns noch mehr von seinen Abenteuern auf seinen geschäftlichen Reisen, in denen es oft um Pferdeverkäufe, aber auch um andere Belange ging. Wir lauschten seinen Geschichten und ich spürte, dass es Emily beruhigte.

Als wir am nächsten Morgen bei Dämmerung vor dem großen Schiff standen, das den Sturm glücklicherweise gut überstanden hatte, wirkte Emily gefasst. Nebel lag über dem Hafengebiet und die Septemberluft wirkte kühl und roch nach Algen.

Mein Vater und ich umarmten uns ein letztes Mal. Keiner von uns beiden brachte auch nur ein Wort heraus, wir hielten uns einfach fest.

Ein Mann erschien aus dem Dunst. Er überragte meinen Vater und mich um eine halbe Kopflänge und lüftete zur Begrüßung kurz den Hut. Er trug einen dichten Bart, unter dem er freundlich lächelte.

„So, das sind also meine Passagiere, die in aller Heimlichkeit fort müssen“, murmelte er und ich sah ein Schmunzeln auf seinem Gesicht.

Ich wusste, dass mein Vater ihm nicht verraten hatte, wer wir wirklich waren und dass ich sein Sohn war, musste ein Geheimnis bleiben. Ich reichte ihm die Hand. „James McKay“, stellte ich mich vor. „Euer Diener, Sir.“ Ich wies auf Emily und wollte auch sie vorstellen, doch sie kam mir zuvor.

„Anne McKay“, sagte sie entschlossen und ich sah sie verwundert an. Anne?

Captain Higgins nickte. Er schien zu ahnen, dass wir eigentlich nicht verheiratet waren, verkniff sich aber jeden weiteren Kommentar.

„Dann kommt mit. Ich werde euch in einer kleinen Kajüte unterbringen, die ihr erst verlasst, wenn ich es euch sage, in Ordnung? Meine Mannschaft ist loyal, aber ein Geheimnis können meine Männer nicht gut für sich behalten. Da sind sie wie alte Klatschweiber. Zurzeit haben die meisten noch Landgang, sie werden später kommen. Und ihr solltet dann unsichtbar sein."

„Verstanden", antwortete ich.

Ich sah meinen Vater ein letztes Mal an, er nickte mir zu, dann führte uns der Captain aufs Schiff. Völlig allein waren wir nicht, ich hörte leise Stimmen und sah auch weit oben jemanden in der Takelage, doch uns nahm niemand wahr und ich konnte auch keinen der wenigen Seeleute sehen, die noch auf dem Schiff verweilten. Wir gingen unter Deck und wurden in einen kleinen Raum geführt.

„Ich werde euch persönlich Essen bringen." Mit diesen Worten zog er die Tür zu und schloss uns ein.

Emily starrte auf die hölzerne Kabinentür. „Er hat uns eingeschlossen."

„Damit niemand hereinkommen kann, Emily." Um sie zu beruhigen, zog ich sie in meine Arme. „Du hast gehört, was er gesagt hat."

„Ja ... es ist nur ..."

„Was denn?"

„Es erinnert mich ... Vater hat mich auch oft im Zimmer eingeschlossen." Sie atmete tief durch und vollführte eine abweisende Geste, als wolle sie diese Gedanken vertreiben.

Wir lösten uns und ich sah mich um. Holzplanken umgaben uns. Nur eine Koje, ein kleiner Tisch, der am Boden befestigt war, und ein Nachttopf befanden sich in dem Raum, der so klein war, dass wir uns so gerade herumdrehen konnten.

Emily setzte sich auf die Koje und befühlte die Matratze, die nur mit Stroh gefüllt war.

„Es ist sicher ungewohnt, so zu leben“, sagte ich und setzte mich zu ihr.

„Das ist mir egal, James. Reichtum bedeutet mir nichts.“

Ich strich ihr eine schwarze Haarsträhne hinter das Ohr. „Du nennst dich jetzt Anne?“, hakte ich nach.

„Es ist mein Zweitname, den ich aber nie benutzt habe. Ich möchte Emily Bancroft und auch Emily Sullivan für immer ablegen.“

„James und Anne McKay, das hört sich gut an.“

Mir fiel es allerdings noch schwer, sie anders zu nennen und ich würde eine Weile brauchen, um das zu verinnerlichen.

Sie küsste mich und ich konnte für einen Moment unsere schwierige Situation vergessen.

In unserer Kajüte gab es kein Fenster nach draußen, nur eine Öllampe gab uns Licht. Hätte uns Captain Higgins nicht am späten Nachmittag etwas zu essen gebracht, wir hätten jegliches Zeitgefühl verloren. Er schlüpfte zu uns herein und reichte uns eine karge Mahlzeit, die wir hungrig aßen. Vor allem Emily knurrte der Magen, da sie an diesem Morgen einfach nichts hatte herunterbringen können, weil ihr übel gewesen war.

„Leider kommen wir nicht so schnell voran wie erhofft“, sagte der Mann und strich sich durch den Bart. „Nach dem Sturm plagt uns jetzt eine Flaute, deshalb

werden wir den Hafen wohl erst morgen früh errei-
chen. Allerdings nähert sich uns ein anderes Schiff. Sie
haben uns signalisiert, dass sie Hilfe benötigen. Das
könnte es zusätzlich verzögern."

„Das ist in Ordnung. Uns geht es hier gut, vielen
Dank."

Der Captain nickte zufrieden. Er wandte sich ab und
verließ die Kajüte.

Das Schiff knarzte und wir lauschten den Wellen, die
an das Holz schlugen. Nach der Mahlzeit lehnte sich E-
mily an mich und ich sah, dass ihr die Augen zufielen.

„Schlaf ruhig ein bisschen."

Doch dazu kam es nicht. Denn auf der *White Dolphin*
schien es nun sehr geschäftiger zuzugehen. Stimmen
riefen sich laut etwas zu, wir hörten trampelnde
Schritte, als hätte es jemand sehr eilig und die Bewegungen des Segelschiffes veränderten sich.

„Was geschieht dort oben?", fragte Emily ängstlich.

„Es scheint, als ob wir angehalten haben."

Jemand hantierte an der Tür und erneut kam der Captain zu uns.

„Ich habe nicht viel Zeit, aber es hat sich für euch eine
perfekte Möglichkeit ergeben. Die *Adaleine*, also das
Schiff, von dem ich erzählt habe, hat Schiffbrüchige
aufgenommen – Reisende. Eine kleine Fregatte ist bei
dem Sturm heute Nacht gesunken, doch die *Adaleine*
war in der Nähe und konnte am frühen Morgen die
meisten Menschen auflesen. Ich werde sie mit zum Hafen nehmen, weil die *Adaleine* weiter nach Belgien segeln muss und nicht so viel Verpflegung hat."

„Was bedeutet das für uns?"

„Das bedeutet, dass ihr euch unter die Schiffbrüchigen mischen werdet. In Saint-Pol-de-Léon werdet ihr vielleicht Reisedokumente bekommen, mit denen ihr euch in anderen Orten ausweisen könnt, da ihr natürlich bei dem Schiffsunglück alles verloren habt. Ich hoffe, ihr versteht, was ich meine."

„Ja", hauchten wir gleichzeitig und blickten uns erstaunt an.

„Kommt mit."

Wir folgten ihm in einen unteren Bereich des Schiffes. Dort warteten bereits mehrere Menschen, die uns gar nicht beachteten. Einige sprachen aufgeregt miteinander, andere standen still da und bewegten sich kaum. Der Captain nickte uns zu und stieg die Stufen zum Deck auf.

Wir sahen uns unsicher um. Emily zerzauste sich rasch das Haar, denn wir sahen für diese Situation viel zu ordentlich aus. Glücklicherweise hatten wir uns für sehr einfache Kleidung entschieden, so passten wir zu den anderen Menschen. Unauffällig gingen wir in eine dunkle Ecke und setzten uns zu Boden. Eine Frau, die in eine Decke eingehüllt war, saß in unserer Nähe und starrte zu Boden. Sie wiegte sich leicht hin und her. Auch andere wirkten, als stünden sie unter Schock.

Ich versuchte, nicht darüber nachzudenken und griff nach Emilys Hand. Nach kurzer Zeit war der Schiffsbauch gefüllt mit Menschen. Wir fielen nicht auf. Ich lauschte den leisen Erzählungen und schnappte so viele Informationen auf, wie ich konnte.

„Wo wart ihr, als es passierte?", sprach uns ein Mann an, der sich nun zu uns setzte.

„Unten“, sagte ich nur. Emily senkte den Kopf und tat so, als müsse sie alles noch verarbeiten.

„Dann seid froh, dass ihr rausgekommen seid. Einige von dort haben es nicht geschafft. Ich war bei der Gruppe, die frische Luft schnappen durfte, als der Sturm uns ereilte. Fast hätte es mich über Bord gespült, noch bevor die *Dark Mermaid* gesunken ist.“ Er fluchte leise und schien keine Antwort zu erwarten, knetete nur seine Hände und seufzte.

„Gott sei Dank war die *Adaleine* in der Nähe“, mischte sich Emily mit gedämpfter Stimme ein.

„Ja – Himmel, ich werde nie diese Wellen vergessen können. Wie Monster, die alles verschlingen.“ Er schauderte sichtlich.

Danach verfielen die meisten in Stille. Die Aufregung legte sich. Alle warteten darauf, dass die *White Dolphin* in den Hafen einfuhr.

Emily schlief, als wir in Saint-Pol-de-Léon vor Anker gingen. Ich weckte sie sanft und wir folgten den anderen Menschen. Das Morgenlicht blendete uns, als wir von Bord gingen und wir sahen erstaunt auf das geschäftige Treiben. Hier ging es wesentlich umtriebiger zu als in Plymouth.

Die Warterei im Hafengebiet kam uns unendlich vor. Bis sich endlich jemand zuständig fühlte, war der Vormittag vergangen. Schließlich musste jeder vortreten, seinen Namen sagen und erklären, woher er kam und wohin er ursprünglich gewollt hatte. Die Prozedur schien ewig zu dauern und Emily fühlte sich bereits schwindelig vor Hunger, als wir endlich an die Reihe kamen. Mir klopfte das Herz bis zum Hals und mittlerweile sahen wir ähnlich zerschlagen wie die anderen aus.

Der Mann, der uns die Dokumente ausstellte, sah ebenso erschöpft aus, versuchte dennoch freundlich zu sein und lächelte uns krampfhaft an.

„Ihr Name, Sir?"

„James McKay. Und das ist meine Frau Anne McKay", sagte ich und mich durchfuhr ein Zittern.

Er fragte uns nach der richtigen Schreibweise und wollte natürlich all die anderen Dinge wissen. Ich orientierte mich an den Schiffbrüchigen, gab einen entsprechenden Wohnort an und sagte, dass ich zufrieden sei, hier im Hafen von Frankreich zu sein. Der junge Mann hinterfragte nichts und händigte uns die Dokumente aus.

„Wenn ihr wollt, geht dort drüben zu dem Alten. Er kann euch Verpflegung geben und eine kurzfristige Unterkunft zuweisen, zumindest für eine Nacht. Danach müsst ihr selbst sehen, wo ihr bleibt."

„In Ordnung, vielen Dank."

Um nicht aufzufallen, stellten wir uns auch dort an und nahmen das Angebot für eine Suppe an. Da Emily wirklich sehr hungrig war, gab ich ihr meinen Brotranken.

Unseren Schlafplatz mussten wir uns mit anderen Familien teilen. Mehr als eine Stätte am Boden und eine alte Decke gab man uns nicht. Unter all diesen Menschen fand ich kaum Schlaf. Immer wieder berührte ich den eingenähten Schmuck in meiner Innentasche und hoffte, dass niemand uns bestehlen würde.

Doch die Nacht verlief ereignislos.

Am Morgen stahlen wir uns davon und liefen weiter in die Stadt hinein.

„Wir werden hier ein wenig von dem Schmuck versetzen, uns das Nötigste kaufen und dann direkt weiter nach Süden gehen. In Ordnung?"

„Ja."

Wir sahen uns an und konnten kaum glauben, was wir geschafft hatten.

Emily und ich waren frei. Und wir waren zusammen.

Ohne sich in der Stadt auszukennen, gestaltete es sich schwierig, einen der Schmuckhändler zu finden. Ich hatte mittlerweile einen der Nähte geöffnet und aus dem Innenstoff einen goldenen Ring herausgefischt. Wir wollten niemanden fragen, um nicht auf uns aufmerksam zu machen, was zur Folge hatte, dass wir stundenlang herumirrten. Schließlich riss ich mich zusammen und sprach einen jungen Mann an. Wieder war ich dankbar, dass meine Eltern auf eine gute Schulbildung wert gelegt hatten, denn meine Französischkenntnisse waren recht passabel. Leider konnte er uns nicht weiterhelfen, doch er fragte für uns einen anderen Mann, der um einen renommierten Händler wusste.

Wir folgten der Wegbeschreibung und fanden den Händler nach einiger Zeit. Dort bekamen wir zwar nicht den erhofften Preis für den Ring, doch vorerst würde das Geld ausreichen. Um zu sparen, verzichteten wir zunächst auf eine Droschke, kauften nur ein paar Lebensmittel an einem Marktstand und liefen Richtung Süden.

Die Septembersonne schien auf uns herab und die Gegend, die wir durchliefen, sah wunderschön aus. Mir kam die Landschaft lieblicher als in Nordengland vor. Violette Blumen bedeckten weite Teile der Wiesen, nur durchbrochen von Viehweiden und Feldern. Ein milder Wind wehte uns um die Nasen. Der Geruch der See verschwand und ich roch Blüten und Kräuter.

Ein Ziel hatten wir nicht direkt. Ich richtete mich nach der Sonne und führte uns einfach immer weiter südlich – bis das Regenwetter einsetzte.

Bisher war Emily unglaublich tapfer gewesen. Sie beschwerte sich nicht, schlief in der Nacht draußen in meinen Armen, nahm das Frieren und auch oft den Hunger hin, wenn uns die Verpflegung ausging, weil kein Dorf in der Nähe war. Häufig fand ich Brombeeren oder anderes Obst, das wir manchmal sogar von Plantagen stahlen. Doch einige Male mussten wir hungrig bleiben, was mich in Sorge versetzte, denn ich wusste, dass Emily in ihrem Zustand Nahrung benötigte. Mittlerweile war ich sicher, dass sie ein Kind erwartete, denn nach wie vor blieb ihr Blutfluss aus und es sprachen immer mehr Anzeichen dafür.

Der Regen jedoch zermürbte sie. Ich gab ihr meine Jacke, um sie mehr zu schützen, denn ich war nicht so empfindlich, doch sie hörte nicht auf zu zittern und schwankte immer wieder, weil es einer dieser Tage war, an denen ich nicht einmal eine Heidelbeere gefunden hatte.

Als ein kleines Gehöft in Sicht kam, entschied ich mich zu handeln.

„Ich werde jetzt um Hilfe bitten, in Ordnung?"
Emily nickte nur erschöpft.

Völlig durchnässt klopfte ich an die Tür des Bauernhauses. Es dauerte eine Weile und wir standen im strömenden Regen vor dem Eingang. Dann öffnete eine Frau in den mittleren Jahren. Sie fragte auf Französisch nach unserem Begehr und ich fragte nach einem Unterschlupf. Sie lehnte jedoch ab, was mich wirklich bestürzte, weil sie genau sah, dass es Emily nicht gut ging.

„Hinter dem Hügel liegt ein Dorf, dort gibt es ein Wirtshaus. Ich kann euch nicht helfen, tut mir leid."

Sie schloss die Tür vor unserer Nase. Emily begann leise zu weinen und ich nahm sie in den Arm. „Das schaffen wir. Und dann kannst du dich ausruhen, ja?"

Sie nickte schniefend und atmete tief durch. „Ist schon gut, es geht wieder."

„Weißt du eigentlich, wie tapfer du bist?"

Sie lächelte nur müde.

Tatsächlich fanden wir hinter einer Steigung ein kleines Dorf. Als wir in das Wirtshaus einkehrten, atmeten wir beide auf. Wärme umfing uns und es roch nach Eintopf. Ich bestellte uns jeweils eine Mahlzeit und mietete uns auch ein Zimmer, in dem Emily rasch verschwand. Ich blieb noch ein wenig an der Theke und bestellte mir einen Humpen Bier.

Der Wirt polierte einige Gläser und sah mich neugierig an. „Ihr seht ziemlich fertig aus.

„Ja, wir kommen aus Saint-Pol-de-Léon, sind den ganzen Weg bis hierher gelaufen. Und meine Frau ist ziemlich erschöpft."

Ich trank einen großen Schluck und spürte, wie mich das Getränk beruhigte. „Ich gehe nicht davon aus, dass hier in den nächsten Tagen eine Droschke vorbeikommt?"

Der Mann lachte. „Hier? Nein, mein Freund. Da müsst ihr weiter nach Carhaix-Plouguer. Dort fahren Droschken.“

„Ist das südlich von hier?“

„Eher südwestlich. Aber für ein kleines Entgelt könnte ich meinen Bruder fragen, ob er euch hinfährt. Er hat eine Pferdekutsche.“

„Ja, das wäre wunderbar.“

Ich handelte einen Preis aus und schöpfte Hoffnung. Ich trank mein Bier und spürte rasch die Wirkung des Alkohols, obwohl das Getränk sicher verdünnt war. Erleichtert legte ich mich zu Emily ins Bett.

Schon am nächsten Morgen brachte uns der Bruder des Wirtes nach Carhaix-Plouguer, wo wir nach einem Lebensmitteleinkauf am Nachmittag eine Droschke anmieten konnten.

„Wo soll es hingehen?“, fragte der Kutscher.

„Das ist eine gute Frage. Wir suchen nach einer neuen Heimat und wollen nach Süden.“

„Eine neue Heimat, mh? Und wo kommt ihr her?“

„Aus England“, sagte ich wahrheitsgemäß, denn meinen Akzent konnte ich so oder so nicht verbergen.

„Wie viel Geld habt ihr? Dann werde ich sehen, wie weit wir kommen.“

Mit einem unguten Gefühl reichte ich ihm unsere letzten Banknoten. Er zählte sie gewissenhaft. „Damit könnte ich euch bis nach Nantes fahren.“

„Wie weit ist das?“

„Weißt du, wo die Loire ins Meer mündet?“

„Ja, so in etwa.“

„Auf dieser Höhe ungefähr.“

„Ist die Loire ein Fluss?“, fragte Emily leise.

„Ja, das ist wirklich eine ziemlich weite Strecke und sein Geld wert."

„Dann machen wir es."

Ich nickte dem Kutscher zu und half Emily in die Droschke. Fast drei Tage fuhren wir Richtung Süden, doch Nantes war nicht unser letztes Ziel, denn die größere Stadt behagte uns nicht. Darum tauschten wir erneut Schmuck ein und fuhren mit unterschiedlichen Droschken bis nach Brantôme, wo wir ausstiegen und uns erstaunt umsahen.

Die Gegend war atemberaubend.

Ein kleiner Fluss umkreiste das bezaubernde Städtchen und eine mächtige Abtei schien fast in einen der Felsen selbst gebaut zu sein. Ein sonnendurchfluteter Wald umrahmte die Ortschaft und auf dem Gewässer fuhren schmale Boote, die Waren transportierten. Einer der Männer winkte uns zu, als wir über eine Brücke liefen. Während wir uns umsahen, fielen uns blühende Gärten und lächelnde Menschen auf. Das Nachmittagslicht erwärmte unsere Gesichter und als ich in Emilys Augen schaute, sah ich das gleiche Gefühl, das auch ich in mir trug. Spontan beugte ich mich zu ihr und küsste sie auf die Lippen.

Wir hatten unser neues Zuhause gefunden.

Gedanken zum Schluss

In diesem Moment kommt Emily in den Raum. Ich weiß, ich sollte sie Anne nennen, aber das fällt mir selbst nach fünfzehn Jahren noch schwer. In meinen Gedanken wird sie immer Emily sein, obwohl sie diesen Namen nach wie vor vergessen möchte.

Sie kommt näher, schaut mir zu, wie ich diese Zeilen schreibe und küsst mich auf die Wange. „Das Abendessen ist fertig."

„Ich komme gleich."

Sie lächelt mir zu, streicht mir eine Haarsträhne aus dem Gesicht und geht wieder hinunter ins Erdgeschoss. Ich atme tief durch, denn ich weiß, ich muss diese Geschichte nun beenden. Sicher gäbe es noch viel zu erzählen, aber ich fürchte, es würde den Rahmen sprengen.

Emily und ich fanden hier in Brantôme unsere Heimat. So schnell ich konnte, schrieb ich meinen Eltern eine Nachricht. Was tat daraufhin mein wunderbarer Vater? Er setzte alle Hebel in Bewegung und reiste mit meiner Mutter und Elizabeth zu uns. Und sie brachten Lilly mit! Bis heute erstaunt es mich, dass mein Vater es geschafft hat, diese eigensinnige Stute auf ein Schiff zu führen. Er sagte, dies war ihm nur gelungen, indem er ein getragenes Kleidungsstück von mir stets bei sich gehabt hatte.

Heute weilt Lilly nicht mehr unter uns, aber sie durfte ihren Lebensabend bei mir verbringen und hat sogar ein Fohlen auf die Welt gebracht, das nun meiner Tochter Janet gehört.

Ich lache leise, denn Lilly hatte sich schlussendlich heimlich mit dem alten Pferd von Elissas Vater gepaart und mir nach ihrer Ankunft eine ganz besondere Überraschung beschert. Janet liebt Lillys Sohn, der seine Herkunft nicht verheimlichen kann, denn er sieht aus wie ein Pferd der Fahrenden.

Die Französische Revolution hat uns dann drei Jahre später das Leben reichlich schwer gemacht, aber wir haben auch das gemeistert. Ich bin schließlich in die Fußstapfen meines Vaters getreten, mit Hilfe meiner Familie, die uns noch immer im Geheimen unterstützt. Wir besitzen mittlerweile ein kleines Gehöft und ich züchte Pferde, die hier in der Gegend sehr beliebt sind. Wahrscheinlich werde ich nie an die erfolgreichen Geschäfte meines Vaters anknüpfen können, aber dafür habe ich genau das gefunden, das ich immer gewollt habe. Ein Leben mit Emily.

„James! Das Essen wird kalt“, ruft Emily aus dem Erdgeschoss und ich sollte mich besser beeilen. Denn mein Sohn John wird unleidlich, wenn er hungrig bleiben muss.

Ich beende dies nun in Frieden, im Gedenken an meinen leiblichen Vater und in Erinnerung an mein Leben in England mit meiner wundervollen Familie. Es ist ein Geschenk für meine Kinder, die später die Wahrheit erfahren sollen, auch wenn sie ihre Herkunft geheim halten müssen.

Und wer auch immer diese Zeilen liest. Kämpft für eure Träume und gebt niemals die Hoffnung auf.

Im Licht unserer Liebe

Gegenwart

Chris starrte auf die letzten Zeilen und wischte sich rasch über die Augen, damit keine Träne auf das wertvolle Buch seines Sohnes tropfte. Ja, sein Sohn. Für Außenstehende mochte es ungewöhnlich sein, dass er einen Mann, der vor über zweihundert Jahren gelebt hatte, so bezeichnete, aber genau so fühlte es sich für Chris an, nachdem die Erinnerungen an dieses andere Leben ihn erfüllten.

Er schaute auf. Sein Nacken schmerzte und er dehnte seine verspannten Muskeln. Der Morgen dämmerte bereits, er hatte die ganze Nacht gelesen. Die Angst vor dem Ende hatte ihn immer weiter getrieben. Nun legte er sachte seine Hand auf die letzte Seite und sah zu, wie die Sonne über den Hügeln von Cumbria aufging. Er betrachtete den Nebel, der über den Wiesen lag und dachte über das Gelesene nach. Eine Last fiel von seinen Schultern, ein besonderer Friede legte sich auf sein Herz.

Sein Blick wandte sich zum Bett, in dem Katelyn noch tief und fest schlief. Er sah nur dunkle Locken, weil sie sich völlig in die Decke eingemummt hatte. Es war viel zu kalt im Raum. Früher hätte er den Kamin angezündet, doch hier im oberen Stockwerk war der längst zugemauert. Nur unten im großen Wohnzimmer gab es noch die alte Feuerstelle. Er ging zum Thermostat und drehte die Heizung höher. Chris lächelte, denn er würde die Annehmlichkeiten dieser Zeit nicht missen wollen.

Wahrscheinlich wäre es besser, wenn er zu Katelyn ins Bett schlüpfen würde, doch er fühlte sich aufgekratzt und fände sicher keinen Schlaf. Also küsste er seine Gefährtin sanft und ging hinunter in die Küche, um sich einen Tee aufzubrühen. Zu seiner Überraschung fand er Alicia, die anscheinend ebenfalls schlaflos zu sein schien.

„Guten Morgen", sagte er, fuhr sich durch das halblange Haar und setzte das Wasser auf.

Sie erwiderte leise seinen Gruß, wischte sich rasch über die Augen. „Ich habe die Bücher gelesen, habe nicht schlafen können."

„Dann haben wir etwas gemeinsam. Ich habe James' Buch gelesen."

Sie klammerte sich an die Kante der Küchentheke. „Es ... es ist furchtbar. Das Ende zerreißt einem das Herz." Ihre Stimme kam ihm heiser vor.

Ja, wem sagte sie das? „Ich weiß", antwortete er.

„Ich meine, ich wusste es ja vorher, aber ..." Sie seufzte und begegnete seinem Blick. „Ob sie Frieden gefunden haben? Schlussendlich?"

„Sie meinen John und Jake?"

Alicia nickte nur.

Chris lächelte ihr zu. „Ja, das haben sie."

„Sie sagen es so ... so ..." Sie fischte nach Worten. „So als wären Sie absolut sicher."

„Das bin ich."

Sie schöpfte Atem. „Das ist gut." Alicia senkte den Kopf.

„Sollen wir das Förmliche nicht bleiben lassen?"

„Natürlich, sehr gern."

Eine Frage ließ Chris nicht los, aber er bot Alicia zuerst einen Tee an, den sie mit einem Lächeln annahm. Sie setzten sich an den Tisch.

„Weißt du, wer das erste Kind war?"

„Ja, unsere Familie hat einen Stammbaum, der bis zu James und Emily zurückreicht. Janet McKay war die Erstgeborene und eigentlich die Tochter des Viscount. John kam fünf Jahre später und sie bekamen einige Jahre später sogar noch eine Tochter. Das war nachdem James das Buch geschrieben hat." Alicia neigte den Kopf. „Und du möchtest jetzt sicher wissen, aus welcher Linie meine Familie stammt, nicht wahr?"

„Es würde mich brennend interessieren."

„Mein direkter Vorfahre ist James' und Emilys Sohn John, ich bin also wirklich eine waschechte Nachfahrin."

Wenn sie wüsste, was das wirklich für Chris bedeutete!

„Wir sollten eine kleine Familienzusammenkunft planen, finde ich", fuhr sie fort. „Meine Eltern würden euch wirklich gerne kennenlernen."

„Das ist eine wunderbare Idee", stimmte Chris ihr erfreut zu.

„Allerdings kann meine Maman nicht gut Englisch. Papa und ich sprechen es sehr gut, weil wir viel mit internationalen Käufern zu tun haben."

„Das wird sicher kein Problem sein. Ich spreche ein wenig Französisch. Was machen denn dein Vater und du beruflich?“

„Wir führen immer noch ein Pferdegestüt, seit Generationen“, sagte sie und Stolz schwang in ihrer Stimme mit.

„Wirklich?“ Chris sah sie erstaunt an.

„Ja, wirklich.“

Alicia musste ein Gähnen unterdrücken. Chris sah ihr an, das sie völlig übermüdet war. Sie nippte an ihrem Tee und kämpfte sichtlich darum, die Augen offenzuhalten.

„Vielleicht solltest du dich einfach noch ein bisschen hinlegen“, schlug er vor.

„Ja, das ist wirklich eine gute Idee.“

Nachdem sie den Tee ausgetrunken hatte, schob sie mit einem leisen Seufzen den Stuhl zurück und stand auf. „Dann bis nachher“, verabschiedete sie sich lächelnd und verschwand aus der Küche.

Chris hingegen widerstrebte es, sich schlafen zu legen. Er musste heute nicht zur Arbeit in die Bibliothek und wollte einfach noch über alles nachdenken. Kurzerhand ging er in den Flur, schlüpfte in seine Wanderschuhe und zog sich seine Wachsjacke an.

Draußen wehte ihm ein kühler Wind entgegen. Er sah Fionas Katze durch ein Gebüsch schleichen und wandte sich in Richtung Wäldchen. Dort, wo die alten Ruinen des McKay-Hauses standen.

Feuchtigkeit lag in der Luft, die nach Moos und Kräutern roch. Der Wald umfing ihn mit Rascheln und Vogelzwitschern. Er machte einen Umweg, weil er an der Lichtung der Fahrenden vorbeigehen wollte. Als die

Wohnwagen in Sicht kamen, stellte er sich für einen Moment vor, dass dort die alten Pferdewagen standen. Ihm huschte bei dem Gedanken ein Lächeln über die Lippen.

Jeffrey O'Malley kam gerade aus einem der Wohnwagen, erkannte ihn und hob die Hand zum Gruß. Zu seiner Überraschung folgte ihm Katelyns Großmutter Fiona. Hatte sie schon am frühen Morgen etwas mit dem Oberhaupt der Traveller besprochen?

Auch sie sah ihn nun, verabschiedete sich von Jeffrey und steuerte auf ihn zu.

„Guten Morgen. Du bist aber schon früh bei den O'Malleys gewesen."

„Ähm, ja ...", wich Fiona ihm aus und erwiderte seine Begrüßung.

Chris beobachtete sie und versuchte, den Blick von Jeffrey zu deuten. Der Mann war ungefähr in Fionas Alter und verschwand nun rasch in seinem Wohnwagen.

Fiona zupfte sich eine imaginäre Fluse von der Jacke und prüfte ihre Frisur. Sie schien leicht nervös zu sein.

„Ihr steht euch nah", erkannte Chris schmunzelnd.

Sie räusperte sich. „Jetzt ist es wohl nicht mehr zu verheimlichen", grummelte sie.

Er lachte amüsiert auf. „Warum solltest du verheimlichen, dass du ihn magst? Jeffrey ist ein attraktiver Witwer in deinem Alter."

„Er ist fünf Jahre jünger als ich", sagte sie gedämpft.

„Na und?"

Fiona begegnete verwundert seinem Blick. Sie blinzelte. „Du hast recht, es ist Unsinn. Ich dachte nur ..."

„Ja?", hakte Chris neugierig nach.

„Katelyn hing sehr an ihrem verstorbenen Großvater."

„Und sicher würde sie sich freuen, wenn sie wüsste, dass du nun wieder glücklich bist."

Sie seufzte wie ein junges Mädchen und hakte sich bei ihm unter.

„Was machst *du* überhaupt so früh hier?"

„Ich habe James' Buch gelesen und musste einfach an die frische Luft."

Alarmiert blieb sie stehen und schaute ihn prüfend an. „Was ist mit ihm geschehen?"

Sie wanderten durch das Wäldchen, bis sie zu den Ruinen kamen. Chris erzählte ihr, was er aus dem Buch erfahren hatte und endete damit, dass Alicia wirklich eine echte Nachfahrin war.

Sie setzten sich auf einen großen Felsen, mit Blick auf die Überreste des McKay-Hauses. Violette Waldreben überwucherten den brüchigen Stein, die Morgensonne erfasste die alten Mauern und ließ sie golden aufleuchten. Chris blickte mit gemischten Gefühlen auf das Gebäude. Mit Wehmut, weil er die Vergangenheit noch nicht völlig loslassen konnte. Mit stiller Freude, weil er hier in den Ruinen Katelyn getroffen hatte.

Seine Gedanken kehrten zu den O'Malleys zurück. „Fiona, warum hast du eigentlich hauptsächlich nach deinen leiblichen Vorfahren geforscht? Wieso hast du erst Kontakt mit den Fahrenden aufgenommen, als Katelyn und ich uns gefunden hatten?"

„Das ist schwierig zu erklären. Aber schlussendlich hatte ich Angst. Nach der Geschichte der O'Brians zu suchen war so viel leichter, weil ich mich emotional nicht so sehr verbunden fühlte. Es schmerzte mich.

Und nun bereue ich, dass ich nicht schon vor vielen Jahren den Kontakt zu den O'Malleys gesucht habe. Es sind wunderbare Leute."

„Und im Geiste gehörst du zu ihnen."

„Ja, das tue ich."

***

Katelyn erwachte mit einem Lächeln. Im Traum war sie mit Chris in ihrem alten Pferdewagen gereist. Sie drehte sich in den Laken herum, der Platz neben ihr war leer. Ob Chris überhaupt geschlafen hatte?

Das alte Buch lag noch auf dem Sekretär.

Sie schwang sich aus dem Bett und ging unter die Dusche, zog sich etwas Bequemes an. Wie Chris hatte sie heute noch einen freien Tag und musste nirgendwohin. Also ging sie hinunter und fand Alicia draußen auf der Bank.

„Haben Sie schon gefrühstückt?", fragte sie die junge Frau.

Verträumt schaute sie auf. „Noch nicht. Chris und ich haben uns übrigens darauf geeinigt, das Förmliche fallen zu lassen."

„Ah, das ist gut. Hast du einen Wunsch? Ich könnte uns Eier und Speck braten."

Alicia stand auf. „Würde es dir etwas ausmachen, wenn ich das Frühstück zubereite? Ich ... ich bin noch ganz beseelt von Johns Tagebüchern und es gibt da ein Rezept, das bei uns von Generation zu Generation weitergereicht wurde."

„Oh, na klar, gerne." Katelyn fühlte sich etwas überrumpelt, freute sich jedoch über das nette Angebot

„Ich hoffe, ihr habt Äpfel?“

„Haben wir.“

Sie gingen gemeinsam in die Küche und Katelyn half Alicia das besondere Rezept zuzubereiten. Diese Zutaten kamen ihr so bekannt vor. War es möglich, dass …?

„Alicia, wird das … Maggies Apfelgebäck?“, fragte sie erstaunt.

Sie erntete ein geheimes Lächeln. „Ja, genau das wird es.“

Katelyn konnte nicht anders, als zu lachen. „Oh, du ahnst kaum, wie sehr sich Chris darüber freuen wird.“

Später saßen sie gemeinsam am Tisch und Chris’ Augen leuchteten, als er den ersten Bissen probierte. Sie plauderten über die Bücher der Vergangenheit, aber sprachen auch über die Gegenwart. An diesem Tag entstand eine besondere Freundschaft zwischen den Familien, deren Geheimnisse nun endlich gelüftet waren.

Katelyn beugte sich vor, strich sachte ein paar Zuckerkrümel von Chris’ Lippen und küsste ihn sanft. Er schenkte ihr ein verliebtes Lächeln und in seinen Augen las sie, dass in diesem Moment jeder Schatten ihrer alten Liebe fort war. Ein Gefühl durchdrang sie, dass sie nur als wärmenden Sonnenstrahl bezeichnen konnte.

Die Zukunft wartete auf sie und das war alles, was zählte.